Jung-Hee Oh

Die Seele des Windes

Erzählungen

Aus dem Koreanischen von
Miy-He Kim und Sylvia Bräsel

Edition Peperkorn

Mit 4 Kalligraphien von Ouhi Cha

Die Publikation wurde durch die
Korean Culture and Arts Foundation
in Seoul gefördert.
Dank gebührt zudem der Künstlerin
Ouhi Cha für die Gewährung
der Reproduktionsrechte.

Umschlaggestaltung unter Verwendung
einer Kalligraphie von Ouhi Cha

Druck und buchbinderische Verarbeitung:
Hubert & Co., Göttingen
Printed in Germany

ISBN 3-929181-16-9

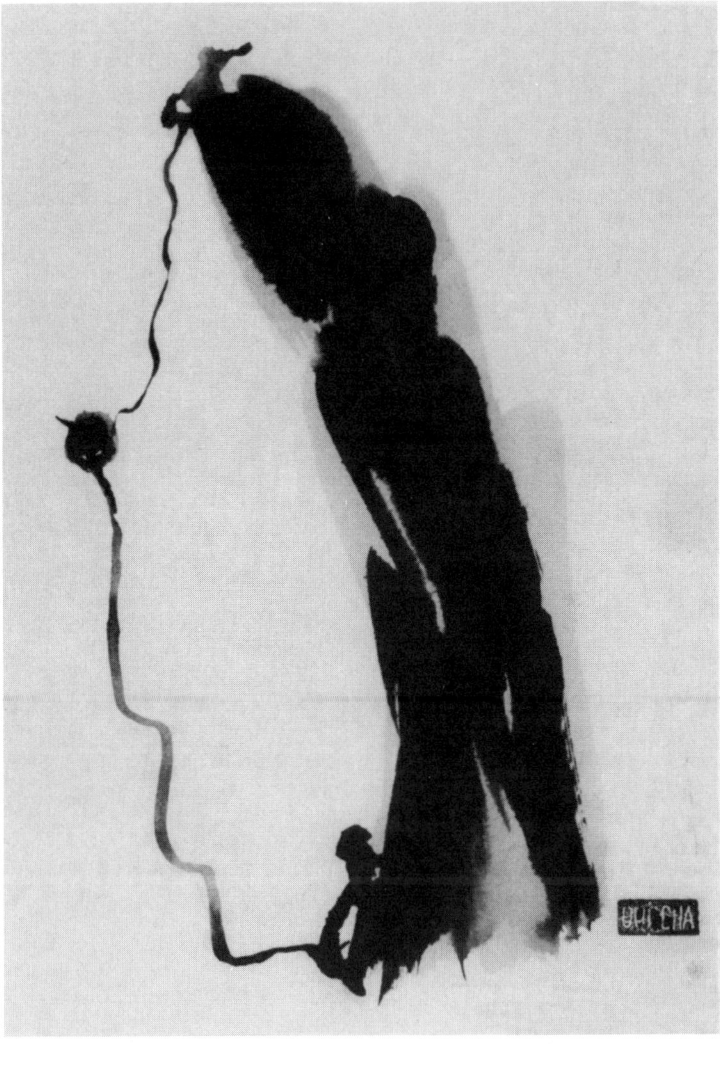

Jenseits des Berges

„Das wahre Glück ist die Genügsamkeit." Abwesend murmelte Wondan die Worte vor sich hin, während sich das Wasser in das Waschbecken ergoß.

Im Grunde erschien ihr der Satz platt wie eine Binsenweisheit, obwohl er aus einem ernstzunehmenden Buch stammte. Verherrlichten Sprüche wie „Man soll zufrieden sein mit dem, was man hat" nicht in ähnlicher Weise bewußt die Entsagung?

Dennoch schienen sich gerade diese Worte in ihrem Kopf festzuhaken. Vielleicht lag es daran, daß der Satz in einer Aphorismensammlung angestrichen war. Wondan wußte, daß ihr Mann Seungje diese Angewohnheit hatte.

Da Seungje unter Hartleibigkeit litt, war es ihre Idee gewesen, ihm die Zeit mit Lektüre zu verkürzen. Allein zu dem Zweck standen verschiedene Bücher mit Essays, Aphorismen und leichten Erzählungen neben einem Transistorradio auf dem Wandbrett in der Toilette.

Wie eine Zeile aus einem Schlagertext, die man am Morgen zufällig hört und unwillkürlich mit in den Tag nimmt, kreisten die Worte weiter in Wondans Innern. Ohne es richtig zu bemerkten, las sie weiter. Stimmte es nicht: „Ob wir erreichen, was wir uns vornehmen, hängt vom Glück ab, aber das Wollen ist einzig Sache unseres Herzens." War nicht ein Unglück in der Vorstellung oft greller als in der Wirklichkeit? Es galt nur den schlimmstmöglichen Zustand gefaßt durchzuspielen. Auf diese Weise konnte man auch „das Hoffen lernen". Aber war dem Leben überhaupt mit Zitaten oder wohlgemeinten Aphorismen beizukommen?

Trotz aller Zweifel schlug sie nach dem Händewaschen erneut das Buch auf. Schließlich nahm Wondan den Band mit in das Wohnzimmer. Das Wort „GLÜCK“ ließ sie nicht los. Es war, als müßte sie gerade in dem Zusammenhang den geheimsten Gedanken ihres Mannes nachspüren. Weshalb hatte er gerade diese Zitate unterstrichen?

„Leidenschaft ist schwerer zu ertragen als Krankheit“ – „Der Furchtsame erschrickt vor der Gefahr, der Feige in ihr“ – „Der Mensch ist frei geboren, und dennoch ist er überall in Ketten“ – „Ein freier Mann wählt nicht die Sprache der Waffen“ – „Glück und Unglück sind zwei Seiten einer Medaille; beides gehört zum Alltag des Lebens“.

Beim Nachlesen fühlte Wondan das schlechte Gewissen in sich aufsteigen. Ihr war, als würde sie ungebeten ein fremdes Tagebuch aus der Schublade ziehen. Spionierte sie auf diese Weise nicht ihrem Mann nach, der von seinem Naturell her wohl nie seine innersten Regungen und Gedanken preisgegeben hätte?

Was blieb wirklich in einer Ehe von den Worten, die angeblich von Liebe und Vernunft kündeten? Blieb da nicht eine Orwellsche Doppeldeutigkeit im Raum, die in einer Beziehung Glück als Unglück, Hoffnung als Hoffnungslosigkeit und Freiheit als Unterdrückung empfinden ließ? Erwuchs dies nicht aus der praktischen Erfahrung, daß eine vollkommene Harmonie und Ehrlichkeit zwischen zwei Menschen unmöglich scheint?

Wondan meinte aus den Sätzen die starke Begierde wie den selbstauferlegten Pessimismus Seungjes herauszulesen. Unwillkürlich mußte sie beim Schließen des Buches daran denken, daß die Fähigkeit der Sprache vielleicht die größte Gnade war, die Gott den Menschen geschenkt hatte. War sie dem Menschen nicht auch als Mittel gegeben, „um seine Gedanken zu verbergen“ – gerade wenn es das Innerste betraf?

Gewiß hatte jeder manchmal mit solchen Stimmungen zwischen Mut und Versagen, Freiheit und Unterdrückung, Glück und Unglück zu kämpfen. Dennoch empfand sie eine gewisse Distanz. Solche Töne an ihrem Mann zu entdecken, traf sie unerwartet.

Seungje war doch nichts weiter als ein gewöhnlicher Mathematiklehrer an einer Mittelschule, der ohne Klage dahinlebte. Wie ein zuverlässiges Uhrwerk oder auch eine feste Burg ohne quälende Zweifel war er ihr erschienen. Doch nun mußte sich Wondan fragen, ob sie nicht einer falschen Vorstellung aufgesessen war. Kannte sie nur ein Gesicht, die er ihr gegenüber aufsetzte? Wie war das mit den Dingen, die man teilen könnte oder auch nicht – angefangen von der gemeinsamen Planung der Sommerferien, den Geldausgaben bis hin zu den kleinen Freuden und Sorgen des Alltags. Auch Verdruß und Zufriedenheit wären auf diese Weise besser steuerbar. Warum nur können wir nicht über unseren Schatten springen, unseren Gedanken freien Lauf lassen und einfach miteinander teilen.

Die Sonne verschwand am Horizont. Zurück blieb der gepflegte Rasen ohne ein Hälmchen Unkraut. Auch das eine Spur ihres Willens, wenn man ein Zitat der Sammlung auf den Alltag bezog. Schließlich hatte sie gestern mühselige Stunden mit dem Jäten der widerspenstigen Unkräuter verbracht.

Auf der Wäscheleine im Garten hingen noch immer bunte Hemden und Unterwäsche von Seungje neben winzigen Kleidern der Tochter Subang. Wondan mußte an einen Aberglauben denken, wonach vom Abendtau benetzte Wäsche für den Besitzer eine schlimme Zukunft bedeutete. So ging sie nochmals hinaus und nahm die Kleidungsstücke von der Leine ab. Wie gewohnt streifte ihr Blick dabei den Berg, der westlich der Stadt einem Gebirge vorgelagert war. Gerade trafen ihn die letzten Strahlen der untergehenden Sonne.

Im Frühling war es gewesen. Damals hatten sie das Haus hier zum ersten Mal besichtigt. Sie erinnerte sich genau. Seungje war eben von der Schule gekommen, und sie hielt die einhundert Tage alte Subang im Arm. Als der Makler damals das alte grüne Eisentor zum Anwesen aufschloß, war ihr als erstes der Berg aufgefallen. Wie gebannt war sie gewesen. Die untergehende Sonne hatte den Gipfel faszinierend nah erscheinen lassen. Fast wäre ihr bei dem Anblick vor unbestimmter Sehnsucht das Blut in den Adern erstarrt. Ihre Verwirrung hatte sich erst gelegt, als ihr Mann dem Kauf zustimmte. Eigentlich teilte er ihre Begeisterung nicht. Das Haus war nicht neu und zudem an einem Abhang gelegen, der für Taxis ungünstig zu befahren war. War es eine vergängliche Eingebung, die sie zu diesem Schritt getrieben hatte? Weiterhin leuchtete der kleine Berg nur von fern zu ihr herüber.

Das Haus war nicht teuer, dafür aber reparaturbedürftig gewesen. Aber für Wondan blieb wichtig, daß sie den Kauf erreicht hatte.

Die Nähe zum Berg blieb ein trügerischer Eindruck, der wohl nur durch die Hanglage des Hauses zu erklären war. Zwischen Haus und Berg lagen mehrere Wohnbezirke und ein Industriegebiet. Um ihren Berg zu erreichen, hätte Wondan also viele Straßen überqueren und sich durch fremde Gassen schlängeln müssen, die sie noch nie betreten hatte. Obwohl sie schon anderthalb Jahre in dem Haus wohnten, war dieser Wunsch geblieben. Vielleicht lag es an dem Fernweh, das sie seit ihren Kinderjahren empfand. Hieß es nicht in einem Kinderlied: „Einmal möchte ich über Berge gehn, das Leben jenseits unter dem Himmel sehn ..."

Irgendwann hatte sie sogar mit dem Gedanken gespielt, Tisch und Stühle in den Hof zu tragen, damit sie in der Stille der Abenddämmerung noch länger zum Berg schauen könnte. Strahlte er nicht Ruhe und Frieden aus? Im Licht der untergehenden Sonne erschienen seine Konturen weich und abgehoben von der Schwärze des Waldes.

Ein schrilles Weinen unterbrach Wondans Gedanken. Hastig rannte sie mit der Wäsche im Arm los. Subang, die gerade aufgewacht war, stand mit Tränen im Gesicht im Wohnzimmer.

„Bist du wach, mein Schatz?"

Das Kind reagierte nicht. Es preßte die Augen fest zu und nahm die Umarmungen und Küsse der Mutter nicht an. Wahrscheinlich hatte sich Subang beim Aufwachen in der Dunkelheit erschrocken. Ihr Höschen war naß. Es kam oft vor, daß sie scheinbar ohne Grund nach dem Schlafen weinte. Hatte das Kind Angst vor der Dämmerung? Auch beim Untergang der Sonne hatte Wondan dieses Verhalten an der kleinen Tochter schon beobachtet. Dann half eigentlich nichts, weder Umarmen noch Schimpfen. Sie schien bis zur Erschöpfung weinen zu müssen.

Eine Nachbarin, die früher als Krankenschwester gearbeitet hatte, riet Wondan, diese Dinge nicht so ernst zu nehmen. Kinder würden oft wegen Blähungen weinen. Doch Wondan konnte sich mit dieser medizinischen Erklärung nicht abfinden. Zu markerschütternd schrie ihre Tochter. Lag diesem hartnäckigen Weinen nicht die Ablehnung aller gegebenen Bindungen zugrunde? Sogar gegen die Mutterliebe schien sie sich zu wehren. Manchmal klang ihr das Schluchzen wie die Frage: „Wo bin ich?“ War das nicht ein Vorwurf, daß die Geborgenheit des Mutterleibes mit den Ängsten und Unwägbarkeiten dieser Welt vertauscht werden mußte?

Sogartig ergriffen diese Gefühle manchmal auch Wondan. Was für eine Welt sah das Kind vor sich? Nahm sie vielleicht das Weinen des Kindes doch zu ernst? Wo nur lauerte diese unbestimmte Angst?

„Subang, Mama ist doch bei dir! Ich muß mit dir schimpfen, wenn du nicht aufhörst. Solche Mädchen bekommen später einen Dümmling zum Mann!“

Wondan wiegte trotz besseren Wissens bei diesen Worten die Tochter beruhigend im Arm.

Inzwischen war der Berg ins Dunkel eingetaucht. Nur das Abendrot färbte noch den Himmel. Die Stimmung trieb ihre Gedanken weiter. Hatte nicht ihre Schwester bei einem Besuch gesagt, daß das Weinen des Kindes ererbt sei. Hatte sie sich nicht selbst in der Kindheit beim Aufwachen ähnlich fremd und verlassen gefühlt? Die Großmutter hatte ihr dann oft eine Kopfnuß gegeben und gesagt, daß ein Kind, das ohne Grund in der Dämmerung weint, den Tod der Mutter herbeiruft.

Die Erinnerung an die beschwörenden Worte der Großmutter machte Wondan unruhig. War die Prophezeiung der alten Frau doch mehr als eine leere Drohung gewesen? War ihre Mutter vielleicht nicht an einem plötzlichen Herzversagen gestorben? Immerhin sollen die Verwandten hinter vorgehaltener Hand erzählt haben, daß es ein Selbstmord und keine Schwächung infolge der Geburt gewesen sei. Jedenfalls hatte die Mutter drei unmündige Kinder auf der Welt zurückgelassen. Die Schwester war elf, Wondan neun und Yunsik nicht mal ein Jahr alt gewesen, als das Unglück geschah.

Auf einmal waren die Ereignisse, die über zwanzig Jahre versunken schienen, wieder da. Hatte sie damals nicht auch das Greinen eines Säuglings aus einem Alptraum geholt? Sie wußte nicht, wie spät es war. Im Zimmer brannte aber Licht. Die Mutter schien zu schlafen. Das Kind lag an ihrer Brust. Bestimmt wartete die Mutter auf den Vater und war darüber eingeschlafen. Sie hörte sich noch rufen: „Mama,Yunsik schreit. Er hat Hunger."

Aber die Mutter hatte nur mit aufgerissenem Mund und starren Augen geschaut und war nie mehr aufgewacht. Ihre Glieder fühlten sich kalt an. Nur ihre Brust, an der das Kind verzweifelt sog, war noch ein bißchen warm.

So trat der Tod früh in ihr Leben ein. Er verband sich für sie mit den eiskalten Händen der Mutter. Mehr war ihr nicht geblieben von diesem Gefühl des Nichts. Erst später hatte sie die Auslöschung des Ich als Schock empfunden, den man instinktiv verdrängen möchte. Noch heute träumte sie lieber mit offenen Augen. Doch wenn Subang an ihrer Brust lag, stiegen diese Bilder erbarmungslos aus der Vergangenheit auf. Wieder sah sie die tote Mutter mit dem Bruder vor sich. Wondan fühlte, daß es ihr schwarz vor den Augen wurde.

An diesem Abend kam Seungje erst gegen neun Uhr nach Hause.

In der Regel sagte er Bescheid, wenn es später wurde. Diesmal war das unterblieben. Ihre Frage schien er zu überhören. Während Wondan seinen Anzug auf den Bügel hängte, bemerkte sie, daß er nach Alkohol roch. Er blieb einsilbig.

Stattdessen hob er seine Tochter hoch, die sich freudig an den Vater klammerte. „Subang, mein Prinzeßchen, schläfst du noch nicht? Warst du heute auch brav und hast schön gespielt und gegessen?“ hörte sie ihren Mann sagen. Das Kind schien ihn zu verwandeln. Die Freude stand ihm ins Gesicht geschrieben. Dabei war Subang gewiß ein ganz normales Kind. Doch Seungje, der erst mit vierzig geheiratet hatte und Vater geworden war, empfand das Kind als besonderes Glück. In dem Moment mußte Wondan über sich selbst lächeln. Wie konnte sie dem weinenden Kind nur androhen, daß es einen Dümmling zum Manne nehmen müßte. Wie verwandelt war die Kleine, seit der Vater da war. Auch in Seungjes Gesicht forschte sie vergebens nach Spuren eines Pathos, das die unterstrichenen Worte wie „Mut“ oder „Leidenschaft“ rechtfertigten. Vor ihr stand nur ein alternder Vater, der sein kleines Kind zärtlich streichelte.

Während sich ihr Mann im Badezimmer wusch, bereitete Wondan Honigwasser zu. Seungje trank einen Schluck. Dann plötzlich sprach er den Satz, der ihr unwillkürlich den Schreck in die Glieder fahren ließ: „Dein Vater war heute kurz bei mir.“

Trotz der wie zufällig erscheinenden Mitteilung konnte Wondan kaum ihre Unruhe verbergen.

Nur mit Mühe unterdrückte sie eine Frage nach dem Grund des Besuches und wischte stattdessen stillschweigend den Tisch ab.

Ihr Mann wurde dagegen mitteilsam. „Er war in den Bergen bei Hwacheon, um Steine zu suchen. Leider hatten wir wenig Zeit, da ich Unterricht hatte. Ich habe ihm vorgeschlagen, zu dir zu gehen. Aber er hat auf mich in einem Café vor der Schule gewartet. Ich habe dann mit ihm zu Abend gegessen. Danach ist er mit dem letzten Bus nach Seoul gefahren. Hat er dich nicht angerufen?“

Mehr als ein kurzes Nein kam nicht über Wondans Lippen.

„Es müßte schon drei Jahre her sein, daß wir ihn zum letzten Mal gesehen haben“, fuhr ihr Mann fort. „Seit unserer

Hochzeit ist er recht alt geworden. Beinahe hätte ich ihn nicht erkannt." Seungje stockte und warf einen flüchtigen Blick in das Gesicht seiner Frau, bevor er weitersprach: „Das soll nun einer verstehen. Du willst nichts von ihm wissen, er kommt und will dich nicht einmal sehen ..."

Bisher war der Schwiegervater in ihren Gesprächen kein Thema gewesen. Seungje hatte das Schweigen seiner Frau für sich damit begründet, daß der Alte seiner Familie kein Ruhmesblatt gewesen sein mußte. Hatte nicht seine Schwägerin einmal erzählt, daß der Schwiegervater nach dem Koreakrieg als Invalide aus der Armee entlassen worden war und als Beihilfeempfänger der Regierung sein Dasein fristete. Mehr als dreimal war er dem Schwiegervater in der Zeit seiner Ehe bestimmt nicht begegnet.

Gleich nach ihrer Hochzeitsreise mußte dieser peinliche Vorfall stattgefunden haben. Damals hatten sie nach alter Tradition als Jungverheiratete den Schwiegervater begrüßen wollen. Doch im Armenviertel Sillim-Dong, wo Wondans Vater wohnte, trafen sie nur seine zweite Frau an. Die Wohnung machte einen unordentlichen Eindruck. Die Stiefmutter war auch sichtlich verlegen gewesen, daß Pulloverstapel und herumliegende Wollknäule ihre Heimarbeit verrieten. Der Schwiegervater, der angeblich kurz zum Friseur gegangen sein sollte, kehrte bis zum Abend nicht zurück. Wondan blieb keine Wahl, als sich der Zeremonie entsprechend als Frischvermählte im roten Rock und grüner Bluse vor der Stiefmutter zu verbeugen. Die Sache schien für beide Seiten unangenehm, zumal der Schwiegersohn nur ganze zehn Jahre jünger war als die zweite Frau von Wondans Vater. Auch beim Abendessen entspannte sich die Situation nicht. Die Mahlzeit war schnell zubereitet und sprach nicht für hausfrauliche Qualitäten.

Wondans Schwester machte aus ihrer Abneigung keinen Hehl. Beide Frauen vermieden es bewußt, die zweite Frau ihres Vaters mit „Mutter" anzusprechen, wie es die Sitte verlangt.

So ging der Abend eintönig dahin. Mit dem letzten Bus waren sie nach Chuncheon zurückgefahren. Wondan hatte sich an die Schulter ihres Mannes gelehnt und die Worte gesprochen, die ihr Leben innerhalb der Familie betrafen: „Ich habe kein Elternhaus. Erwarte also nichts.“ Seungje wurde schnell klar, daß er keine Hilfe von der Familie seiner Frau erwarten durfte. Andererseits hieß das auch, daß seinerseits keine Sorgepflicht gegenüber dem Schwiegervater bestehen würde.

Das hatte er akzeptiert und sich nie zum Friedensstifter zwischen Vater und Tochter aufgeschwungen. Über die Hintergründe der Verstimmung wollte er nicht genauer nachdenken.

Seungje mußte an eine alte koreanische Lebensweisheit denken: „Die verheiratete Tochter geht in die andere Sippe und ist dem Vater nur noch eine Unbekannte.“

Das Aufwärmen der alten Familiengeschichten würde zudem niemandem nützen.

Seungje war über Mittag in der Schule geblieben, da er am Nachmittag Unterricht hatte. Genau in der Pause kam der Anruf.

„Bist du's, Seungje? Weißt du, ich bin's, aus Sillim-dong“, meldete sich eine ihm unbekannte rauhe Stimme leise am Telefon. Obwohl der Ton vertraulich und freundlich schien, wußte Seungje nicht gleich, wer ihn sprechen wollte. Der Schwiegervater spielte schon lange in seinen Gedanken keine Rolle mehr. Sein plötzliches Auftauchen beunruhigte ihn.

Schließlich war Seungje, der den Schwiegervater nicht im Lehrerzimmer treffen wollte, über den Hof zum Pförtner gegangen. Dort begrüßte er ihn förmlich. Mit Anzug, exakt gebundener Krawatte und Sonnenbrille stand er ihm steif im frühherbstlichen Sonnenlicht gegenüber, und Seungje wußte nichts weiter zu tun, als dem Alten ihre Adresse und Telefonnummer aufzuschreiben. Zum Schluß drückte er ihm noch eine Wegskizze in die Hand.

„Ich habe ihm übrigens gesagt, daß wir inzwischen ein Kind haben und ein Haus kaufen konnten“, wandte sich Seungje wieder an seine Frau. Wondan, die Subang gerade den Schlafanzug überstreifte, antwortete zurückhaltend und nicht ohne merklichen Spott in der Stimme: „Wie toll!“

Inzwischen war es spät geworden. Doch das Kind zeigte keinerlei Müdigkeit. Wondan mußte seufzen. Bestimmt hatte die Tochter am Nachmittag zu lange geschlafen.

Die innere Unruhe wich auch in den nächsten Tagen nicht. Schließlich rief Wondan am dritten Tag ihre Schwester in Seoul an. Es war anzunehmen, daß sie über den Zustand des Vaters besser Bescheid wußte. Brauchte er Geld? Doch im Grunde flößte ihr die pure Existenz des Vaters die größte Angst ein. Sein Erscheinen konnte nur ein böses Zeichen sein. Weshalb drängte er sich in ihr Leben? Eine unsagbare Kälte überkam sie, wenn sie an diesen Mann dachte. Wondans Ungeduld stieg, da die Telefonnummer der Schwester gerade an diesem Tag dauernd besetzt schien. Endlich hatte sie Glück. „Bist du’s, Wondan? Mein Gott, fast hätte ich deine Stimme vergessen. Weshalb rufst du auch so selten an?“ „Mit wem hast du denn gerade so lange telefoniert?“ „Ach, niemand von Bedeutung. Wie das so ist. Die Kinder sind zur Schule. Alles ist aufgeräumt. Nun will man mal in Ruhe eine Tasse Tee trinken, da klingelt das Telefon wegen einer Nebensächlichkeit. Doch sag, wie geht es deiner Subang? Ist sie gesund?“ „Ja, alles in Ordnung“, hörte sich Wondan antworten. „Bei dir auch?“ Sie brachte es einfach nicht fertig, gleich nach dem Vater zu fragen. Schließlich erzählte sie, was passiert war. Die Schwester reagierte gelassen. Vielleicht weil sie gewohnt war, daß der Vater von Zeit zu Zeit ein Taschengeld von ihr erbettelte oder auch die Stiefmutter ihren Ärger über den Mann am Telefon entlud. „Von deinem Mann kann er doch nichts erwarten. Er ist eben ein Sonderling. Mach dir keine Gedanken darüber. Komme lieber mal zu uns zu Besuch. Sonst vergesse ich noch, wie du aussiehst. Dabei sind wir nur zu zweit, oder?“ hörte sie die Schwester sagen. Der letzte Satz klang etwas traurig. Aber

Wondan fühlte sich nach dem Telefonat nicht weniger unverstanden. Die Anspannung blieb. Telefon und Türschelle ließen sie zusammenzucken. „Warum habe ich nur eine solche Unruhe in mir?“ fragte sie sich selbst. Würde nicht das ‘Gespenst’ des Vaters seine Kraft über ihr Leben verlieren, wenn sie ruhig und gelassen reagieren könnte? Eigentlich existierte dieser Mann doch für sie schon lange nicht mehr. Bereits vor ihrer Ehe war sie jener Familie entkommen, die er verantwortungslos vernachlässigt hatte.

Spätestens seit der Hochzeit war jeder Faden durchgeschnitten. Damals hatten sich Vater und Tochter das letzte Mal gesehen. Auf Wondans Wunsch war das keinesfalls geschehen. Vielmehr hatte sie sich bei der Vorbereitung der Hochzeitszeremonie bis zuletzt gegen dieses ‘Familienspiel’ gesträubt. Denn die Tradition schrieb vor, daß der Vater im Hochzeitshaus feierlich die Tochter dem Schwiegersohn zuführte. Darin lebte symbolisch das alte konfuzianistische Gesetz weiter, daß eine Frau zuerst dem Vater, dann dem Mann und schließlich dem ältesten Sohn zu folgen habe. Doch Seungje, der so lange Junggeselle gewesen war, wollte nicht auf diesen feierlichen Akt verzichten. „Soll ich um den glücklichsten Augenblick gebracht werden, auf den ich vierzig Jahre warten mußte?“ hatte er auf Wondans Bitte geantwortet. Jedenfalls konnten ihn ihre Ausflüchte, sie habe ‘Lampenfieber’ und eine rein standesamtliche Trauung sei da günstiger, nicht umstimmen. Vielleicht nahm er es auch als Koketterie einer jungen Braut. Außerdem lag ihm an der Tradition, die so eindringlich den Trennungsschmerz von Vater und Tochter inszenierte. Schließlich verwies der besonnene Seungje seine Braut auf die Tatsache, daß der Wille zu einem glücklichen gemeinsamen Leben wichtiger sei als eine Diskussion über Hochzeitszeremonien. „Heiraten wir also wie alle anderen auch“, waren seine Worte gewesen. Wondan hatte schließlich zugestimmt. Vielleicht weil sie fühlte, daß eine ‘richtige’ Heirat in Seungjes Alter besonders wichtig war.

Am Hochzeitstag hatte sich Wondan nur widerwillig am Arm des Vaters zur Zeremonie führen lassen. Für ihr weißes langes Kleid und den getragen gespielten Hochzeitsmarsch lief sie viel zu schnell. Der Vater konnte kaum Schritt halten, und sie hatte deutlich sein Zittern gespürt und seinen starren Blick, als er ihre Hand in die Seungjes legte.

Wondan frühstückte spät. Es war schon gegen zehn, als sie das Geschirr abwusch. Da schellte es am Tor. Wer konnte das sein? Die niedrige Mauer behinderte die freie Sicht nicht. Vor dem Tor stand ihre Freundin Miock. Hinter ihr trat Sungjin ins Haus, mit dem die Freundin schon lange zusammen war. „So eine Überraschung! Daß ihr so einfach vor der Tür steht …“ Wondan freute sich ehrlich über den unerwarteten Besuch.

„Wir waren unterwegs. Da wollten wir doch mal bei dir vorbeischauen“, begrüßte Miock die Freundin aus der Universitätszeit, die sie seit einem Jahr nicht mehr gesehen hatte.

„Man merkt dir das Mutterglück an“, ergänzte Sungjin schmunzelnd, während er Trauben und Pfirsiche als Gastgeschenk auspackte.

Miock schien begeistert von dem kleinen Anwesen. Im Schatten des Glyzinienspaliers ließ sie sich das klare Leitungswasser über Gesicht und Hände laufen. „Sungjin, willst du dich nicht auch erfrischen. Hier kann man sogar noch das Wasser aus der Leitung ohne Bedenken trinken“, rief sie herüber. „Möchtet ihr etwas Kaltes oder lieber etwas Warmes trinken?“ fragte Wondan, die ein Frotteetuch und Handcreme brachte. Dann bat sie die beiden erneut in die Diele. Es interessierte Wondan schon, was die Freunde so überraschend zu ihr geführt hatte.

„Wenn du hier Wurzeln schlägst, bleibt uns ja nichts weiter übrig, als dich zu besuchen“, entgegnete Miock. „Weißt du, man sagt doch, daß Frühling und Herbst ganz besonders mit Liebe und Sehnsucht verbunden sind. Bringt der Mai den ersten Herzschmerz für ein Mädchen, so trägt die goldene Jahreszeit die letzten Träume einer Jungfer aus. Wie soll ich sagen … Berge und Wälder haben herbstliche Farben angelegt.

Auch der Fluß hat sich auf den Wechsel eingestellt. Wirklich, eine malerische Landschaft voller Klarheit."

Auf den ersten Blick schien die Freundin wenig verändert. Wie vor einem Jahr trug sie Jeans, T-Shirt und Stoffschuhe. Wie früher war ihr Haar kurz geschnitten. Doch beim genauen Hinsehen entdeckte Wondan die Fältchen um die Augenpartie in Miocks ungeschminktem Gesicht. Eine leichte Traurigkeit stieg in ihr auf, während sie das Obst wusch und den Wasserkessel auf den Herd setzte. Abwesend griff sie nach den Teetassen, die sie täglich benutzte. Doch dann entschied sie sich plötzlich für die guten Teller und Tassen hoch oben im Regal. Bisher hatte sie das kostbare Geschirr noch nie genommen. Unbewußt erinnerte sie wohl die Situation an einen Spätsommernachmittag, der einige Jahre zurücklag. Vielleicht konnte sie sich deshalb über den Besuch nicht mehr richtig freuen. Die Beklemmung blieb. Damals hatten Miock und Sungjin auch unverhofft vor der Tür gestanden und Obst mitgebracht. Auch damals hatte Wondan die beiden empfangen und Kaffee gekocht. Aber da gab es nur billige Kunststoff-Tassen, die allerdings nicht die tiefere Ursache für ihre Verlegenheit gewesen waren. Die Situation hätte schließlich nicht eindeutiger sein können. Es war Piljuns Wohnung, und sie trug sein Hemd, da sie die Nacht bei ihm verbracht hatte. Bestimmt erinnerten sich die Freunde an diesen Tag. Vielleicht wollte Wondan deshalb so krampfhaft zeigen, daß sie jetzt in geordneten und gesicherten Verhältnissen lebte.

„Ist der Papa von Subang nicht zu Hause?" fragte Miock, als Wondan mit dem Teetischchen in die Diele kam. Sie bemerkte, daß Sungjin die Bilder von ihrer Hochzeit und von Subangs erstem Geburtstag betrachtete, die auf dem Schmuckschränkchen standen. Sein Verhalten schien ihr zurückhaltender als sonst. So ging sie schnell auf Miocks Frage ein. „Mein Mann ist ein leidenschaftlicher Angler. Wenn er am Sonntag Zeit hat, macht er sich schon in der Morgendämmerung auf den Weg." Wondan wußte, das Seungje dieses Alleinsein brauchte, auch wenn das einige Ehefrauen seiner Kollegen anders sahen. Sie bestand ja ebenfalls auf ihrem kleinen Bereich, ihrem Zimmer, wo sie ihre Traurigkeit ausweinen konnte.

Wondan hatte Mühe, das Gespräch im Fluß zu halten. Aber den beiden Besuchern schien es ähnlich zu gehen. „Wie fühlst du dich fern der Hektik der Großstadt?“ fragte Sungjin schließlich. „Auf gewisse Weise ist das Leben hier sogar reicher“, hörte sie sich antworten. „Natürlich wird ein richtiger Seouler den Ort als Verbannung empfinden.“

Wondan kam sich vor wie im Theater, wo man Sprachlosigkeit hinter einem Redeschwall versteckte. Bestimmt war es für Sungjin nicht das Angenehmste, die ehemalige Freundin seines Freundes mit Mann und Kind im trauten Heim zu sehen.

Ihr Blick fiel auf die Reisetasche mit Schmutzwäsche, die Sungjin bei der Ankunft über der Schulter getragen hatte. Schon hörte sie sich fragen: „Ihr seid wohl schon einige Tage im Auftrag des Arbeitskreises unterwegs?“ Miock und Sungjin hatten nach dem Studium eine Anstellung bei einem Arbeitskreis angenommen, der sich der Vermittlung und Verbreitung von Volkskunst widmete. Ab und an sah Wondan Annoncen, die für Kurse in Maskentanz oder Samulnori-Spiel warben. Auch Berichte über Aufführungen oder Veranstaltungen des Arbeitskreises waren in der Zeitung zu lesen. In solchen Stunden waren ihre Erinnerungen wachgeworden, und sie hatte mit Wehmut an die Zeit ihrer Freundschaft gedacht. Manchmal hätte sie sich am liebsten mit in den Strudel der Ereignisse gestürzt. Aber sie blieb allein am Ufer zurück.

Miock antwortete auf die gestellte Frage ausweichend mit einem Bibelwort von den schlechten Zeiten, in denen man oft nicht wisse, was zu tun sei. Dabei runzelte sie merklich die Stirn. Doch schon mischte sich Sungjin in das Gespräch. Offensichtlich wollte er das Thema beenden. „Gehört das kaputte Dreirad da deiner Subang?“ fragte er unvermittelt.

„Mein Mann hat es erst vor vierzehn Tagen gekauft. Dabei kann die Kleine kaum richtig laufen, geschweige die Pedale treten. Da hat es eben nicht lange gehalten. Es war bestimmt ein unüberlegter Kauf. Aber mein Mann war so stolz", antwortete Wondan. Dann gab sie Sungjin den verlangten Werkzeugkasten und sah zu, wie Subang neugierig herbeilief, sich hinhockte und die Reparatur verfolgte. Der Hof mit dem grünen Rasen lag im Sonnenschein. Den Mann und das Kind hätte man für Vater und Tochter halten können. Alles war so friedlich. Ein Stück alltäglichen Lebens. Manchmal fand Wondan in solchen Bildern Kraft. Versprach das Leben nicht doch mehr, als man meistens dachte?

„Schön lebst du hier und ganz anders als früher." Es war, als hätte Miock ihre Gedanken erraten. Gesicherte Verhältnisse, sie selbst nett angezogen in ihrem geblümten Hauskleid, ein Teetisch mit gutem Geschirr, ein sauber geputztes Haus – all das mußte der Freundin als kleinbürgerliche Idylle und Muster an Oberflächlichkeit erscheinen. Schließlich hatte Wondan ein solches Dasein selbst einmal abgelehnt. Die spitzen Worte schien Miock also bewußt gewählt zu haben. Das war ihr nicht entgangen. Doch wie sollte die alte Freundin wissen, daß sie gerade in diesem ganz normalen Leben Kompensation und Heilung von der sie immer wieder heimsuchenden Vergangenheit zu finden hoffte. „Fegen, aufwischen, ein Kind aufziehen, auf den Mann warten … so schlecht, wie ich es mir früher vorgestellt habe, ist das gar nicht", entgegnete Wondan schließlich mit einem bitteren Lächeln. „Doch wie soll das mit dir und Sungjin weitergehen?"

„Nach der Hochzeit gleichen sich die Äußerungen. Da sollten sich die Leute nicht unnötig Gedanken um die Übriggebliebenen von einem gestrandeten Schiff machen. Schließlich bleibt es fraglich, ob Mann und Kind einen sicheren Ankerplatz im Leben garantieren", lautete Miocks knappe Antwort.

Wondan mußte unwillkürlich an ihre Studienzeit denken. Damals hatten sich die beiden in einem Klub zur Erforschung der Volkskultur kennengelernt. Nach dem Militärdienst war Sungjin sogar der Leiter der Arbeitsgemeinschaft gewesen.

Seit fünf Jahren lebten Miock und Sungjin zusammen. Wondan erinnerte sich noch gut an das feierliche Gelöbnis, das ihre freie Gemeinsamkeit besiegelte und mit schweren Goldringen, Wein und traditionellen Spielen gefeiert wurde. Es war die Zeit in Taehangno, als Tränengas, Pop-Songs von Abba und John Denver ihr Denken und Fühlen bestimmt hatten. Begeistert lasen sie Virginia Woolf und konnten nicht genug ihren Spruch zitieren, wonach man für ein unabhängiges und kreatives Leben zumindest ein Jahreseinkommen von fünfhundert Pfund und sein eigenes Zimmer braucht. Wondan und Piljun hatten all das mit den anderen geteilt. Wie besessen lebten sie damals. Oder verklärte sich die Jugend in der Erinnerung? Steuerte sie wirklich müde von Flucht und Abenteuer einen sicheren Hafen an, wie Miock es ausdrückte? Aber wie sollte sich eine Frau Anfang dreißig denn sonst von einer hoffnunglosen Liebe und einem verständnislosen Vater befreien?

Miock überging die noch immer im Raum stehende Frage mit einem verkniffenen Lächeln. Ihre Lippen wirkten dadurch wie ein häßlicher Strich. Statt einer Antwort stöberte sie weiter emsig im untersten Fach des Regals, wo Schallplatten standen. Plötzlich veränderte sich ihr Gesicht. „Da ist sie ja!“ rief sie freudig aus. Miock hielt eine Schallplatte in die Höhe, von deren Cover ihnen die berühmte und schöne Cellistin Jaqueline Dupré entgegenlächelte. Es war eine alte Aufnahme von Dvořáks Cellokonzert mit der Künstlerin, die durch ihr Können wie ihre orientalisch anmutende Schönheit viele Menschen in ihren Bann gezogen hatte. Als Frau des Dirigenten Daniel Barenboim schien sie zudem auf der Sonnenseite des Lebens zu stehen. Die Tragödie kam über Nacht. Eine Nervenlähmung hatte zum plötzlichen Abbruch ihrer Karriere geführt. Mit schwermütigen Augen und verzweifeltem Gesicht dämmerte sie dem Ende ihres Lebens entgegen. Am Tag, als die Zeitung ihren Tod meldete, hatte Piljun diese Schallplatte gekauft. Wondan erinnerte sich noch gut daran. Die vier Freunde waren die ganze Nacht über beisammen gewesen. Sie hatten Soju getrunken, immer wieder die Platte aufgelegt und dabei auf ihre Weise des Unglücks der Künstlerin und des Fluchs der Begabung gedacht.

Nach der Trennung von Piljun wollte Wondan alle Erinnerungen an ihre Zweisamkeit auslöschen. Nur von dieser Schallplatte vermochte sie sich einfach nicht zu trennen. Sie blieb ungespielt im Schrank.

In diesem Augenblick begann Miock zu reden. „Ich bin eigentlich gekommen, um dich um eine Gefälligkeit zu bitten." Bei diesen Worten sah sie der Freundin unverwandt in die Augen. „Also, kurzum, wir haben zur Zeit Probleme. Vergangene Woche hat man völlig unerwartet unseren Klub durchsucht und dabei vieles zerstört. Die Requisiten und Materialien für unsere Aufführungen sind beschlagnahmt. Die Veranstalter wurden sogar verhört. Dabei haben wir nichts Illegales getan.* Eigentlich brauchten wir uns keine Sorgen zu machen. Doch wir leben in einer wirren Zeit. Da sollte man lieber ein paar Tage von der Bildfläche verschwinden."

Miocks nüchterne Erklärung hatte das Lächeln in Wondans Gesicht zum Erstarren gebracht. Zeitungsmeldungen von Verhaftungen und Hausdurchsuchungen schossen durch ihren Kopf. Auf Beihilfe zur Flucht hatte es auch Strafen gegeben …

„Na, was ist?" Miocks Blick umklammerte sie schonungslos.

Nervös fuhr sich Wondan über das Gesicht, bevor sie die Worte schnell aus sich herausstieß. „Ein Besuch für ein paar Tage hätte mich wirklich gefreut. Doch wenn es so ist … hier sind wir einfach nicht so unbeobachtet, wie du denkst. So gottverlassen ist der Ort nicht. Dazu arbeitet mein Mann als Lehrer an einer öffentlichen Schule. Ein netter Durchschnittsmensch ist er, der aber auch seine Grenzen kennt. Ich

* Politisch engagierte Studenten, die für ein demokratisches Südkorea eintraten, organisierten sich während der Militärherrschaft in solchen Klubs bzw. Arbeitsgemeinschaften. Diese Tätigkeit wurde als nicht staatskonform betrachtet.

habe nicht den Mut, euch zu verstecken. Vielleicht fehlt es mir sogar an Überzeugung für so einen Schritt. Ich sage es offen heraus. Verzeih mir! Aber eigentlich habe ich mich schon immer an das Gegebene im Leben gehalten. Ich brauche diese Sicherheit der Ehe. Ist denn das so unnatürlich?"

„Nun hör' schon auf", unterbrach die Freundin sie . „Halte keine Volksreden, um zu sagen, daß es nicht geht." Sie lachte heiter, während sie Wondans Schulter berührte.

In der Zwischenzeit hatte Sungjin das Dreirad in Ordnung gebracht. Mit Wachs poliert stand es da wie neu. Subang war von dem Onkel begeistert, der sie gleich ein paar Runden im Hof fahren ließ. Dann wischte sich Sungjin den Schweiß von der Stirn und zeigte auf den Berg, der im gleißenden Sonnenlicht stand. „Das Haus hat eine gute Lage. Bestimmt hast du es nach alter Pungsu-Tradition ausgewählt, damit Yin und Yang zum Wohle der Familie im Einklang stehen", wandte er sich dann an Wondan, die aus dem Haus getreten war.

„Zwar kenne ich mich nicht so gut aus, aber ich habe das Haus schon wegen des Berges gekauft. Das Haus liegt so frei." Mit halbgeschlossenen Augen deutete Wondan dabei in die Richtung ihrer Träume und Sehnsüchte.

Miock, die hinzugetreten war, nahm den Gedanken auf. „Die Sonne scheint auf dem Berg ihre Kräfte zu sammeln. Seltsamerweise geht nur von da so ein stilles Leuchten aus. Bestimmt ist es nicht weit bis zum Gipfel. Wollen wir nicht eine Wanderung machen?"

Miock tat, als sollte es gleich losgehen.

Wieder glaubte Wondan der Freundin die Situation erklären zu müssen. „Ich sehe den Berg da drüben lieber aus der Ferne. Das gibt mir ein Gefühl von entrücktem Frieden und ewiger Hoffnung. Aus der Nähe wird er dagegen bestimmt zu einem ganz gewöhnlichen kleinen Berg."

„Ich sehe das anders", entgegnete Miock. „Im Verharren und Träumen wird man den Berg mit seinen Gräsern, Bäumen, Tieren nie wirklich begreifen und verstehen. Ohne den Weg gegangen zu sein, bleibt dein Gefühl ohne Verständnis und letztlich eine Lüge oder Illusion. Man kann belebte Natur nicht wie eine Miniatur betrachten …"

Diesmal traf Miocks Antwort sie wie ein Stich ins Herz. Zumindest wurde ihr klar, wie verschieden ihre Lebensauffassungen sich entwickelt hatten. Oder war die Kritik einfach die Reaktion auf Wondans ausgesprochene Ablehnung?

Miock und Sungjin verließen das Haus bei Sonnenuntergang. Ein Abendessen hatte Wondan schnell zubereitet. Beim Abschied nannte sie den Freunden die Abfahrtszeit des Zuges in Richtung Seoul. Was hätte sie auch sonst noch tun können?

„Wir haben nicht einmal das Recht und die Freiheit, die Jahre zu überspringen, um früher alt zu sein." Wie ein Seufzer hatte dieser letzte Satz aus Miocks Mund geklungen.

Während sie beim Einkaufsbummel über die Dinge nachdachte, wurde sie schlagartig durch einen Blumenstand am Straßenrand an die ersten Jahre ihres Lebens erinnert. Die rote Farbe der Blasenkirschen, die wie Öllämpchen freundlich am langen Stengel in der Herbstluft baumelten, zogen sie an. Sie atmeten den Gang der Natur mit Sonne, Regen, Wind und Frost. Während ihrer Kindheit hatte Wondan einige Jahre im Elternhaus ihrer Mutter verbracht. Damals bepflanzte sie mit ihrer Schwester heimlich in der Nähe des Lagerplatzes für die Sojasoßen-Krüge ein kleines Blumenbeet mit Sämlingen von Blasenkirschen. Wie vorsichtig hatten sie die Pflänzchen gepflegt und mit welchem Herzklopfen hatten sie das Reifen verfolgt. Diese Blätter und Blüten blieben ein Geheimnis. Endlich waren die roten harten Früchte da, in denen die Blasenkirschen klapperten. Noch heute hörte sie diesen Ton, der sie durch den Herbst begleitete. Es war eine gute Erinnerung.

Aber die Zeit war nicht gut gewesen. Damals hatte sich der Vater durch Glücksspiele hoch verschuldet und schließlich die Familie verlassen. Der Mutter blieb zum Überleben der Kinder nur die Rückkehr in ihr Elternhaus. Das war für die Frau, die eine ehrliche und anständige Haut war, ein schwerer

Gang. Aber ihr blieb keine Wahl, nachdem der Mann in seiner Spielwut am Ende sogar seine gesunde und fleißige Frau als Pfand gesetzt hatte. Obwohl man darüber nur munkelte, mußte es stimmen, da ihre Mutter offensichtlich von Kumpanen des Vaters belästigt worden war.

Wondan sah die Mutter beim Packen des ärmlichen Hausrates noch vor sich. Sie hatte dabei geweint und zugleich trotzig die Tränen weggewischt und geklagt: „Das ist kein Mann und Vater, sondern ein Feind. Wie kann ein Mensch nur ... in Grund und Boden schäme ich mich ...“ Wondans Schwester schien den Aufschrei der Mutter damals sehr wörtlich genommen zu haben. Denn sie sprach oft davon, daß sie sofort weiterziehen müßten, wenn der Vater im Haus der Großmutter auftauchen sollte.

Die Kinder kannten den Vater nur als einen berüchtigten Spieler, der durch sein Hinken infolge einer Kriegsverletzung auffiel. Im Dorf nannte man ihn deshalb auch mit Spitznamen „Hinkefuß“ oder „Linker Meister“, da er gewitzt aus der linken Hand die Karten legte. Oft verbrachte er die Hälfte des Jahres auf Wanderschaft. Kam er nach Hause, dann brachten seine Trunksucht und seine Spielschulden nur Unruhe in die Familie. Für den Lebensunterhalt mußte allein die Mutter sorgen, die dauernd allerlei Kuchen für den Markt oder für Feiern im Ort buk. Deshalb roch das Haus auch von früh bis spät nach Süßigkeiten und Öl. Der Ölfilm war überall zu spüren, vom Boden über die Papierfenster bis zu den Türbeschlägen. Die Mutter selbst sah durch die ständige Arbeit verhärmt und verbraucht aus.

Der Vater, der diesen Geruch nicht ausstehen konnte, verbrachte die meiste Zeit in Lokalen der Stadt. Sie erinnerte sich der derben Frotzeleien der Leute, die seine Auschweifungen und „Qualitäten“ im Spiel auf das „Bestimmte“, was nur die Ehefrau wissen könne, ausweiteten. Es war unverständlich, warum die Mutter letztlich so lange bei ihm blieb.

Wondan hatte sich für diesen Vater und den süßlichen Geruch, der sie ständig umgab, geschämt. Schließlich hatte sich die Mutter mit den Kindern in einem bescheidenen Zimmer im Haus der Großmutter niedergelassen. Das notwendige Geld verdiente sie als Hilfe in einem Gasthof der Stadt.

Ungefähr zwei Jahre später mußte es dann gewesen sein, daß der Vater plötzlich fesch angezogen vor der Tür stand und den Töchtern als Geschenk nagelneue Schultaschen mitbrachte. Kurze Zeit danach war die Mutter wieder schwanger geworden. Im darauffolgenden Winter kam der Bruder Yunsik zur Welt. Es waren schwer durchschaubare und unruhige Monate gewesen, die man heute mit dem Schlagwort „Kim Sinjo-Affäre“ umschrieb. Vor dem Hintergrund eines von Nordkorea geplanten Attentats auf den Präsidenten hatte sich die Situation zugespitzt.*

Der Vater war wie berauscht und schien sich voller Leidenschaft in die tagespolitischen Ereignisse zu stürzen. Die Geburt des Nachkömmlings nahm er kaum wahr. Stattdessen traf er sich häufig mit Männern, die er „Kriegskameraden“ und „Gesinnungsgenossen“ nannte, und kam meistens betrunken krakeelend mit rotunterlaufenen Augen nach Hause.

Seine volle Stimme ertönte aber auch auf Straßenkundgebungen, die er vor dem Quartier der US-Armee oder am Bahnhof organisierte. Die Leute sagten, daß er für die Entmachtung Kim Il-Sungs eintrat. Schon im Koreakrieg, hieß es, hätte sich der Vater durch die Tapferkeit eines Tigers ausgezeichnet und viele Orden bekommen.

Dann kam der Tag, an den sich Wondan gut erinnerte. Der Vater war nüchtern vor Sonnenuntergang zurückgekommen

* Schießerei vor dem Amtssitz des Präsidenten in Seoul am 21.1.1968. Nach Aussage des einzigen Überlebenden des nordkoreanischen Überfallkommandos hatten die 31 Männer den Auftrag, den Präsidenten Chung-Hee Park zu ermorden.
Schwerste Provokation nach Ende des Korea-Krieges mit weiteren Folgen (u.a. wurde am 23.1.1968 das US-Aufklärungsschiff „Pueblo“ von nordkoreanischen Schnellbooten nach Wonsan/Nordkorea gezwungen). Im April 1968 begann daraufhin auf Befehl von Präsident Park der Aufbau einer milizartigen „Heimatschutztruppe“ aus Reservisten und Kriegsveteranen.

und hatte den Kindern eine Torte mitgebracht. Doch kaum war die begehrte Schachtel geöffnet, war die Mutter, die mit dem Baby auf dem Boden gesessen hatte, schreiend aufgesprungen. Um den Zeigefinger trug der Mann einen blutigen Verband. Der Vater gab sich gelassen. „Was ist das schon, gegen das Blut der Kameraden, die auf dem Schlachtfeld im Kampf gegen die Kommunisten ihr Leben lassen mußten." Dann setzte er einen heroischen Gesichtsausdruck auf und bot gleich alle zehn Finger als Opfer an. Selten hatte Wondan die Mutter so zitternd und unbeherrscht wie in dieser Stunde erlebt. „Du Dummkopf", kam es aus ihrem Mund, „statt mit Blut Pamphlete zu schreiben, solltest du lieber für die Familie sorgen."

Die Kinder waren verschreckt aus dem Zimmer gelaufen, obwohl die Torte mit den buntgefärbten Cremehäufchen in Blumenform lockte. Der Traum aus den Bäckerladen stand vor ihnen und blieb doch unerreichbar. Seitdem hatten derartige Leckereien für Wondan einen unguten Beigeschmack von Schäbigkeit, Armut und Betrug.

Am nächsten Tag waren in den Zeitungen viele Fotos und Berichte über die „Heimatschutztruppe" der Kriegsveteranen abgedruckt gewesen. „Meuchelmörder Kim Il-Sung" und „Nieder mit dem Attentäter" hatten die Männer um Wondans Vater mit ihrem Blut geschrieben. Eine Zeit lang begegnete man ihrer Familie höflich. Jedoch blieb immer unklar, ob es aus Achtung oder Distanz geschah. In der Schule hatte sogar der Lehrer den Einsatz des Vaters im Kampf gegen den Kommunismus für ein friedliches Leben hervorgehoben. Wondan war damals unvermittelt in Tränen ausgebrochen, weil sie eine gewisse Scham in sich aufsteigen fühlte.

„Der Mann scheint endlich zur Vernunft gekommen zu sein", hatte die Großmutter damals gesagt. In der Tat erhielt der Vater erstmals eine Stelle als Wärter am Bahnhof in Pyongteak und mietete ein Zimmer in der Stadt. War es ein unverdientes Glück, wie die Nachbarn neidvoll sagten, oder kam er mit über vierzig doch endlich seiner Pflicht nach? Die Großmutter sprach immer wieder davon, daß der Tochter nun eine gute Zukunft beschieden sei, die das Vergangene bald vergessen lasse. Sie hatte der Tochter beim Umzug geholfen und sogar zum Einzug das Zimmer geheizt.

Wondan ließ ihre Gedanken treiben, während sie über den Markt bummelte. Sie kaufte ein Bündel Blasenkirschen und ein paar Zweige Hagedorn, an denen pralle rote Früchte hingen. All das stimmte sie auf den Herbst ein. Wie schön würde sich der Strauß am Fenster im Sonnenlicht ausmachen.

Subang schien auch von dem Markttreiben angezogen. So viel gab es zu sehen. Wohl deshalb blieb sie ruhig und verlangte nicht, auf dem Rücken getragen zu werden. Wondan ließ die Kleine einen Stiel Blasenkirschen tragen und nahm sich selbst Zeit zum Schauen. Erst blieb sie bei einem Dekorateur stehen, um schwarz-weiß gestreiften Stoff für Vorhänge zu betrachten, dann betrat sie ein Möbelgeschäft, das ein ausgewähltes Angebot an handgefertigten Stücken führte. In einer Buchhandlung blätterte sie in einem Band über Innenarchitektur. Dabei kamen ihr unwillkürlich Miocks bittersüße Worte in den Sinn. Ja, sie lebte schön und geordnet. Doch die Freundin würde nie den Grund für diese Sehnsucht nach genormter Geborgenheit begreifen. Sie würde Wondan auf die Realitäten verweisen, auf die Tatsache, daß am Abend die Sonne untergeht und wilde Tiere den Zaun zur heilen Welt niederreißen können. Deutlich sah sie Miocks Gesicht mit den zusammengepreßten Lippen vor sich. Doch für Wondan war diese abgezäunte Welt, die Sonne und Sicherheit versprach, unverzichtbar.

„Ist das deine Tochter?" Eine Stimme riß sie aus den Gedanken. Vor Wondan stand der Vater. Während er die Brille abnahm und sich die Augen rieb, schaute er wie gebannt auf Subang. Die Tochter vermochte nur einen flüchtigen Blick auf den bunten Geschenkkarton zu werfen, der neben dem Tor lag.

„Wann bist du angekommen? Hast du meinen Mann schon getroffen?" Wondan spürte beim Sprechen den Kloß im Hals.

Bestimmt stand ihr der Schreck ins Gesicht geschrieben. Allmählich fand sie zu ihrem inneren Gleichgewicht zurück, auch wenn sie sich von dem Vater überrumpelt fühlte. Seltsamerweise nahm sie die Situation gefaßter als erwartet auf. Irgendwie spürte sie nach den Tagen der Unruhe, die der erste Besuch des Alten bei ihrem Mann in ihr ausgelöst hatte, eine Art Erleichterung. Es war, als hätte sie die Begegnung in ihren Gedanken durchgespielt und einkalkuliert.

„Etwa eine Stunde bin ich da … das Haus habe ich ohne Schwierigkeiten gefunden. Dein Mann hat mir beim letzten Mal ja eine Wegskizze gegeben." Die Worte kamen langsam aus seinem Mund, während er auf seine Armbanduhr schaute. Sein weißes Haar war ordentlich zurückgekämmt und gab die gebräunte Stirn frei. Sein schmales Gesicht mit der Hakennase und den Schlitzaugen unter den dicken Augenlidern ließen Wondan nach wie vor an einen Raubvogel denken.

Wondan ließ sich betont Zeit mit dem Öffnen des Tores. Sie zelebrierte regelrecht den Vorgang, indem sie das Bündel Blasenkirschen auf den Boden legte und die Tochter, die sich aus Angst vor dem Fremden an ihrem Rock festhielt, gemächlich auf den Arm nahm.

Endlich sprang das Schloß auf und sie bat den Vater herein.

„Dein Garten sieht gepflegt aus", sagte der Alte, während er zögernd in leicht gebückter Haltung durch das Tor trat. Aus dem Haus drang Geigenmusik, die Wondan gern hörte. Er war verwundert, daß sie das Radio während ihrer Abwesenheit spielen ließ. Nachdem die Tochter das Kind auf den Boden gesetzt hatte, schaltete sie das Radio ab.

„Die Kleine ist dir wie aus dem Gesicht geschnitten", nahm der Alte das Gespräch wieder auf. Er fragte nach dem Namen und redete auf die Kleine ein, die schläfrig blinzelte.

„Du hast bestimmt noch nicht Mittag gegessen", entgegnete Wondan schließlich. „Ich werde den Tisch decken. Ruh dich aus." Bewußt schnitt sie dem Alten, der seine Jacke auf den Sessel legte und ein Geschenk auszupacken begann, das Wort ab. Zu unverschämt spielte er die Rolle des Vaters und Großvaters.

„Ich werde hier übernachten."

Wondan blieb bei der Äußerung des Vaters beim Abendessen fast der Reis im Halse stecken. Der Satz kam unerwartet, da der Schwiegersohn sich lediglich erkundigt hatte, ob er in der Gegend wieder Steine gesucht habe. Wondan hatte zudem bewußt vor Sonnenuntergang den Tisch gedeckt und Seungje telefonisch unterrichtet. All das sollte ein Bleiben über Nacht verhindern. Doch der Vater schützte Kopfschmerzen vor und lobte die frische Luft, die in seinem Alter gut sei.

Seungjes darauf folgende großzügige Einladung an den Vater verdarb Wondan völlig den Appetit. Sie stand auf und begann das Geschirr abzuwaschen, während der Alte mit seinen Erzählungen dem Schwiegersohn zu imponieren versuchte. Wieder sprach er von seinem Einsatz für die Einheit des Landes. Er kritisierte die Laschheit der schulischen Erziehung in dieser Frage, die den Kommunisten nur zuarbeite. „Die Lehrer müssen den Schülern das ungeschminkte Gesicht des Krieges und der Machthaber im Norden zeigen. Gehörst du eigentlich noch der Vorkriegsgeneration an?" tönte die Stimme des Alten in die Küche.

„Ich war drei Jahre alt, als der Krieg ausbrach", hörte sie ihren Mann antworten. „Ich habe also schon Erinnerungen. Ich bin deshalb auch der Meinung, daß man die Ursachen solcher Verbrechen analysieren muß, um in Zukunft anders handeln zu können."

„Ich gehöre aber zu denen, die mit der Waffe gekämpft haben", fiel ihm der Alte ins Wort. „Weich und zu fein sind die Lehrer für solche Dinge. Wenn der Gegner aber nicht nachgibt, nützen schöne Worte gar nichts! Ich weiß, wovon ich spreche, ich kann deiner Generation schon lange Ratschläge geben ..."

Seungje lachte laut. Es war deutlich, daß er keine Lust hatte, das Gespräch weiterzuführen.

Der Vater ging zu Bett, nachdem er die Nachrichten geschaut hatte. Er übernachtete in dem Zimmer, das Wondan und Seungje „Raum der Existenz" genannt hatten. Es war mit Bücherregalen und einem Schreibtisch ausgestattet. Seit langem träumte ihr Mann davon, einmal ein Werk zur theoretischen Mathematik zu verfassen.

Wondan empfand es als unangenehm, daß sie einem Menschen, mit dem sie nichts verband, das Lager bereiten mußte. Nachdem sie das Zimmer fertig hatte, fragte sie dennoch höflich, ob er sonst noch einen Wunsch habe. In dem Augenblick sah sie seine verstümmelten Finger, die gerade den Hemdsärmel aufzuknöpfen versuchten. Sie wandte sich ab.

Schon lange war es dunkel im Haus. Doch Wondan fand keinen Schlaf, obwohl sie sich zerschlagen fühlte. Nachdem sie sich von einer Seite auf die andere gewälzt hatte, stand sie auf und öffnete die Glastür. Ein paar Datteln fielen vom Baum, obwohl sich kein Lüftchen regte. Die Einsamkeit der Herbstnacht umfing sie. Nur das Zirpen der Grillen gab Wondan Trost. Wie vergänglich war ihr bedingungsloser Haß auf den Vater, obwohl er bestehen blieb.

Sie schüttelte energisch den Kopf, um das Bild der verstümmelten Finger, die das Hemd ungeschickt aufknöpften, zu verscheuchen.

Gesicht und Stimme des Vaters. Wie groß und gewaltig war ihr beides damals auf der Kinoleinwand erschienen. Kameradschaft und Vaterlandsliebe, Leidenschaft und schließlich Blut, das den Höhepunkt besiegelte. Im Zuschauerraum hatte Wondan leise Schreie und auch Kichern gehört. Dann war alles vorbei.

Wondan erinnerte sich noch an die Starre, die sie in sich gespürt hatte. Erst als Piljun, der neben ihr saß, sanft an ihrem Arm rüttelte und zu sprechen begann, konnte sie den Blick von der Leinwand lösen. Einen „heidnischen Fanatiker" hatte ihr Freund damals den Vater genannt und angefügt, daß man wohl immer noch über so eine barbarische Tat Gemeinsamkeit erzeugen wolle. Das war genau einen Tag nach jenem schrecklichen Ereignis gewesen, das die Nation erschütterte. Ein Passagierflugzeug der südkoreanischen Fluggesellschaft

KAL war von den Russen abgeschossen worden.* Für Wondan kam es einem Schock gleich, ihren Vater gerade jetzt im aktuellen Vorprogramm im Kino zu erleben. Denn eigentlich wollten sie nur die letzte Aufführung eines bekannten Films sehen.

Zudem hatte Wondan ihren Vater damals schon bewußt gemieden und familiäre Kontakte auf ein Minimum beschränkt. Um unabhängig zu sein, verdiente sie ihr Geld für das Studium selbst. Da sie sich nebenbei stark in der Arbeitsgemeinschaft engagierte, blieb ihr letztlich kaum Freizeit.

Der Stiefmutter verschwieg Wondan den Vorfall. Über die Gründe wollte sie nicht nachdenken. Vielleicht lag es einfach daran, daß sie gewöhnlich spät heimkam und früh das Haus wieder verließ. Aber wahrscheinlich hätte die einfältige Frau den Sachverhalt auch gar nicht begriffen, obwohl der Mann mit einem blutdurchtränkten Verband um den Zeigefinger aufgetaucht war.

Der Film dauerte fast zwei Stunden. Wondan war froh, daß ihr Freund in der Dunkelheit ihr Gesicht nicht sehen konnte. Zu deutlich mußte sie gegen Scham, Enttäuschung und eine Prise Mitleid ankämpfen. Warum, warum nur mußte der Vater mit spektakulären Selbstverstümmelungen den Sinn seiner Existenz beweisen? Es war nicht das erste Mal, daß er zu solchen Methoden griff. Schon als die Frau des Präsidenten Park erschossen wurde,** hatte er auf einer Kundgebung mit sei-

* In der Nacht vom 31.8. zum 1.9.1983 wurde eine Boing 747 der KAL mit 269 Menschen an Bord in der Nähe der Insel Sachalin von einem sowjetischen Kampfflugzeug abgeschossen. Alle Insassen kamen ums Leben. Die KAL-Maschine war aus bis heute nicht eindeutig geklärten Gründen von der vorgeschriebenen Flugroute stark abgewichen und in den sowjetischen Luftraum eingedrungen. Der Zwischenfall löste eine internationale Krise aus.

** Während einer Feier zur Erinnerung an die Befreiung Koreas von japanischer Kolonialherrschaft am 15.8.1974 im Nationaltheater in Seoul versuchte der 23jährige Se-Kwang Mun – wahrscheinlich in nordkoreanischem Auftrag – Präsident Park zu erschießen. Dabei wurde die Frau des Präsidenten tödlich verletzt.

nem Blut eine Losung geschrieben. „Wieviel hat man Ihnen denn dafür rübergereicht?“ hörte sie noch heute die Leute spöttisch fragen.

Der Vater schien das nicht wahrzunehmen. Denn mit unbeirrbarem Imponiergehabe erzählte er jedem, der es hören wollte, von seinem Patriotismus. Wondan hatte sich für das närrische Verhalten des Alten geschämt.

Aber jetzt saß der Schock unendlich viel tiefer.

Auf einmal sah sie auch ihre Lage ohne jede Illusion. Da war die ungewisse, doch tiefe Liebe zu Piljun und eine Zukunft, die vorerst nur auf Hoffnungen gebaut schien. Alle weiteren Dinge offenbarten sich als Selbsttäuschungen, die durch das gerade Erlebte unhaltbar wurden.

An diesem Abend war Wondan nicht nach Hause gegangen. Gemeinsam mit Piljun lief sie durch die Nacht auf der Suche nach einem Zimmer für ein für die Welt verlorenes Liebespaar.

Einfach Schutz hatte sie als Frau bei einem Mann gesucht. Ganz nach gängigem Muster war Wondan in diesen Stunden einfach nur eine Frau, die einen Mann mit ihrem Körper ködern will. Wie eine Verzweifelte hatte sie nach dem letzten aller Mittel gegriffen.

An dem Vater und der ganzen Welt wollte sie sich durch dieses Selbstopfer rächen.

Der dichte Nebel nahm dem Vater die Sicht. Es schien ihn nicht zu stören. Unbeirrt setzte er einen Fuß vor den anderen. Die schmutzig-feuchte Luft lag wie ein Gespenst über dem Weg. Schüler und Leute, die zur Arbeit gingen, tauchten nur kurz und schemenhaft auf und schwammen sogleich wie Inselchen im Nebelmeer wieder davon. Der Vater schien ein Teil dieser undurchsichtigen Flut zu sein.

Der Alte verweilte ein wenig, als wenn er sich orientieren wollte. Dabei wußte er genau, wo sich das Haus der Tochter befand. Er brauchte nur das linke Gäßchen am Supermarkt entlangzugehen, das am Ende in einen steilen Pfad einmündet, um schließlich vor dem eisernen Tor anzukommen.

Der Spätherbst ließ die Nebelschwaden dichter und dichter werden. Am ersten Morgen war er regelrecht von den dunklen Schwaden überwältigt, die er bei Tagesanbruch ins Zimmer geholt hatte.

„Um Gottes Willen, heute kann man die Luft wieder schneiden! Bitte nimm den Mundschutz und atme nicht tief durch. Das schadet den Bronchien ..." hörte er fast jeden Tag die Tochter zu ihrem Mann sagen, wenn er zum Dienst ging. Daraus schloß er, daß für die Bewohner der kleinen Stadt der Nebel zur Alltäglichkeit geworden war.

Vor drei Tagen hatte der Alte zum ersten Mal in aller Frühe einen Spaziergang gemacht. Doch der Schwiegersohn, der bei seiner Rückkehr gerade das Haus verließ, riet ihm von solchen Unternehmungen eindringlich ab, da besonders im Frühjahr und im Herbst ältere Leute bei diesen Witterungsverhältnissen erkranken würden.

Doch der Vater fand oft keinen Schlaf. Schon vor Sonnenaufgang lag er wach. Wie sollte er die Stunden totschlagen? Bis zum Frühstück blieb noch viel Zeit, und vor seinen Augen gaukelten wirre Bilder, die seinen Kopf marterten.

Das Tor war nicht abgeschlossen. Der Alte nahm an, daß sein Schwiegersohn schon das Haus verlassen hatte und die Tochter ihn vom Spaziergang zurückerwartete. So ging er geradewegs in die Küche, nahm die Wasserflasche aus dem Kühlschrank und schenkte sich ein Glas ein. Während er trank, warf ihm die Tochter, die den Frühstückstisch abräumte, einen flüchtigen Blick zu.

„Da bist du ja", sagte sie.

„Ach, ... ist das ein Nebel heute", kam es zurück.

„Ja, das liegt wohl an den vielen Staudämmen rund um unser Städtchen", entgegnete sie.

„Fehlt Subang etwas? Ich hatte den Eindruck, daß sie heute Nacht unruhig war."

„Das macht nur der Klimawechsel. Eine leichte Erkältung, weiter nichts", beeilte sich die Tochter zu antworten.

„Geh lieber zum Arzt. Leichte Erkältungen sollte man nicht unterschätzen."

Über das Gesicht der Tochter, die gerade das schmutzige Geschirr in die Spüle stellte, huschte ein merkwürdiges Lächeln, das ihn verunsicherte. Unvermittelt verstummte er. Der Gesichtsausdruck von Wondan erschien ihm kalt und abweisend. Wollte sie ihm klar machen, daß er kein Recht habe, den fürsorglichen Großvater zu spielen? Eine Weile kam er sich wie ein ertapptes Kind vor, das nicht wußte, wo es hinsehen sollte.

Verlegen hüstelnd ging er in sein Zimmer. Dort blitzte schon alles. Das Bettzeug war verstaut und der Papierkorb geleert. Das Einzige, was seine Anwesenheit belegte, war seine Brille auf dem Schreibtisch und der sorgfältig auf einem Bügel hängende Anzug. Eine durchsichtige Folie schützte ihn vor Staub. Sonst erinnerte nichts in diesem Raum an seine Person. Er fühlte sich fremd, obwohl er schon zehn Tage hier wohnte.

Nicht nur das Zimmer, sondern alle Dinge, die er benutzte, ordnete und säuberte die Tochter so gründlich. Wenn er am Morgen aus dem Bad trat, war der Frühstückstisch schon gedeckt. Während er aß, räumte sie bereits das Badezimmer auf und wechselte die Handtücher.

Anfangs hatte der Vater vermutet, daß sie sich aus reiner Höflichkeit oder traditioneller Ehrerbietung so verhalten würde. Er wollte die Situation entkrampfen, indem er vorschlug, daß Bettzeug gleich im Zimmer zu belassen und auf das pünktlich vorbereitete Frühstück zu verzichten. Das sei ihm nicht wichtig, hatte er hinzugefügt. Aber die Tochter war nicht darauf eingegangen. Vielmehr hatte sie ihm deutlich gemacht, daß sie diese Ordnung brauche und ihre Gewohnheiten nicht ablegen wolle.

Die Erkenntnis, daß Wondan wahrscheinlich aus Verweigerung fegte und wischte, traf ihn wie ein Schlag. Tilgte sie auf diese Weise nicht jede Spur seiner Existenz?

Der Alte unterließ es deshalb weiterhin, der Tochter den Grund seines Besuches zu erklären, da er unsicher war, wie sie reagieren würde.

Er wurde das Gefühl nicht los, in einem gut geführten

Gasthaus untergekommen zu sein. Sie war gleichbleibend höflich zu ihm. Er blieb verunsichert. Immer mehr zeigte sich, wie wenig er Wondan in Wirklichkeit kannte.

Frühling, Sommer und Herbst hatte der Vater damals im Goldfieber in einer Mine in den Sobaek-Bergen verbracht.

Als er mit abgezehrtem Gesicht vor der Tür stand, war die Mutter im letzten Monat schwanger. Am Silvestertag hatten dann plötzlich die Wehen eingesetzt. In der Morgendämmerung zu Neujahr kam das Kind zur Welt. Eine Hebamme war zu dieser Stunde nicht zu finden. So mußte der Vater Beistand leisten. Das neugeborene Kind, das er in den Armen halten mußte, hatte ihn unerklärlich irritiert. Eine Empfindung für das Kind wollte sich nicht einstellen. Die Fassungslosigkeit, in die sich Bestürzung und ein Gefühl der Unzulänglichkeit mischte, blieb.

Dagegen hatte sich die Frau, die vom Lande stammte, stark und gefaßt verhalten. Er hatte kaum darüber nachgedacht. In seinen Augen war es Mutterinstinkt und die Erfahrung durch die erste Geburt. Geschickt hatte die Mutter die Nabelschnur mit den Zähnen durchtrennt und dann abgebunden. Erst danach ließ sie den Mann an einer sauberen Stelle im Hinterhof den Mutterkuchen verbrennen. Unbewußt hatte er die Augen zugekniffen, als er die Nachgeburt und die blutbefleckten Wäschestücke aus dem Zimmer tragen mußte.

Die Morgensonne, die auf dem frischen Schnee der letzten Nacht glitzerte, schien ihn so stark zu blenden, daß er die Sonnenstrahlen noch hinter den geschlossenen Lidern zu spüren glaubte. Doch die Sonne konnte die Kälte in seinem Innern nicht vertreiben. Es war, als erstarrte sein Blut in den Adern zu Eis. Er hatte es auf das Wetter geschoben und eine dicke Jacke übergezogen. Aber die Kälte blieb.

Diese Gefühle ließen ihn nicht los, während er den Schnee wegfegte und das Holzkohle-Feuer anfachte. Die klare kalte Luft und die gleißende Sonne verbunden mit der ungewöhnlichen Anspannung steigerten das Feuer an diesem Neujahrsmorgen zu einem Ritual. Fast verspürte er so etwas wie rauschhafte Erhabenheit, als er die Flammen erneut anfachte und sie auflodern sah. Immer wieder kamen ihn die Worte „Wunsch und Hoffnung“ in den Sinn. Zum ersten Mal dachte er daran, daß er jetzt schon vierunddreißig Jahre auf dieser Welt war.

„Ich weiß einen schönen Namen für das Baby – Wondan soll es heißen“, hatte er wenig später zu seiner Frau gesagt. Doch die antwortete, daß ihr gleich sei, wie die zweite Tochter genannt würde.

Wahrscheinlich wollte sie auf diese Weise ihre Enttäuschung und Verlegenheit verbergen, weil sie wieder nur ein Mädchen zur Welt gebracht hatte.

„Das Kind hat diesen Namen verdient. Immerhin ist es am Neujahrstag geboren, und das ist – wie der Name sagt – aller Anfang und Ursprung der Dinge.“

Waren diese Worte damals mehr als situationsbedingte Sentimentalität gewesen? Immerhin hatte er die Hoffnung auf die Zukunft seiner Kinder wenigstens teilweise als seine eigene Verbundenheit mit dem Leben in schwierigen Zeiten empfunden.

Mit fünfundzwanzig Jahren war ihm im Krieg der Traum vom Leben genommen worden. Seither hatte er nie mehr über den Sinn des Daseins nachgedacht. Seine Seele schien mit dem Krieg gestorben zu sein.

Als er nach der Rückeroberung der Hauptstadt in der Heimat eintraf, war dort durch die verheerenden Bombenangriffe kein Stein auf dem anderen geblieben. Seine Eltern, die ihn der Sicherheit wegen in den Süden des Landes geschickt hatten, blieben verschollen. Es hieß, sie seien als Großgrundbesitzer von den Kommunisten erschossen worden.

Auf einmal fühlte er sich ohne Herkunft, Erinnerung und Heimat. Bei dieser Erkenntnis hatte ihn eine panische Angst befallen. Sein Leben schien in den Trümmern begraben, obwohl nur drei Jahre zwischen der Vergangenheit und der Gegenwart lagen. Dabei hatte er als Soldat viele Kämpfe erlebt und mehr als genug Tote gesehen. In der Schlacht bei

Hwacheon war er selbst schwer verletzt worden, was schließlich zu seiner frühzeitigen Entlassung aus der Armee führte.

Nach fünf wechselnden Angriffs- und Verteidigungswellen fiel sein Zug damals dem Feind in die Hände. Eine Nacht lang dauerte die grauenvolle Schlächterei. Im Blitzgewitter der Granaten sah er immer wieder in Stücke gerissene Leichen, deren offene Münder und Augen etwas herauszuschreien schienen. Als er am Morgen mit einer Schußwunde im Knöchel aus dem Schützengraben kroch, mußte er feststellen, daß keiner der vierzig Kameraden das Inferno überstanden hatte. Der Zugführer, der sich selbst gern als unverwundbar bezeichnete, weil er als Student und Freiwilliger in den letzten Monaten der japanischen Besatzung den Überfall auf ein Kriegsschiff überlebt hatte, sah ihn aus großen Augen noch im Tod ungläubig an. Auch der Sergeant Lee, dem er noch den Wasserkübel gereicht hatte, lag ohne Arme tot vor ihm.

Sein Überleben war wie ein Wunder oder Glück aufgenommen worden. Man meinte, daß er sehr alt werden würde, weil er dem Tod einmal schon entkommen sei. Er selbst hatte jedoch weder Dankbarkeit für die glückliche Fügung empfunden, noch vermochte er wirklich Ruhe zu finden. Der Schock, zwischen Leben und Tod gestanden zu haben, saß tief. Es blieb die unerklärliche Furcht, daß sich vor seinen Füßen plötzlich ein bodenloser Abgrund auftun könnte.

Die Situation, die er in der Heimat vorgefunden hatte, schien eine Bestätigung seiner Ahnung zu sein. Waren nicht alle Anstrengungen umsonst, da der Mensch jederzeit von einem Erdbeben oder einer anderen Katastrophe ins Nichts geschleudert werden konnte?

Vielleicht lag hier der tiefere Grund für seinen Hang zu Täuschung, Rausch oder Zufall im Leben. Frauen, Spiel und Goldfieber zogen ihn immer wieder in einen Bann, in dem er meinte, dem Schicksal nahe zu sein. Er empfand sogar eigenartige Lustgefühle, wenn Frauen ihn verrieten, er Sand statt Gold ausgrub und er im Spiel durch einen Trick alles verlor.

Er unternahm in seinem Leben auch niemals den Versuch, an ein Haus oder gar an ein Vermögen zu kommen. Hoffnungen und Wünsche schienen für ihn nicht zu existieren. War das der Ablaßbrief für einen Menschen, der den Tod oder das Mysterium des Lebens gesehen hatte? Vielleicht lag aber einfach nur ein Fluch über seinem Dasein.

Eigentlich hatte er gegen seinen Willen geheiratet und Kinder gezeugt. Denn im täglichen Leben lehnte er jede Verantwortung hartnäckig ab. Nicht nur seine verstorbene erste Frau, die Mutter seiner Töchter, sondern auch die anderen Frauen, die er später kennenlernte, bekamen das zu spüren. Ohne Bedauern kehrten ihm alle den Rücken, da auf ihn kein Verlaß war und er nur „von der Hand in den Mund lebte".

Dennoch schien er von Zeit zu Zeit einen Beweis seiner Existenz zu brauchen.

Aber die Tochter hatte wenig Verständnis für seine Selbstinszenierung auf der Kundgebung nach dem Abschuß der koreanischen Passagiermaschine gezeigt. Vielmehr warf sie ihm vor, daß er ein Selbstverstümmler, Possenreißer und schäbiger Komödiant sei.

„Bist du etwa der einzige Kriegsgeschädigte in diesem Land? Es ist der falsche Weg, Verlorenes zurückzubekommen", hatte die Tochter unter Tränen wütend herausgepreßt. Sie hielt sein Verhalten für Verbitterung und Sucht eines vergessenen Helden nach dem Ruhm.

Der Vater hatte sich unverstanden gefühlt. Doch seine Erklärungen blieben vage. Er wußte nicht, wie er ihr sagen sollte, was in seinem Innern vorgegangen war. Gärende Feindseligkeit und zugleich eine seltsame Ekstase hatte er verspürt, als sein Blut floß. Doch wie sollte ein Mensch, der den Abgrund nicht kennt, die Wege seiner Überwindung sehen können.

Es blieb unnütz zu sagen, daß ihn nur ein schmales Band mit dem alltäglich-geordneten Dasein verband.

Ab und an überkam den Alten aber ein unerklärlicher Drang nach der Vergangenheit. Dann fuhr er zu dem Heldenfriedhof und dem angrenzenden ehemaligen Schlachtfeld nach Hwacheon. Während er Schnaps trank, tasteten seine Finger die Namenszüge auf den Grabsteinen ab. In seiner Trunkenheit wurden in kurzer Zeit diese Jünglinge zu Männern und schließlich zu Greisen. Suwung Kim, Byeonggil Park, Hyongtae Jin ... nur die Namen waren von ihnen geblieben, während es ihn mehr als vierzig Jahre später noch immer gab. Diese Tatsache berührte ihn seltsam.

Immer wieder zog es den Alten an diesen Ort zurück, obwohl wildwachsende Kräuter und Eichenbäume die Spuren des Krieges schon längst zudeckten. Genau genommen, wollte er sich diesen Drang selbst nicht eingestehen. Fast unbewußt hatte er deshalb dem Schwiegersohn gesagt, er sei an Steinbrucharbeiten in den Bergen bei Hwacheon interessiert.

Nun stand er vor dem Denkmal aus Granit, das gleichgültig in den Himmel ragte. Er nahm die Schnapsflasche aus der Tasche und besprengte die Erde. Den Rest trank er, während er die Gedenkstätte ablief. Plötzlich fühlte er Hitze in sich aufsteigen, und der Alkohol schien zu wirken. Wie ein Klotz ließ er sich unter dem Denkmal mitten in das Unkraut fallen und schlief ein. Vielleicht lag es nur daran, daß er sehr früh aufgebrochen war. Jedenfalls wurde er etwa eine Stunde später wach, weil ein starker Wind über dem Eichenwald aufkam. Vor seinen Augen flimmerte es. Es war ihm, als würden nur seine Knochen am Boden liegen. Sein Mund schien die Namen der gefallen Kameraden zu pfeifen.

In der Morgenstille kam ihm die Einsamkeit des Überlebenden wieder schmerzlich zu Bewußtsein. Vom Wind gejagt und von Gespenstern gepeinigt, verließ er den Ort.

Gegen Mittag lichtete sich der Nebel. Die Tochter begann, mit einer langen Stange die Datteln vom Baum im Hof zu schütteln. Noch immer war die Feuchtigkeit allgegenwärtig. Subang sammelte die reifen Datteln in einem kleinen Korb. Der Alte beobachtete die Tochter. Ihre schlanken Hüften und die wohlgeformten langen Beine ließen nicht vermuten, daß sie schon ein Kind geboren hatte. Plötzlich erkannte er die Ähnlichkeit der Tochter mit seiner verstorbenen Frau. Sogar in Gewohnheiten glich sie der Mutter. Blinzelte sie nicht auch ununterbrochen und lutschte an der Unterlippe, wenn sie ihren Gefühlen nicht freien Lauf ließ?

Die Menschen verlassen diese Welt, aber sie sterben nicht, ging es ihm durch den Sinn.

Währenddessen wusch Wondan die Datteln. „Koste einmal, sie schmecken schon", riß sie den Vater aus seinen Gedanken. In der Tat waren die Früchte reif und süß.

Die Tochter saß ihm in der Diele beim Dattelessen gegenüber. Ihre Augen schienen versunken auf dem fernen Berg zu ruhen. Obwohl er mit ihr unter einem Dach lebte, konnte er sich nicht vorstellen, woran sie gerade dachte.

Eigentlich hatte er nur den Tag ihrer Geburt noch deutlich vor Augen. Ansonsten waren seine Erinnerungen an die Tochter punktuell und blaß. Es gab einfach zu wenig Gemeinsamkeiten. Da war das Bild von einem weinenden Mädchen in der Abenddämmerung, das auf dem Fußboden in der Veranda saß. Trotz ihrer sechs oder sieben Jahre wirkte ihr Gesicht reif. Nach dem frühen Tod der Mutter blieb keine Zeit für die Kindheit. Das Brüderchen auf dem Rücken versuchte sie zu lernen, indem sie Formeln oder Jahreszahlen in den Handteller schrieb.

Ein anderes Bild in seinem Kopf mußte aus der Mittelschulzeit der Tochter stammen. Damals hatte er mit einer Frau zusammengelebt, die Vögel für den Verkauf züchtete. Das war eine gängige Nebenbeschäftigung von Hausfrauen in diesen Jahren gewesen. Die zwei Kammern des kleinen gemieteten Hauses waren so vom Boden bis zur Decke mit Käfigen behängt oder vollgestellt, daß gerade noch etwas Licht durch das Fenster einfallen konnte. Kanarienvögel, Reisvögel und Aras-Vögel zwitscherten um die Wette. Für die Kinder blieb nur die Diele, da er mit der Frau das größere Zimmer bewohnte.

Wie einsam und verlassen sich die Tochter unter diesen bedrückenden Verhältnissen gefühlt haben mußte, war in seinem Kopf wie eine fotografische Momentaufnahme geblieben. An einem Morgen hatte er beim Gang zur Toilette eine Stimme aus dem Vogelzimmer gehört. Als er die Tür öffnete, sah er seine Tochter im Unterrock zwischen den aufwachenden Vögeln.

Die sich leicht wölbende Brust unter dem Hemd hatte ihm das Ende der Kindheit verraten. Beschwörend schien sie mit hoher Stimme hastig den Vögeln etwas zuzumurmeln. „Die Seele fliegt aus dem Körper nach irgendwo ..." glaubte er zu verstehen. Er hatte ihren Namen gerufen. Aber sie reagierte nicht. So blieb ihm nur die Zeugenschaft ihrer tiefen Einsamkeit, die er mit Entsetzen wahrnehmen mußte.

Überhaupt war er auf die Veränderungen des Mädchens stets unvorbereitet gewesen. So hatte sie eines Tages seinen Blick unerwartet gemieden, als sie ihn um Geld für die Schule und Bücher bat. Von da an kannte er nur noch den Rücken seiner Tochter, die Schuhe putzte oder die Schuluniform aufbügelte.

Dann kam jener Augenblick, in dem die Heranwachsende erstmals ihre Bitterkeit dem Vater ins Gesicht gesagt hatte. Noch immer erinnerte er sich ihrer Worte: „Denkst du wirklich, daß nur du im Krieg gelitten hast? Dein sogenannter Patriotismus ist ekelhaft. Was soll dieses Theater mit der blutigen Bittschrift? Letztlich betrügst du dich nur selbst!"

„Fühlst du dich nicht wohl?" Die Stimme der Tochter holte den Alten in die Gegenwart zurück. Die plötzliche Frage von Wondan, die noch immer den fernen Berg zu betrachten schien, verunsicherte ihn. Erschrocken musterte er ihre Gesichtszüge, während er die Kerne der Datteln ausspuckte. Irgendwie fühlte er sich ertappt. „Eigentlich wollte ich es dir gleich sagen, aber es war so ungeheuerlich ..."

„Die Schwester hat mir am Telefon schon Einiges erzählt und gefragt, ob du bei uns bist", unterbrach ihn die Tochter. „Sie war übrigens verwundert, daß deine Frau zu so einer Gemeinheit fähig ist." Wondans Gesicht zeigte bei diesen Worten keine Erregung.

Trotzdem war dem Alten klar, daß sie eine Erklärung von ihm erwartete. Aber in seinem Kopf schien alles durcheinander zu gehen. Immer wieder verlor er den Faden. Genau genommen hatte er nie daran gedacht, daß diese Frau, die schon über sechs Jahre mit ihm zusammenlebte, plötzlich auf und davon gehen könnte. Zudem war er jetzt ohne Bleibe und Geld, da der Mietvertrag für die gemeinsame Wohnung hinter seinem Rücken gekündigt worden war. Seinen Anteil an der Kautionsrückzahlung verweigerte sie ihm. Die Angelegenheit überforderte ihn sichtlich. Bisher hatte er einfach in den Tag gelebt und sich wenig Gedanken über die Zukunft gemacht. Dabei hätten ihn Äußerungen der Frau schon früher hellhörig machen können. Sprach sie nicht wiederholt davon, daß ihr Sohn sie zu sich nehmen wolle, da seine Freundin ein Kind erwarte und jemand den Haushalt führen müsse, wenn die junge Frau nach der Geburt wieder zur Arbeit ginge. „Wenn ich nicht helfe, wird man mir auch nicht helfen, wenn ich alt und gebrechlich bin." An diesen Satz erinnerte er sich auf einmal gut. Damals hatte er ihre Worte aber nicht weiter ernst genommen. Vielmehr war ihm ihr Gejammer lästig gewesen. Bestenfalls meinte er, sie wolle von ihm hören, daß er bis zum Lebensende für sie aufkommen werde.

Die Frau hatte die Wohnung schon ausgeräumt, als er von seiner Reise nach Hwacheon über Chuncheon wieder in Seoul eintraf. Nur in einem Zimmer befand sich noch etwas schäbiger Hausrat. Als am nächsten Tag der Hausbesitzer erschien und ihn zum Verlassen der Wohnung aufforderte, wurde ihm klar, daß die Bemerkungen der Frau keine leeren Worte gewesen waren. Vielmehr schien sie mit Unterstützung ihres Sohnes die Sache sorgfältig geplant zu haben.

„Schon lange hat bei uns jeder seine Angelegenheiten für sich erledigt", hörte er die Tochter sagen. Sie sah ihn immer noch nicht an. Nach einer kurzen Pause fügte sie hinzu: „Ich möchte nur wissen, wie es mit dir in Zukunft weitergehen soll."

Eigentlich lag Wondan ein Vorwurf auf der Zunge, den sie aber in letzter Minute hinunterschluckte, während sie dem Vater einen vielsagenden Blick zuwarf. Hatte der Alte nicht immer im Leben schwierige Entscheidungen gescheut. Ein Genußmensch und Glücksritter war er gewesen, der der alltäglichen Verantwortung lieber aus dem Weg ging.

Wondan hatte die ganze Angelegenheit drei oder vier Tage nach dem Eintreffen des Vaters von der Schwester am Telefon erfahren. Nachdem ihre Schwester ihrem Unmut über das Verhalten seiner ehemaligen Lebensgefährtin freien Lauf gelassen hatte, war sie zur Sache gekommen. Sie könne leider den Vater nicht bei sich aufnehmen, da sie bereits mit den Schwiegereltern zusammenlebe. Auch fehle das Geld, um ein Haus für ihn anzumieten. Natürlich bleibe das Gepäck des Vaters bei ihr. Denn sie könne sich gut vorstellen, daß es für Schwester und Schwager nicht angenehm sei, den Alten bei sich zu haben.

Schließlich hatte sie Wondan aber gebeten, den Vater vorläufig in ihrem Haus in Chuncheon aufzunehmen. „Wir werden schon eine Lösung finden. Lange bleibt er sowieso nicht an einem Ort …“ Gegen diese Worte war ihr Einspruch letztlich machtlos geblieben. Fast geflüstert hatte Wondan am Telefon, obwohl die Tür zum kleinen Zimmer, wo der Vater sich aufhielt, geschlossen war.

Wie diese Lösung aussehen sollte, konnte sich Wondan nicht vorstellen. Mit ihrem Mann mochte sie nicht darüber sprechen. Das hatte nicht einmal etwas mit Scham oder Ehrgefühl zu tun. Vielmehr empfand sie die Sache mit dem Vater nicht als eine Angelegenheit, die ihre Ehe betraf. Der Alte war für Wondan ein Schatten der Vergangenheit, der wie ein Gespenst an die Tür zur Gegenwart klopfte. Seit der Vater ihren Mann in der Schule aufgesucht hatte, wurde sie diese Unruhe nicht mehr los. Nun war es also passiert. Der Alte hatte ihre Schwelle überschritten.

Wondan konnte ihren Groll gegen die Schwester nicht verhehlen. Wozu sollte sie anrufen, wenn es doch keine Lösung gab? Ein Haus konnte für den Vater nicht bezahlt werden und Platz gab es für ihn auch nicht. Dachte nicht jeder nur an sich? War das Gerede von Familie und Blutsverwandtschaft letztlich nichts weiter als eine abstrakte Worthülse? Verbanden ihre gemeinsamen Erfahrungen und Erinnerungen sie nicht mehr? Ihre Schwester nannte sie in einem Anflug von Melancholie zwar gern „meine einzige Schwester auf dieser weiten Welt". Aber hatten sie nicht beide die Stunde herbeigesehnt, in der sie die Fassade dieser Familie durchbrechen und ein eigenständiges Leben beginnen konnten?

Es fiel auf, daß Wondan zwar oft über die Brüchigkeit familiärer Bindungen sprach, doch die eigenen vier Wände davon strikt ausnahm. Wie eine Glucke wachte sie über das Glück ihrer Familie. Das Haus war ihre Bastion, wo sie Zuflucht vor den Gespenstern der lieblosen Kindheit und Ruhe und Geborgenheit suchte.

„Also, wie es weitergehen soll ... Natürlich muß es weitergehen ... Aber wie kann ich wissen, was morgen ist ..." Den Alten kosteten diese Brocken sichtlich Überwindung. Still kaute er an den Datteln, als könnte er Wondans Gedanken lesen.

„Ja, du hast noch nie dein Leben geplant", entgegnete die Tochter mit einem unbestimmten Lächeln. Dann wandte sie sich ab. Jede weitere Erklärung erübrigte sich. Der Vater hatte immer von der Hand in den Mund gelebt. Er besaß nie ein Haus oder eine Zukunft. Ihm fehlten Wurzeln und Schwingen. Ohne jeden Glauben an ein Paradies auf Erden war er gewesen. Das spürten auch die Frauen, die mit ihm zu leben versuchten. Er schien nicht von dieser Welt zu sein. Keine blieb.

Da war wieder die Erinnerung, die sie mit sich herumtragen mußte. Das kleine Zimmer im Hinterhof, wo der Vater Tag und Nacht mit den Kumpanen spielte, rauchte und trank. Sie glaubte, die Schüssel zu sehen mit den Eiern, die die Spieler zur Stärkung aßen. In der Nase blieb der beißende Harngeruch an der Mauer vor dem Haus. Glücklose Spieler soffen und pißten mehr als andere. Wondan hatte sich oft vor dem Zimmer herumgedrückt, da für sie ein Taschengeld abfiel, wenn sie Nachschub an Schnaps und Zigaretten besorgte.

Bei so einem Einkaufsgang war sie eines Tages der Schwester in die Arme gelaufen, die gerade aus der Mittelschule kam. Daß Wondan für die Spieler unterwegs war, hatte die Ältere am Gesichtsausdruck der kleineren Schwester sofort erraten. Das ausgeblasene Ei, in das sie fasziniert pustete, lieferte ein zusätzliches Indiz. In dem engen Gäßchen gab es kein Entrinnen. Die Wut der Großen entlud sich an der Kleinen. Sie hatte Wondan an den Haaren gezogen und sie geschlagen, bis die Lippen aufplatzten und die bläulich verfärbten Wangen anschwollen. Dabei schrie sie unentwegt der Schwester ins Gesicht, daß sie sich durch ihre Botengänge an dieses Drecksvolk verkaufen würde. Das sei wie ein Wühlen im Mist dieser verkommenen Bande.

Die Lektion saß. Nie wieder hatte Wondan sich auf diese Weise ein Taschengeld verdient.

Aber das Bild dieser Erinnerung blieb symbolisch für das Hasardspiel des Vaters im Leben.

Der Alte schien das geistesabwesende Lächeln der Tochter für ein Zeichen der Anteilnahme zu halten. Sichtlich erleichtert kam es aus seinem Mund: „Also ich möchte euch wirklich nicht zur Last fallen. Ich weiß nicht, was die Leute so reden. Aber ich glaube, ich war mein Leben lang weder eine Hilfe noch eine Last ..."

Diese treuherzig vorgetragene Unverschämtheit verschlug Wondan fast die Sprache. Verblüfft sah sie den Vater an. Das kann nicht sein Ernst sein, schoß es ihr durch den Kopf. Jedenfalls hatte es wohl wenig Sinn, das Gespräch mit ihm weiterzuführen.

Eine ernstgemeinte Auskunft, wie er zukünftig leben wollte, war nicht zu erwarten. Sie gab den Kampf auf. Der

Alte setzte die Brille auf die Nase und vertiefte sich wieder in seine Zeitung, in der er schon den ganzen Morgen gelesen hatte.

Wondan überlief ein Schauder, während sie die Schmutzwäsche des Vaters in der Waschmaschine verstaute. Verhielt sich so eine Tochter? Es stimmte, daß sie die Tage zählte, seit der Alte wieder in ihr Leben getreten war. Der Vater schien in allen Ecken des Hauses zu sein. Er machte sich breit und nahm ihr die Luft wie ein Fels. Sein Tagesrhythmus – Morgenspaziergang, Frühstück, Zeitunglesen, Essen, Mittagsschlaf, Fernsehen, Abendessen und Fernsehen bis zu den Spätnachrichten gegen zehn Uhr – drängte ihren gewohnten Lebensablauf an den Rand. Obwohl im Spätherbst nur noch wenig Unkraut wuchs, jätete sie jedes Fleckchen mit übertriebener Gründlichkeit. Sie stützte Subang beim Dreirad-Fahren, um nicht im Haus in der Nähe des Alten sein zu müssen. Unter seinem beharrlichen Blick kam sie einfach nicht zur Ruhe. Unkonzentriert blätterte sie in einigen Büchern, ohne den Sinn zu erfassen.

In den letzten Tagen störte sie auch zunehmend der Gleichmut ihres Mannes. Bestimmt war er genauso genervt von der Anwesenheit des Schwiegervaters und seinem ständigen Redeschwall, der mit einem Glas Wein am Abendbrottisch einsetzte und dann nicht mehr versiegen wollte.

Außerdem veränderten sich die Themen kaum. Erst waren die Zeitungsartikel an der Reihe, die er aus Langeweile immer wieder gelesen hatte. Dann folgten die Geschichten aus der Zeit vor dem Krieg, als es noch eine Heimat gab. Anschließend klagte er regelmäßig über die Wunden, die der Krieg geschlagen hatte. Immer wieder sprach er vom Verlust der Heimat und der verlorenen Moral. War der Krieg wirklich das Maß aller Dinge? Grenzte es nicht an Realitätsverlust, so das heile Leben vor dem Krieg zu beschwören? Auf jeden Fall brachte der Vater Zweifel und Unruhe in die bis dahin gesicherten Familienverhältnisse. Eine Vaterrolle war in diesem Stück nicht vorgesehen.

Früher hatte Seungje gern den Abend auf der Couch verbracht. Es war für ihn die beste Erholung vom Streß der vielen Stunden, die er Tag für Tag in der Schule unterrichtete. Doch seit der Alte in ihrem Haushalt lebte, war es mit der Ruhe vorbei. Seungje genierte sich vor dem Gast, dem er als Schwiegersohn höflich und ehrerbietig zu begegnen hatte. Besonders vermißte er sein Zimmer, das der Vater jetzt bewohnte. Dieser Raum, sein „Zimmer der Existenz", bedeutete ihm viel. Hier las er, machte seine Unterrichtsvorbereitungen oder erträumte sich die Zukunft. Die alltäglichen Ängste und Belastungen, die einen Mann in den besten Jahren quälen konnten, hatten zu diesem Raum keinen Zutritt. Hier war sein Refugium.

„So darf es nicht weitergehen. Irgendwie muß ich eine Lösung finden. Ich werde nach Seoul fahren und mit der Schwester sprechen." Wondan sprach diese Sätze eindringlich vor sich hin, während sie dem Einsetzen des Waschprogramms zusah.

„Warum nur machst du es dir so schwer?" hatte ihr Mann sie gefragt. Es war seltsam für ihn, daß Vater und Tochter sich wie Öl und Wasser zueinander verhielten. „Ist es zu anstrengend, ihn zu versorgen?" hatte er weiter gebohrt. Wondan war solchen Gesprächen ausgewichen. Die oft barschen Reaktionen seiner Frau blieben Seungje unverständlich. Warum mußte sie ständig in den Schuhschrank schauen, in der Hoffnung, daß die Schuhe des Vaters für immer verschwanden? Vor einigen Tagen hatte sie sich so in eine Vorstellung hineingesteigert, daß ihr die Erinnerung daran inzwischen selbst peinlich war. Während Subang ihren Mittagsschlaf hielt, erledigte Wondan einige Einkäufe. Das Kind blieb ungefähr eine Stunde unbeaufsichtigt.

Bei ihrer Rückkehr war das Haus leer gewesen. Aus irgendeinem Grund glaubte Wondan plötzlich, daß ihr Vater die Kleine entführt habe. In Panik hatte sie jeden Winkel nach Subang abgesucht und die Nachbarin befragt. Obwohl Anzug und Schuhe des Vaters am gewohnten Platz waren, hatte sie sich fest eingebildet, daß eine Kindesentführung vorliegen müsse. In ihrer Phantasie stellte sie sich vor, wie der Alte mit dem Kind gerade in einen Zug stieg. Während sie das Labyrinth der Gäßchen absuchte, nahm diese Wahnvorstellung immer realere Züge an. Dem gewissenlosen und impulsiven Alten traute sie jede Missetat zu!

Als sie schließlich den Vater in Pantoffeln, die Kleine an der Hand, bepackt mit einem Kuchenpaket heranspazieren sah, brach etwas in ihr zusammen. Sie glaubte an Halluzinationen zu leiden. „Sie hat nach dem Aufwachen so nach dir gerufen, da mußte ich mit ihr einfach auf der Straße nach dir schauen", erklärte der Alte entschuldigend, als er das blasse und atemlose Gesicht der Tochter wahrnahm. Wondan verlor in diesem Moment die Gewalt über sich. Wie war es sonst zu erklären, daß sie geschimpft und ihr Kind auf den Po geschlagen hatte? Der Schock saß tief. Wie konnte es nur passieren, daß sie dem Vater eine solche Tat unterstellte?

„Wie heißt der Berg da drüben? Bei uns nennt man eine solche Erhebung 'Dampftopf-Berg'. Vielleicht hat er hier einen anderen Namen ..." Der Vater, der gerade mit dem Enkelkind Datteln aufsammelte, richtete sich auf und zeigte auf den gegenüberliegenden Gipfel.

Wondan, die mit einem Korb Wäsche auf den Hof kam, um die geschleuderten Kleidungsstücke auf die Leine zu hängen, versuchte die Sehnsucht, die sie beschlich, zu unterdrücken. Dabei schien die Gestalt des Berges, als die Nebel sich lichteten, näher heranzurücken. Es war, als reagierte er auf den Fingerzeig des Alten. „Ich glaube, er hat keinen Namen", hörte sie sich sagen. „Er ist nur ein Berg von vielen und nicht einmal hoch." Da war es wieder, dieses Gefühl der Einsamkeit und Verlorenheit, das ihr sagte, sie würde nie zu denen gehören, die oben auf dem Berg stehen werden. Vielleicht vermischten sich Sehnsucht, Neid und Enttäuschung im Blick auf jenen Gipfel, der jetzt karmesinrot aufleuchtete.

Es war wie eine Suche ohne Ziel und ohne das Wissen, welches Glück man glaubte verloren zu haben.

„Der Berg steht mitten in der Laubfärbung. Alles sieht so gedämpft aus ... ich würde gern einmal hinaufsteigen, bevor die Bäume die Blätter verlieren“, hörte sie den Vater sagen, der seinen Blick noch immer über den Gipfel schweifen ließ.

In der Nacht war Wondan hochgeschreckt. Die Decke schien ihr in der Dunkelheit auf den Kopf zu fallen. Dann hatte sie Seungjes Stimme gehört, der sie wachgeschüttelt haben mußte.

„Hast du schlecht geträumt? Du hast geschrien, als wäre der Teufel hinter dir her. Zum Glück ist Subang nicht aufgewacht. Dabei war dein Weinen und Rufen nach der Mutter nicht gerade leise.“ Die Worte kamen merklich verschlafen aus seinem Mund. Mechanisch strich er ihre Bettdecke glatt und brachte die Kissen in Ordnung. Die Tränen waren Wondan bis in die Ohren gekullert. Sie stand auf und wusch sich. Dann deckte sie die Tochter, die auf der Matte neben ihr schlief, fürsorglich zu. „Wahrscheinlich ist mir im Traum meine Mutter erschienen“, erklärte sie mit tränenerstickter Stimme, während sie sich wieder ausstreckte. Der schreckliche Traum lag wie ein Alp auf ihrer Brust. Von den Traumbildern waren nur Erinnerungsfetzen geblieben. Doch die Verzweiflung saß fest.

Wondan hatte ihrem Mann nicht die ganze Wahrheit gesagt. In Wirklichkeit kam ihr verstorbenen Bruder Yunsik in dem Traum vor. War er ihr erschienen, weil seine Seele keine Ruhe fand, wie man in alten Zeiten behauptete? Oder hatte all das etwas mit ihrem Unterbewußtsein zu tun? Im Grunde wollte sie darüber nicht nachdenken.

In ihrem Traum war Yunsik wie im Leben ein mißratener Junge gewesen. In der Diele ihrer einfachen Bleibe in Sungbuk-dong hatte er Gitarre gespielt. Es mußte dort gewesen sein, da sich das Miethaus an einem Hang unterhalb einer vornehmen Villa befand. Es gab kaum Licht und Sonne. Nur die großen Blätter der Kastanie waren zu sehen. Sie hatte genau die Sätze im Traum gesprochen, die Yunsik oft von ihr und der Schwester zu hören bekam. „Du mußt gesund leben! Geh weiter zur Schule! Bemühe dich um die Prüfung für die Universität! Spiele nicht nur den ganzen Tag Gitarre! Dein schlechter Umgang wird dir schaden!"

Doch an dem Bruder war alles abgeprallt. „Laß mich in Ruhe, mein liebes Schwesterlein", hatte er unwirsch geantwortet und ihr den Rücken zugedreht, „ich lebe, wie es mir gefällt, und dann werde ich eben sterben."

Unvermittelt war dann ein neues Bild aufgetaucht. Diesmal saß Yunsik auf einem Berg. Die Sonne schien, und ein Strauß Kornblumen lag zu seinen Füßen. Wondan hatte den Bruder gesucht. Sie war ängstlich und voller schlechter Ahnungen herumgeirrt. Wieder kamen Vorwürfe aus ihrem Mund. Aber der Bruder hatte ihr ruhig erklärt, daß er hier auf die Mutter warten würde. „Sie ist längst tot", hörte sie sich sagen. Die Trauer schien ihr die Kehle abzuschnüren. Doch plötzlich schüttelte nicht ihr Bruder Yunsik, sondern ihr ehemaliger Freund Piljun den Kopf. Jene Erhebung war genau der kleine Berg hinter dem privaten Institut, wo sich Piljun auf das juristische Staatsexamen vorbereitete. Dort hatten sie sich zum letzten Mal getroffen.

„Das Examen steht für mich zur Zeit an erster Stelle." Piljun sprach ohne jedes Anzeichen von Gefühl, während er die Blumen nach und nach zerpflückte und wegwarf. „Ich kann warten. Wenn es sein muß, jahrelang", hatte sie entgegnet und dabei verzweifelt den Augenkontakt mit Piljun gesucht. Doch er wich ihrem Blick aus. „Nur das Examen zählt. Alles andere ist momentan Nebensache. Bitte verstehe das. Anfangs war es nur der Wunsch meiner Eltern, der mich zum Jura-Studium gebracht hat. Aber inzwischen weiß ich, daß ich selbst diesen Weg gehen will. Ich möchte der Gesellschaft meine Fähigkeiten beweisen, eine gute Stellung bekommen und ein erfolgreiches Leben führen." Piljuns Worte ließen an seiner Überzeugung keinen Zweifel. „Warum betonst du das so? Liebst du mich nicht mehr? Weshalb denkst du auf einmal, daß wir nicht zusammenpassen? Ich verstehe, du möchtest Karriere machen, und ich bin bloß Tochter einer armen Familie ohne ehrwürdige Vorfahren." Nur mit Mühe waren diese

Sätze über ihre Lippen gekommen. Trocken und blechern hatte ihre Stimme geklungen. In ihrem Herzen glaubte sie den rauhen kalten Wind zu spüren, der durch das Bergtal wehte und keinen Trost spendete.

Wondan wußte nicht mehr genau, was sie nun geträumt hatte. Auch ihre Tränen konnte sie sich nicht erklären. War der Traum schuld, der sie in die Vergangenheit zurückversetzte, oder lag es einfach an dem grollenden Schmerz in ihrer Brust, den sie bis heute nicht zu überwinden vermochte. Während sie in der Dunkelheit zur Decke starrte, massierte sie mechanisch ihre Brust, als ob sie so die Kälte aus ihrem Herzen vertreiben könnte.

Wieder kam sie ins Grübeln. Weshalb war Yunsik zu einem gewalttätigen Nichtsnutz herangewachsen? Saß der Schock, den er als Säugling empfunden haben mußte, so tief? Damals hatte sich das Neugeborene verzweifelt vor Hunger an die erkaltete Brust der toten Mutter geklammert. War der nachsichtige Schutz durch die Schwestern schlecht für ihn gewesen? Erst verwies man ihm vom Gymnasium, dann schloß er sich einer Clique an, die Klebstoff schnüffelte und sich draußen herumtrieb.

Die Mädchen vermochten sich schließlich gegen die Unflätigkeiten des Bruders nicht mehr durchzusetzen, soviel sie auch redeten. An einem Nachmittag hatte der Vater dann zum Lederriemen gegriffen und Yunsik kräftig verprügelt. Danach war es noch schlimmer geworden. Er tauchte nur noch selten zu Hause auf und sein Benehmen wurde immer ungehobelter und aggressiver. Der Vater und die damalige Stiefmutter hatten dann in ständiger Anspannung gelebt, da der Junge völlig unberechenbar zu sein schien. „Ich habe zwei Seelen in meiner Brust. Einmal werde ich alles in Brand stecken“, waren Yunsiks Lieblingsworte.

Später hatte der Bruder auch ab und zu bei den Schwestern an die Tür geklopft. Er war nie lange geblieben, und regelmäßig fehlten anschließend Geld oder andere Dinge. Kurz nach der Heirat der älteren Schwester hatte er sogar Geld aus der

Tasche des Schwagers gestohlen. Es war nicht einfach gewesen, die Untat des Bruders zu vertuschen.

Auch Wondan erinnerte sich recht genau an die unerwarteten Besuche von Yunsik.

Als frischgebackene Lehrerin hatte sie eine Stelle am Gymnasium in Okpo, einem Ort im Süden, angenommen. Der Bruder, der überraschend auftauchte, blieb nur einige Tage in ihrem Zimmer in der Pension. Doch mit ihm verschwanden auch ihr Kofferradio, der Fotoapparat und das Geld, das sie für den Notfall in einem Buch verwahrte.

Dann war Yunsik am Grab der Mutter unweit von Pyongtaek tot aufgefunden worden.

Zu seinen Füßen fand man neben der Schnapsflasche eine Klebstoffdose und einen Plastikbeutel.

Wondan schüttelte den Kopf, um die Trugbilder von Yunsik und Piljun zu vertreiben. Aber die Erscheinung des ehemaligen Freundes, der nervös die Blumen zerpflückte, während er ihr das Ende ihrer Beziehung mitteilte, ließ sich nicht verscheuchen. So ging es ihr auch mit anderen Dingen, die mit ihm verbunden waren.

Da spürte sie wieder die Angst und Trostlosigkeit, die sie an jenem Morgen in dem fremden Hotelzimmer empfand, als sie neben Piljun aufwachte.

Nachdem sie sich über einer Abwassergrube erbrechen mußte, wußte sie, daß die Übelkeit, die sie in einem Gäßchen überrascht hatte, kein Zufall war. Sie suchte schließlich einen Gynäkologen abseits der großen Straßen auf. Dieser entsetzliche Schritt kostete sie große Überwindung. Sie dachte an die falschen Namen, die sie im Hotel und in der Arztpraxis angegeben hatte.

Zudem ließ die Krankenschwester indirekt keinen Zweifel daran, daß sie genau wußte, warum die jungen Patientinnen gekommen waren. Dieses Spiel hatte Wondan fast zum Lachen gebracht. Ihre Verzweiflung legte sich. Sie ließ sich den Puls fühlen und den Blutdruck messen. Dann wurde sie auf den Operationstisch gelegt. Sie spürte, wie die Kälte des

Gummibezuges hochkroch und ihren Unterleib mit einer Gänsehaut überzog. Für einen Moment waren Scham und Fluch der Schwängerung durch das kreatürliche Gefühl einer nackten Frau verdrängt. Nachdem man ihr ein Betäubungsmittel in den Arm gespritzt hatte, verlor sie schnell das Bewußtsein. Nur ab und an war die kalte und geschäftsmäßig klingende Stimme des Arztes zu ihr gedrungen, die keinen Aufschluß über Typ und Alter des Mannes gab. Wie er die Krankenschwester tadelte, die nicht alle benötigten Operationsbestecke bereitgelegt zu haben schien, hörte sich unsympathisch an. Auch beim Verlassen des Operationssaales blieb ihr das Gesicht des Arztes verborgen. An der Wanduhr hatte sie jedoch gesehen, daß der Eingriff nicht länger als fünf Minuten gedauert haben konnte. Im Nebenzimmer hörte Wondan das Stöhnen einer Frau und das Geräusch von Metallgegenständen, die aneinander stießen.

Vierzehn Tage lang solle sie kein Bad nehmen und keinen Beischlaf haben. Mit diesen Worten entließ sie die Schwester, nachdem sie ihr noch einige Medikamente ausgehändigt hatte.

Auf der Straße war sie von der Helligkeit geblendet gewesen. Wie ein verlorenes Kind irrte sie durch die Straßen. Dabei versuchte sie sich einzureden, daß sie soeben mit diesen blutigen Klümpchen nicht ihr Baby, sondern nur ein paar Fasern ihrer selbst verloren habe.

Aus dem Arbeitszimmer drang das Husten des Vaters. Wondan drehte sich auf die andere Seite und umarmte ihren Mann. „Kannst du nicht einschlafen? Ist dir kalt?" Seungjes Worte klangen schläfrig. Als er den Arm um sie legte, schmiegte sie ihr Gesicht an seine Brust, so daß sie seinen Herzschlag hören konnte. Eine Welle sexueller Begierde durchströmte ihren Körper und ließ in ihr eine wohlige Wärme aufsteigen.

Das Husten des Alten wollte in dieser Nacht nicht verstummen.

Das Tor war nicht abgeschlossen. Durch die halboffene Tür konnte man einige durcheinandergeworfene Schuhpaare erkennen. Drinnen wurde geredet und gelacht.

„Hundert Ballen Reis konnte man in einer Nacht gewinnen oder eben verlieren. Manch einer setzte sogar Haus und Hof. Vierzehn Tage begehen die Chinesen den 15. August und auch das Neujahrsfest nach dem Mondkalender. Das ist die große Zeit der Glücksspiele. Nach diesen Feiertagen hat so manches Geschäft seinen Besitzer gewechselt. Stellen Sie sich das mal vor. Sie kommen hin, und auf einmal ..." Es war ihr Vater, der sich vor Lachen nicht halten konnte und diesen Unsinn erzählte. Andere Stimmen fielen kreischend ein. Wondan hielt sich an der Türklinke fest. Sie versuchte zu verstehen, was in ihrem Haus vor sich ging. Nach kurzem Zögern betrat sie schließlich mit Subang im Arm das Zimmer. Beim Anblick der Tochter verstummte der Alte und richtete sich auf. Sein vom Alkohol gerötetes Gesicht zeigte deutliche Verlegenheit. Im Kreis saßen einige ungepflegte Männer im Alter des Vaters. Auch sie waren plötzlich still geworden und sahen die junge Frau betreten an. Wondan schaute sich um. Genau genommen waren ihr die Spielkarten, die Schnapsflaschen, die Schalen mit Rettichsalat, die nikotingeschwängerte Luft und die rotumränderten Augen der Spieler gar nicht fremd.

„Du bist ja schon da. Hast du alles erledigt?" hörte sie den Vater fragen.

„Ich bin früher fertig geworden", antwortete Wondan.

„Das sind unsere Nachbarn." Langsam fand der Alte seine Fassung wieder und schien zudem die Gedanken der Tochter erraten zu haben. „Die Leute sind hier, weil es im Altersheim so kalt und ungemütlich ist", fügte er erklärend hinzu. Nun blieb Wondan nichts weiter übrig, als mit einem Kopfnicken die Männer zu begrüßen. „Das ist meine Tochter. Mein Schwiegersohn arbeitet als Lehrer an einer Mittelschule", ergänzte der Vater.

„Ich hätte gemeint, sie ist Ihre Schwiegertochter", sagte einer der Männer. Während der Alte sich unterhielt, sah Wondan im Spiegel, daß an ihrer Schläfe vor Zorn die Adern angeschwollen waren. Subang kümmerte all das wenig. Noch nie hatte sie so viele Leute zu Hause erlebt. Neugierig lugte sie durch die offene Tür.

Wieder drang die Stimme des Vaters an Wondans Ohr. „Meine Tochter ... und ich muß sagen, daß sie und ihr Mann sehr aufmerksam und anständig sind ...“ In seinen Worten schwang ein gewisser Stolz mit. Der Alte sprach ziemlich laut, damit es die Tochter hören konnte. Jemand drückte Subang ein Stück Trockenfisch in die Hand. Wondan zog die Tochter zu sich heran und schloß die Tür. Plötzlich wurde es in der Diele ruhig. Wahrscheinlich war die Tür nicht gerade leise ins Schloß gefallen. In ihrem Adern kochte es. Das war kein einfacher Ärger. In ihr nagte das Gefühl der eigenen Unfähigkeit zum Handeln.

Kurz darauf verließen die alten Männer das Haus. Nur das Scharren der Schuhe und das Klappern der Tür waren noch zu hören. Erst als es ruhig wurde, betrat Wondan die Diele. Der Vater huschte gerade mit leeren Gläsern und Schnapsflaschen in die Küche. Die Tochter sollte es offensichtlich nicht sehen. In der Küche türmte sich der Abwasch.

„Das kann man nicht als Altersheim bezeichnen“, nahm der Alte das Gespräch wieder auf. „Eine Bruchbude ist das. Nicht mal einen Ofen hat man bisher angeschlossen. Die alten Leute halten es vor Kälte kaum aus.“

Offensichtlich fühlte sich der Vater von seiner Tochter ertappt und sah sich zu einer Erklärung genötigt. Noch am Morgen hatte Wondan ihm gesagt, daß sie erst am Abend zurückkommen würde.

Es war Seungjes Idee gewesen, den Vater tagsüber ein paar Stunden im benachbarten Altersheim verbringen zu lassen, damit er Gesellschaft hätte. So mußte er sich nicht zu Hause langweilen. Anfangs schien der Alte wenig begeistert. Aber dann ging er gern hinüber. Der Gerechtigkeit halber mußte man sagen, daß er die Männer aus dem Heim zum ersten Mal zum Kartenspiel ins Haus eingeladen hatte.Trotzdem konnte Wondan ihre Abneigung nicht mehr hinunterschlucken.

„Hast du überhaupt gemerkt, daß dein Lebenswandel unserer Familie nur Unglück gebracht hat? Ich möchte nur, daß meiner Tochter so entsetzliche Erfahrungen erspart bleiben. Ja, das Kind soll gar nicht erst mitbekommen, daß es solche Menschen wie dich auf der Welt gibt. Natürlich weiß ich, daß das Leben nicht nur glückliche Stunden hat und man sich seine Eltern nicht aussuchen kann. Aber einen Spieler und Schürzenjäger als Vater zu haben, ist ein hartes Los. Natürlich bin ich deine Tochter und du bist mein Vater. Aber mein Mann und mein Kind haben nichts mit dir zu tun. Begreife das bitte."

Wondan hatte an der Spüle gestanden, während sie sprach. Ihre Augen funkelten böse.

„Du weißt, ich spiele nicht mehr. Nur zum Zeitvertreib habe ich mal ..." Dem Alten wollte kein versöhnliches Lächeln gelingen. Seine Miene verzog sich zur Grimasse. Auf einmal erschien er völlig nüchtern, sein gelbliches Gesicht erinnerte an eine Wachsmaske. War nicht sein ganzes Leben voller Ausflüchte und Niedertracht eine einzige Maskerade gewesen? Wondan spürte bei diesen Gedanken einen lustvollen Schauder. Sie wußte, daß ihre Worte wie die scharfe Spitze eines Speeres die Maske des Alten durchbohrten. Doch es mußte heraus. „Wie kann man bloß als Aufschneider und Nihilist ohne jeden Funken Moral sein Dasein fristen? Hast du jemals tiefer über dich nachgedacht? Du warst immer nur von irgendwelchen Gespenstern besessen", fuhr Wondan fort.

„Ich finde es gut, daß du sagst, was du denkst. Ich weiß, ich liege dir zur Zeit auf der Tasche. Aber über das, was ich erlebt und durchlitten habe, kannst du nicht richten. Was blieb mir denn übrig?" Die Stimme des Vaters schien aufzubegehren. Seine Hände zitterten sichtlich.

„Du hast dich doch ständig selbst betrogen und hinter irgendwelchen Entschuldigungen versteckt. Erinnerst du dich noch an den Tag, als unsere Mutter starb? Oder denkst du noch manchmal an den Tod deines Sohnes? Damals konnte ich dein wahres Gesicht sehen. Nur der Gedanke, daß ich vaterlos bin, hat mich überhaupt weiterleben lassen. Verflucht

habe ich die Stunde, in der du mich gezeugt hast und mir gewünscht, daß es einen Ausweg aus dieser Fessel gibt."
Für Wondan war die Nacht, als die Mutter starb, ein Alptraum, der sich nicht abschütteln ließ. Die ältere Schwester, die das bis zur Erschöpfung schreiende Baby auf dem Rücken trug, hatte sie schließlich weggeschickt, um den Vater zu holen. Damals arbeitete er auf einem Bahnhof als Wärter. Die Nachtschichten dienten ihm oft als Vorwand, um nicht bei Frau und Kindern sein zu müssen. Die Mutter hatte mit allen Mitteln versucht, den Mann an sich zu binden. Unter Vorwänden schickte sie Wondan am Abend zum Büro des Vaters. Einmal mußte sie sagen, daß die Mutter krank sei, ein anderes Mal war es eine andere unaufschiebbare Angelegenheit oder ein unverhoffter Besuch, der zu Hause eingetroffen sein sollte. Doch meist hatte sie dem Vater diese offensichtlichen Notlügen, die sie immer wieder kindlich vor sich hinmurmelte, nicht ausrichten können. Denn mit der Arbeitsdisziplin nahm er es nicht so genau. Entweder spielte und trank er mit Kollegen oder hielt sich bei seiner Geliebten auf. Hatte Wondan das Glück, ihn anzutreffen, nahm er ihr immer gleich das Wort aus dem Mund und fragte, was es diesmal sei, ein Brand im Haus oder wieder der Gesundheitszustand der Mutter. Mit ein paar Süßigkeiten in der Hand und der Versicherung, daß er bald kommen würde, wurde sie dann zurückgeschickt.

Auch in jener Nacht, als ihre Mutter starb, war Wondan weinend durch die Dunkelheit gerannt. Sie hatte Angst und konnte den Vater nicht finden. Wo sie fragte, wurden ihre Worte nur mit einem Lächeln als etwas Allbekanntes abgetan. Schließlich brachte sie ein Mann, der auch auf dem Bahnhof arbeitete, zu einem schäbigen Haus, nachdem er vom Tod der Mutter gehört hatte. Er rief und rüttelte solange an der Tür, bis im Haus das Licht anging. Eine Frau im Unterrock, eine Männerjacke über den Schultern, erschien und fragte mit barscher rauher Stimme nach dem Grund der nächtlichen Störung. Wondan erkannte trotz der schlechten Beleuchtung sofort, daß sie die Jacke ihres Vaters trug. Der Mann klärte die fremde Frau hastig über das Geschehen auf. „Bist du die Große oder die Kleine?“ wurde Wondan gefragt. Dabei traf sie ein unfreundlicher Blick. Dann hatte die Frau nach dem Vater geschrien. Halb angezogen und verschlafen war der Vater aus dem Haus gekommen. Auf die Todesnachricht hätte er nicht unpassender reagieren können. Entscheidungsunfähig und unsicher fragte er einfach in den Raum hinein nach der Uhrzeit. „Du Dummkopf, was soll das jetzt? Nun mach dich schon auf den Weg nach Hause“, hatte seine Geliebte gerufen und ihn energisch zur Eile angetrieben.

Endlich nahm der Vater seine Tochter an der Hand. Sie hasteten durch die engen Gassen, über denen kalt der Mond stand. Der Vater blieb schweigsam. Nur seine schweißige Hand und sein starkes Hinken verrieten die Aufregung. Wondan hatte sich von der Hand des Vaters losgerissen. Doch er war schneller als das Kind. Wieder nahm er ihre Hand. Sie wehrte sich, schrie und weinte bis an den Rand der Ohnmacht. Der Tod der Mutter war unfaßbar für sie. Dazu kam die Angst um den kleinen Bruder.

Wondan konnte das nicht verwinden.

„Sag bitte nicht noch einmal, daß ich dich verstehen soll, weil du keine andere Wahl hattest“, nahm die Tochter das Gespräch wieder auf. „Wenn du wüßtest, wie ich mich mein Leben lang für dich geschämt habe. Dabei habe ich dich ja zu verstehen versucht ... hundert Mal. Aber es bringt nichts.“

„Ich wollte wirklich niemandem etwas Schlechtes antun. Ich hatte ja genug an mir selbst zu tragen. Alles kannst du mir doch nicht in die Schuhe schieben.“

Wondan reagierte nicht auf den Einwurf des Alten.

„Du und ich, wir kommen aus einer Wurzel. Beide haben wir erlebt, wie es ist, wenn man keinen festen Boden unter den Füßen hat. Dich hat das zu einem nihilistischen, verantwortungslosen und impulsiven Leben gedrängt. Mich hat die Angst davor zur Vorsicht und Beharrlichkeit getrieben. Ich wollte nicht so enden wie du. Deshalb habe ich gespart und mir wenig gegönnt. Noch immer packt mich die Angst, wenn ich daran denke, daß man das Erreichte verlieren kann." Bei dem Gedanken traten Wondan die Tränen in die Augen.

Die Spielkarten und Schnapsgläser, die unlöslich mit dem Vater verbunden waren, schienen ihr wie Fußangeln, die immer wieder nach ihr ausgelegt wurden. Die Verzweiflung saß tief.

Nur die Mundwinkel des Alten zuckten, als wenn er zum Reden ansetzen wollte. Doch dabei blieb es auch. Nachdem er die Tochter eine Weile wie geistesabwesend angestarrt hatte, ging er in sein Zimmer.

Wondan beruhigte Subang, die sich ängstlich an die weinende Mutter klammerte. Dann begann sie mit dem Aufräumen. Sie lüftete lange, um den Geruch nach Zigaretten, Alkohol und alten Männern zu vertreiben. Instinktiv setzte sie alles daran, jede Spur des Vorfalls zu tilgen. Ihr Mann, der bald nach Hause kommen würde, sollte auf keinen Fall etwas merken.

So setzte sie ein freundliche Miene auf. Wondan hatte schon als Kind begriffen, daß man sich für das Glück im Leben wappnen mußte.

„Sonne, Sonne laß dich sehn,
du willst doch nicht hinter den Wolken stehn.
Öffne die Himmelstüren,
laß dich zum Brunnen führen.
Sonne, Sonne laß dich sehn,
schmück dich mit Fiedel und Trommel zum Tanzengehn."

Subang sang mit heller Stimme, während sie beobachtete, wie das Wasser am Kai aufspritzte.

Zwar waren noch nicht alle Worte deutlich zu verstehen, doch offensichtlich besaß die Kleine eine gute Auffassungsgabe. Wondan freute sich, daß ihre Tochter das Kinderlied so schnell auswendig gelernt hatte. Das Wetter ließ sich jedoch durch den Wunsch von Subang nicht umstimmen. Der Himmel blieb wolkenverhangen.

„Unser Kind hat einen hellen Kopf und ein phantastisches Gedächtnis“, sagte Wondan zu ihrem Mann, während sie die Tochter bewundernd ansah.
„In dem Alter zeigen fast alle Kinder außerordentliche Begabungen. Deshalb denken so viele Eltern, daß gerade ihr Sprößling ein Genie ist“, entgegnete Seungje schmunzelnd.

Es war Samstagnachmittag und das Schiff war gut besetzt. Doch der Winter klopfte bereits an die Tür. Dem Wetterbericht zufolge war in einigen Tagen mit Schnee zu rechnen. Nicht zuletzt der kalte Regen würde die Temperaturen schlagartig sinken lassen.

Der Stausee schien auf einmal in sich zu ruhen. Er wirkte groß und tief wie ein Meer. Wohlwollend ließ er den Schatten eines kahlen Berges auf seinem Wasser tanzen.

An Bord herrschte reges Leben. Besonders viele junge Leute in farbenfroher Wanderbekleidung bevölkerten das Schiff. Sie trugen große Rucksäcke auf dem Rücken, und ihre Gesichter glühten vor Erwartung. Dagegen waren die Händlerinnen, die bereits früh am Morgen in Chuncheon Fisch und Gemüse verkauft hatten, mit dem Geldbeutel am Gürtel auf den Bänken eingeschlafen.

Den Wochenendausflug in die nächste Umgebung hatte Seungje organisiert. Die gespannte Stimmung zwischen Vater und Tochter war ihm nicht entgangen, obwohl Wondan den Streit nicht erwähnte. Eigentlich gab es keine gravierenden Veränderungen im Verhalten des Alten. Nur beim Essen plauderte er weniger mit seinem Schwiegersohn und zog sich dann still in sein Zimmer zurück. Darüber hinaus mied er jeden Blickkontakt mit Wondan.

Schließlich schlug er das Angebot von Seungje, gemeinsam angeln zu gehen, aus. Mit einem Kopfschütteln bemerkte er, daß das Meer zu kalt für ihn sei.

Etwa eine Stunde nach diesem Vorfall hatte ihr Mann von der Schule angerufen und die Reise vorgeschlagen. Am Telefon bat er Wondan, alle Vorbereitungen zu treffen, damit die Familie gleich nach seiner Rückkehr vom Unterricht am

Sonnabendmittag aufbrechen konnte. Immerhin würde es das letzte Wochenende vor dem nahenden Winter sein. Schon zu den Herbstfeiertagen waren sie schließlich zu Hause geblieben. Wondan wurde den Gedanken nicht los, daß ihr Mann ebenfalls mit den Nerven am Ende war. Deshalb sehnte er sich nach ein paar friedlichen Stunden allein mit Frau und Kind. Spurlos schien der lange Besuch des Schwiegervaters auch an ihm nicht vorbeigegangen zu sein.

Noch in Gedanken machte sie sich an die Arbeit. Da waren die nötigsten Dinge einzupacken, und zugleich mußte das Essen für den Vater vorgekocht werden.

„Du mußt dich um nichts kümmern. Das Essen ist fertig", erinnerte Wondan den Alten, bevor sie das Haus verließen. Er war nicht darauf eingegangen. Ihr Blick blieb unerwidert. Ruhig hatte er zum Himmel geschaut und gesagt: „Wahrscheinlich wird es schneien. Ziehe Subang warm an."

Das Rauschen des Wassers im Tal und der klare Klang des Windglöckchens begleiteten Wondan in den Schlaf. Im Unterbewußtsein drangen die fremden Geräusche immer wieder an ihr Ohr. Erst als sie sich an das Windglöckchen am Dachrand der Pension erinnerte, schlummerte sie fest ein.

In der Morgendämmerung erwachte sie als erste. Das Zimmer war warm, und die Morgensonne schien durch das Fenster. Im Schlaf hielt ihr Mann die Tochter im Arm. Wie sie wußte, konnte er in einem fremden Raum stets schlecht Ruhe finden. Leise stand sie auf, um die Schlafenden nicht zu wekken.

„Sie sind ja eine Frühaufsteherin", sprach die Wirtin, die im Hof Reis wusch, sie freundlich an. „War es warm genug? Wegen der Kleinen habe ich besonders gut geheizt."

Wondan bedankte sich. Sie erzählte, daß sie in der frischen Luft sehr gut geschlafen habe. Dann hörte sie sich nach dem alten Tempel fragen, der nach Seungjes Worten nicht weit von hier sein sollte. Die Frau bestätigte das und zeigte ihr den Weg.

„Gehen sie gleich über den Hinterhof und dann geradeaus zum Bergpfad. In zwanzig Minuten sind Sie dort. Der Tempel soll sehr alt sein …“ Wondan bedankte sich.

Der Pfad war trotz der Morgensonne, die zwischen den vereinzelten Bäumen schimmerte, noch recht dunkel. Aber der Wind hatte sich gelegt. Der Tempel war wirklich winzig und recht verfallen.

Ein kleiner Mönch fegte den Hof. Als er Wondan sah, faltete er die Hände. Verlegen tat sie es ihm gleich und verbeugte sich.

In der Ecke des Anwesens stand eine dreistöckige Pagode. Ein Mann in roter Wanderbekleidung lief mit gefalteten Händen um sie herum. Wofür betet er nur so inständig, fragte sich Wondan. Vielleicht suchte er Liebe oder Erfolg auf dieser Welt. Dabei ist das irdische Dasein des Menschen so begrenzt und voller Lug und Trug, Angst und Qual. Aber wer will das schon wahrhaben? War der Mann so früh an diesen heiligen Ort gekommen, weil ihm aus dem Wunderglauben eine Hoffnung zuwuchs? Stärkte ein tiefer Schmerz nicht die Tiefe des Wunsches, die dem Gebet Kraft gab?

Wondan blieb stehen und starrte den Fremden an. Vor ihren Augen verwandelte sich der Mann plötzlich in Seungje, Subang, den Vater und schließlich in Piljun. Wieder dachte sie an den Tag, als ihr der Freund den Rücken gekehrt hatte. Sie sah ihn den kleinen Berg hinabsteigen.

Ihre Augen standen voller Tränen. Ihr Blick trübte sich. Wondan schüttelte energisch den Kopf, um die Bilder zu vertreiben.

Als sie gegen Abend zurückkamen, war der Vater nicht da.

Subang, die als erste das Haus betrat, hatte vergeblich nach dem Großvater gerufen. Wie vom Blitz getroffen schaute Wondan in den Schuhschrank. Seine schwarzen Lederschuhe fehlten. Seine Pantoffeln lagen ordentlich im Flur. „Bestimmt ist er nur ausgegangen“, meinte Seungje, während er die Tür des Arbeitszimmers öffnete. Doch auch der Anzug hing nicht mehr an der Wand.

Wondan konnte ihre Bestürzung nicht verbergen. Das Haus war so aufgeräumt, wie sie es verlassen hatten. Auch keinerlei Spuren von einer Mahlzeit waren zu sehen. Im Zimmer lagen nur sorgfältig zusammengelegt der Trainingsanzug und die Socken von Seungje, die der Vater im Haus getragen hatte.

„Er ist wirklich gegangen", sagte Wondan.

„Er ist schon ein sonderbarer Mensch. Wie kann man einfach fortgehen. Aber er wird schon zurückfinden." Seungje hatte seine Meinung mit einem Schnalzen der Zunge bestärkt.

„Ja, er ist eben so ein Typ." Wondan wußte nicht, wie sie ihrem Mann das plötzliche Verschwinden des Vaters plausibel machen sollte. Irgendwie war es schon seltsam. Hatte sie sich nicht insgeheim diesen Moment herbeigewünscht? War der Alte nicht ein ungebetener Gast in ihrem Hause gewesen? Sie konnte die Bestürzung, die jetzt in ihr aufstieg, selbst nicht verstehen.

„Er hat seine Sonnenbrille hier gelassen. Dabei trägt er sie so gern. Wie konnte er die nur vergessen?" Seungje hielt die Brille in der Hand, die er auf dem Schreibtisch gefunden hatte.

Wondan nahm die Brille. Sie war sehr sauber. Der Vater schien sie extra geputzt zu haben.

Die Tochter setzte die Sonnenbrille auf.

Sie erblickte ihr Haus und den fernen kahlen Bergrücken in der Abenddämmerung. Es war, als würde sie ihre Umwelt und die vergangenen Stunden mit den Augen des Vaters betrachten. Der Berg wirkte durch die dunklen Gläser noch karger und ferner als sonst.

Sie glaubte den Vater mit schlurfendem Schritt in einem der Gäßchen zu sehen.

無
CHA

Die Übertretung

Seit dem frühen Morgen fiel Schnee. Hyeja betrachtete auf dem Fensterbrett sitzend die dicken Flocken, die die Welt durcheinanderbrachten. Obwohl das Fenster offen war, drang kaum ein Laut an ihr Ohr. Der zu dieser Zeit übliche Lärm schien unter dem Schnee begraben zu liegen.

Auch die Stimmen der spielenden Kinder, die sonst zu hören waren, fehlten heute. Niemand bat um Rückgabe eines Baseballs, der zufällig von der Straße auf das Grundstück geflogen war. Kein Kind kletterte über die Mauer wie so oft im letzten Monat, als das Haus die meiste Zeit über unbewohnt gewesen war. Nur eine junge Frau, die den ganzen Tag arbeitete, bewohnte als Untermieterin ein Zimmer zur Straße.

Hyeja mußte daran denken, wie ein Junge am ersten Tag nach ihrer Rückkehr wie selbstverständlich über die Mauer auf das Grundstück gesprungen war, obwohl sie an der Tür stand. Er hatte sich nicht schuldig gefühlt, als sie ihn darauf ansprach. Vielmehr verteidigte er das Gewohnheitsrecht der Kinder, hier einzudringen. „Das Haus ist doch sowieso leer", hatte er ihr geantwortet, als sie ihn zur Rede stellte. Für einen Moment waren ihr die Worte des Jungen seltsam beruhigend vorgekommen. Immerhin schien man ihr Haus nicht zu meiden. Man brachte es nicht in Zusammenhang mit Spukgestalten oder bösen Riesen, die in der Verdammnis hausten.

Ab und zu fiel dicker Schnee von den kahlen Ästen und scheuchte die Spatzen auf, die nach Futter suchten. Die junge Frau schien noch nicht zur Arbeit gegangen zu sein. Keine Fußspur verriet irgendeine Bewegung.

Hyeja watete durch den knöchelhohen Schnee im Hof. Sollte das Wetter anhalten, würde er ihr bei Sonnenuntergang bestimmt bis an die Knie reichen. Sie blieb stehen und nahm eine Handvoll Schnee. Eigentlich müßte ich mit dem Schneefegen beginnen, dachte Hyeja. Doch sie tat nichts dergleichen. Vielmehr lauschte sie plötzlich wie gebannt einer Melodie, die aus einem der Häuser drang. Leise sang sie das Kinderlied vor sich hin, das mehr schlecht als recht mit einer Hand auf dem Klavier geklimpert wurde.

„Berge, Felder, Wälder
strahlen in weißer Pracht.
Die Reinheit der weißen Flocken
hat unsere Herzen lauter gemacht."

Wie gern hatte sie mit ihren Kindern dieses Lied gesungen, das eigene Kindheitserinnerungen beschwor. Bestimmt ging es der jungen Frau ebenso, die in einer Mußestunde, während die Kinder in der Schule waren, diese Melodie aufleben ließ.

Plötzlich wurde es still. Hyeja verharrte geistesabwesend. Ihr offener Mund schien noch immer die Töne zu suchen. Dabei mußte sie wieder an ihren nächtlichen Traum denken.

Eigentlich war es ein verlorengeglaubter Traum gewesen, der endlich wiedergekehrt war.

Seit ihrer Kindheit hatte er zu ihrem Leben gehört. Die letzten zwei Jahre war er ausgeblieben. Nun gab es ihn wieder. War das nicht ein untrügliches Zeichen, daß sie nach Hause zurückgefunden hatte?

Im Traum sah sich Hyeja stets den gleichen Weg gehen. Er führte an verfallenen und bemoosten Steinmauern entlang, die an die Gemäuer einer Burg erinnerten. Der Pfad schien endlos lang. Dennoch kam Hyeja die Umgebung vollkommen vertraut vor. Während sie im Traum vor sich hinmurmelte, war sie sich sicher, daß irgendein Zeichen oder ein Schriftzug irgendwo sie an ein Versprechen der Vergangenheit erinnern würde. Sie brauchte nur die Hand auszustrekken, um in einer Mauerritze oder unter einem losen Stein die Nachricht zu finden. Aber sie erwachte stets zu früh, und beim nächsten Mal mußte sie wieder den gleichen Weg gehen. Der Traum schien ein Labyrinth zu sein, das weder Anfang noch Ende kennt. Vielleicht fühlte sich Hyeja deshalb beim Erwachen so trostlos und verwirrt.

Bis heute konnte sie keine einleuchtende Erklärung für diese Bilder finden. Ihre alte Mutter, die magische Kräfte zu haben schien, würde ihren Traum wohl kurz und bündig als Weg zum Hades oder in ein Leben vor der Wiedergeburt interpretieren.

Hyeja spürte, wie ihre Finger starr wurden. Der Schnee war nicht mehr in ihren Händen. Sie rieb sie trocken, klopfte den Schnee von den Schuhen und ging ins Haus. In der Diele und im Zimmer herrschte eine unbeschreibliche Unordnung. Gläser, Nachtwäsche, Tücher, ein Kofferradio und andere Dinge lagen wüst durcheinander. Es war nicht möglich, einen Schritt zu machen, ohne auf die Sachen zu treten.

Seit einer Woche lebte Hyeja wieder hier. Doch sie kümmerte sich nicht um den Haushalt. Der Hunger ließ sie zwar kochen, aber schon der Abwasch interessierte sie nicht mehr. Überall türmte sich das schmutzige Geschirr, während sie stundenlang in der Badewanne saß und vor sich hinstarrte. Erst wenn das Wasser ganz kalt wurde, verließ sie das Bad und lief nackt in der dunklen Diele hin und her.

Nur vorgestern war dieser Kreislauf durchbrochen wurden. In einem Mauerspalt im Hinterhof hatte sie zufällig eine Haarspange ihrer Tochter entdeckt. Sie konnte sich den ganzen Tag nicht von diesem Anblick lösen. Immer wieder waren ihre Augen um die Spange mit dem kindlichen Blumenmuster gekreist.

Dabei stand die Zeit nicht still. Ihre Tochter, die inzwischen die letzte Klasse der Mittelschule besuchte, war schon längst dem Alter entwachsen, in dem man solchen Haarschmuck trägt.

Bis vor einem Monat hatten in diesem Haus, in dem sie jetzt allein wohnte, ihr Mann, die zwei Kinder und die Schwiegermutter gelebt. Sauber und aufgeräumt war die Wohnung gewesen. Die Schwiegermutter, die den Haushalt führte, hatte säuberlich jede Erinnerung an die Familie entfernt. Nur Hyejas persönliche Sachen waren zurückgeblieben.

Sie wußte aber auch, daß es ein Entgegenkommen war. Man hatte ihr das Haus nach einigen Diskussionen in der Familie überlassen. Immerhin war ihre Ehe schon längst gesetzlich geschieden. Sie konnte ihrem ehemaligen Mann eine gewisse Rücksichtnahme nicht absprechen. Nach der Entlassung aus der Klinik hätte sie auf sich gestellt nicht so schnell eine Bleibe gefunden. „Wir werden umziehen. Du kannst in das Haus zurückkehren oder eine andere Wohnung mieten. Vielleicht möchtest du aber auch bei deiner Mutter wohnen, bis der Hausverkauf erledigt ist", hatte er ihr beim letzten Treffen im Krankenkaus vorgeschlagen.

Mehr konnte sie wohl nicht erwarten. Genau genommen war sie es gewesen, die die Scheidung eingereicht hatte. Um den Schein zu wahren, war ihr nach dem Vorfall auch keine andere Wahl geblieben. Letztlich war ihr Mann recht schnell darauf eingegangen. Er hatte es nur bedauerlich gefunden, daß die Prozedur während des Klinikaufenthaltes von Hyeja vollzogen worden war.

„Der Mensch ist ein Gewohnheitstier und vergißt Gott sei Dank schnell. Zudem sind Sie körperlich und seelisch geheilt. Also haben Sie keine Angst und leben Sie so weiter wie früher", hatte ihr der Arzt zum Abschied geraten.

Doch das war leichter gesagt als getan. Sie fühlte sich erschöpft wie nach einer langen Reise. In dumpfer Trägheit vergingen die Tage. Nur das Klingeln des Telefons schreckte sie noch auf und versetzte sie für Minuten in die Wirklichkeit zurück. Anrufer wollten ihren Mann oder ihre Kinder sprechen. Mit abweisender Stimme informierte sie über den Umzug und legte den Hörer auf. Doch damit begann erst die Qual. Wie wahnsinnig suchte sie im ganzen Haus nach Spuren von Mann und Kindern. Es schien, als wollte sie die Realität aufheben. Die Aufkleber an der Wand, einige schwarze Haare in einem zurückgelassenen Kamm oder die gestickte Kante an einem Handtuch ließen die Erinnerungen übermächtig werden. Doch gleichzeitig fühlte sie dabei noch stärker die Distanz zwischen ihr und der Familie. Aus dieser Entfremdung führte kein Weg zurück. Doch hätte es einen Ausweg gegeben, wenn nicht jeder Scham und Angst in der Tiefe seines Herzens verheimlicht hätte?

Hyeja begann hemmungslos zu weinen, während sie Kopf und Arme an die Knie preßte.

Der Erschöpfung folgte ein alles beherrschendes Hungergefühl.

Die Klingel riß Hyeja aus dem Mittagsschlaf. Sie hatte spät gegessen und wollte sich eigentlich nur kurz ausruhen. Überrascht öffnete sie die Tür. Der Briefträger, der vor dem Hoftor stand, hielt ein Einschreiben in der Hand und verlangte lautstark nach einem Unterschrifts-Stempel. Völlig verwirrt begann sie in allen Schubladen nach ihrem Namensstempel zu suchen. Dabei konnte sie sich nicht vorstellen, wer an sie geschrieben haben sollte. „Ich habe leider keinen Stempel", rief sie dem Wartenden schließlich zu. „Wirklich nicht? Na, dann müssen wir den Daumenabdruck nehmen", beendete er die Angelegenheit.

Der Brief war für die Untermieterin. Doch sie schien nicht da zu sein. Da das Zimmer verschlossen war, steckte sie den Brief schließlich an die Tür.

Noch immer hörte sie ihr Herz aufgeregt klopfen. Mechanisch begann sie, die Schublade zu schließen. Da fiel ihr Blick auf ein Notizbuch. Unbewußt kam es ihr vertraut vor. Ja, es gehörte zweifellos ihr, auch wenn sie es vergessen hatte. Hyeja begann in dem Büchlein zu blättern. Sie las Daten und Dinge, an die sie sich zum Teil nicht mehr erinnern konnte. So war sie also am 29. eines Monats im Duksoo-Palast gewesen und hatte die Wintersachen zur Reinigung gebracht. An einem 16. war sie im Café Araja verabredet gewesen, und im Kaufhaus Shinsegaeh gab es damals vom 15. bis 21. einen Schlußverkauf. Ein Hemd und eine Wollweste hatte sie nach ihren Notizen preisgünstig erstanden. Sie begann sich festzulesen. Manchmal huschte ein Lächeln über ihr Gesicht. Einen Blumenkorb mit sechzig Nelken in verschiedenen Farben. Das war ihr Geschenk zum 60. Geburtstag ihres Lehrers gewesen. Auf den letzten Seiten standen nur Telefonnummern. Hyeja schien die ehemaligen Kommilitoninnen seltsamerweise schon fast aus ihrem Gedächtnis gestrichen zu haben. Dabei waren sie eng befreundet gewesen. Bis zuletzt hatten sie sich einmal im Monat getroffen.

Von einer Eingebung getrieben, wählte Hyeja die Nummer von Sukja. Doch eine Frau teilte ihr mit, daß die Freundin die Arbeit in der Redaktion schon längst aufgegeben habe. Auch Aegyong blieb unerreichbar. Eine Tonbandstimme verkündete lediglich „kein Anschluß unter dieser Nummer". Auch beim zweiten Mal hörte sie den gleichen Text, obwohl sie konzentriert und sorgfältig die Zahlen drückte. Auch bei Myongja meldete sich niemand. Bei Chunja teilte jemand kurz mit, daß die Freundin unter dieser Nummer nicht zu erreichen sei.

Bestürzt legte Hyeja den Hörer auf. Sie konnte kaum fassen, daß sich in zwei Jahren alles so total verändert hatte. Zum ersten Mal fühlte sie sich von den Freunden verraten.

Wie eine Spielerin, die ihr Schicksal auf die letzte Karte setzt, wählte sie Jeongoks Nummer. Endlich vernahm sie eine bekannte Stimme. „Hier ist Hyeja", hörte sie sich sagen.

Jeongok schien es die Sprache zu verschlagen. „Um Gottes Willen, bist du es wirklich?" fragte sie schließlich. In ihrer Stimme schwang Unsicherheit mit, als habe sie jemand aus dem Jenseits angerufen.

„Ja, wir haben uns lange nicht gesehen. Wie geht es dir?" beeilte sich Hyeja das Gespräch in Gang zu bringen.

„Wo bist du überhaupt?" fragte die alte Freundin unvermittelt.

„Zu Hause. Ich bin zurück. Doch, was machen die anderen? Leider konnte ich niemanden erreichen ..."

„Viele sind umgezogen", unterbrach sie Jeongok.

Als Hyeja ein Treffen vorschlug, blieb es wieder eine Weile still. „Eigentlich trifft es sich gut", lenkte die Studienfreundin dann aber ein. „Bongsun wird mit ihrem Mann ins Ausland gehen. Wir verabschieden sie heute. Die Feier findet um sieben Uhr in der 'Skylounge' im 13. Stock des K.-Building in Kwanggyo statt. Das kennst du sicher. Alle werden sich freuen, wenn du kommst."

Nachdem Jeongok aufgelegt hatte, rief Hyeja noch Herrn Min an. Er arbeitete am Institut für Puppenspielkunst. Doch er stellte auch selbst Puppen her und brachte Stücke auf die Bühne. Hyeja hatte er für ihre Puppen oft gelobt. Besonders die individuellen Gesichtszüge der Figuren waren ihm an ihren Arbeiten positiv aufgefallen. Einmal hatte er für einen Fernsehsender sogar ein Puppenspiel mit ihren Puppen inszeniert. Auch eine Ausstellung mit ihren Arbeiten war im Gespräch gewesen.

Doch Herr Min erkannte sie nicht gleich, obwohl sie deutlich ihren Namen nannte. Die zwei Jahre schienen sie aus seinem Gedächtnis radiert zu haben. Sie mußte ihm sogar erklären, daß sie für die Stücke „Rotkäppchen" und „Sonne und Mond" die Puppen entworfen hatte.

Er gab sich überrascht und fragte dann jedoch wie gewöhnlich nach ihrem Befinden. Dabei war sich Hyeja sicher, daß er von der Geschichte, die ihr passiert war, gehört hatte.

Dann sprachen sie über die Arbeit. Er war interessiert, aufgeschlossen und wie früher ein netter Kerl. Zu gern hätte sie ihm ein sofortiges Treffen vorgeschlagen.

Doch es blieb bei Unverbindlichkeiten. Natürlich könne sie gern mal vorbeischauen. Herr Min war wie immer sehr beschäftigt. Etwas enttäuscht beendete Hyeja das Telefongespräch.

Sie hatte doch hochgesteckte Ziele. Mit ihren eigenen Händen wollte sie Geld verdienen und ein unabhängiges und erfülltes Leben führen. Sie machte sich ja schon selbst Vorwürfe, daß sie bisher so tatenlos die Jahre hatte vergehen lassen. Wie gern wollte sie ihr Hobby zum Beruf machen. Der Gedanke gab ihr Kraft und Zuversicht. Gleich morgen mußte sie zu Herrn Min gehen und alles mit ihm besprechen. Er war doch auch vom Puppenspiel besessen. Vor Leidenschaft zu seiner Arbeit schien der über vierzigjährige Mann sogar das Heiraten vergessen zu haben. Unermüdlich besuchte er Fernsehstudios, Kellerbühnen, Hörsäle oder Volkshochschulen. Er schrieb Bücher und fuhr sogar mit Puppentheatergruppen auf abgelegene Inseln. Das war doch eine Aufgabe für sie. Gemeinsam mit Herrn Min würde sie Ausstellungen gestalten und auf Tournee gehen. Auch ihre Kinder konnte sie so vielleicht zurückgewinnen. Sie mußte sie nur für das Spiel begeistern, indem sie ihnen Puppen schenkte.

Gleich heute abend wollte sie die Freundinnen in all ihre Vorhaben einweihen.

Zwar hatte sie noch nicht konkret mit Herrn Min gesprochen. Doch Hyeja erschien es unvorstellbar, daß er ihr Angebot ablehnen würde. Immerhin war er schon früher an ihren Arbeiten stark interessiert gewesen. Sie mußte sich davor hüten, durch ihre Verletzlichkeit anderen Menschen Schlechtes zu unterstellen. Bestimmt lag es nur an ihrer übersteigerten Einbildungskraft, daß sie glaubte, Herr Min habe am Telefon ausweichend und unbestimmt reagiert.

Hatte ihr Arzt nicht betont, daß die Leute in der Regel schnell vergessen und in erster Linie mit sich selbst beschäftigt sind. Bestimmt war das ungeheuerliche Geschehen schon längst aus dem Gedächtnis von Freunden und Bekannten verschwunden. Zwei Jahre sind eine lange Zeit. Für viele Leute war es zudem nicht mehr als ein Bericht in den Tageszeitungen gewesen. Der Alltag deckt vieles zu. Sie mußte sich nur selbst von diesem Schreckgespenst der Vergangenheit lösen. Genau das hatte sie sich doch in den Monaten der ihr sinnlos erscheinenden Therapie immer wieder von ganzem Herzen gewünscht. Vergessen können und vergessen werden, mehr verlangte sie nicht.

Doch der Verlust an Lebenschancen blieb. Während sie die Monate mit frustrierenden Frage- und Antwortspielen der Ärzte oder geisttötenden Beschäftigungs- und Entspannungstechniken verbrachte, hatten die anderen ihre Kinder großgezogen, ihren Besitz vermehrt und die Freuden des Lebens genossen.

Ihr Mann hatte ihr vorgeschlagen, das Lebensumfeld zu wechseln. Doch Hyeja war mit ihrer Entscheidung, in das ihr vertraute Haus zurückzugehen, zufrieden.

So konnte sie in der Einsamkeit zu sich selber finden, in den alten Notizen stöbern und in Ruhe ihre Zukunft planen.

Hyeja betrat die Dachkammer. In einem großen Koffer bewahrte sie dort die Materialien zur Herstellung der Puppen auf. Am Anfang hatte sie den Keller benutzt. Aber mit der Zeit waren Möbel und Haushaltsgegenstände, die man nicht regelmäßig zu brauchen schien, in den Raum gewandert. Ihr Hobby mußte auf den Boden ausweichen.

Der Koffer war voller Staub, und die Eisenbeschläge zeigten deutliche Rostspuren. Doch er ließ sich ohne Probleme öffnen. Die Sachen schienen unter einer Schicht Zeitungspapier in gutem Zustand zu sein. Dicke und dünne Drahtstücke, hart gewordene Klebstofftuben, gefärbte Federn, eine Handvoll Flitter, die Köpfe eines Liebespaares und das halbfertige Federkleid der Nymphe – all das lag vor ihr, wie sie es verlassen hatte. Im Koffer schien es unbemerkt überdauert zu haben. Hyeja nahm die Sachen Stück für Stück heraus. Dabei stieg eine unbestimmte Traurigkeit in ihr hoch. Sie stieß auf eine neue Lage Zeitungen, die zur Abdeckung dienten. Hyeja mußte die Augen schließen und tief durchatmen, denn sie wußte genau, was sich unter dem Papier verbarg. Da lag die schöne Prinzessin, die nach der Märchenweisheit hundert Jahren schlafen sollte. Sie war ihre vorerst letzte Puppe gewesen. Beim Bügeln des schönen Kleides hatte sich dann jener unfaßbare Vorfall ereignet, der ihrem Leben eine jähe Wende gab. Mit zitternden Hände hob Hyeja die Puppe aus der papierenen Hülle heraus. Da lag die schöne Prinzessin mit den langen blonden Haaren unter einer Krone aus Blumen. Doch deutlich hatten auch die Motten ihre Spuren auf dem prächtigen Kleid hinterlassen. Ihre abgeworfenen Häute glänzten auf dem Stoff wie eine zerrissene Goldkette.

Nur vereinzelt schwebten noch kleine Schneeflocken zur Erde. Der Himmel klarte auf, obwohl es schon vier Uhr nachmittags war. Hyeja begann sich auf die Verabredung vorzubereiten. Sie war sichtlich aufgeregt vor Freude, daß sie das Haus, in das bald die Nacht einkehren würde, verlassen konnte.

Hyeja wusch sich das Gesicht und schminkte sich sorgfältig. Das Make-up geriet etwas auffällig. Doch für das abendliche Wiedersehen mit den guten Freundinnen nach so langer Zeit erschien ihr diese Aufmachung zulässig. Nun mußte sie noch das richtige Kleid finden. Hyeja öffnete ihre Truhe und begann zu suchen. Aber sie konnte nichts Passendes ausmachen. In den letzten zwei Jahren hatte sie sich keinerlei Kleidung gekauft. Zudem war sie beachtlich dicker geworden. In ihrer Verzweiflung probierte sie alle möglichen Sachen an, auch wenn ihr Farbe und Stil nicht gefielen. Aber alles war zu eng. Nicht einmal die Knöpfe ließen sich schließen. Schließlich wählte sie ein Sack-Kleid aus, das vor zehn Jahre modern gewesen war. Das schwarze Samtkleid hatte einen weißen, breiten Kragen und wirkte sehr mädchenhaft. Hyeja konnte sich noch erinnern, daß ihr Mann es als unpassend für ihr Alter bezeichnete, als sie sich einmal nach Dienstschluß zu einer Verabredung trafen. Er war im Grunde sehr an ihrer Kleidung und an ihrem Aussehen interessiert gewesen. Sie hatte das Kleid seitdem nie mehr getragen.

Das enge Kleid nahm ihr die Luft. Sie fühlte sich wie in einem Sack geschnürt. Ihre Figur hatte sich zu stark verändert. Während sie das lange Haar zusammenband, betrachtete sie sich im Spiegel. Sie kam sich vor wie in einem Stummfilm.

Plötzlich hörte Hyeja, wie die Dielentür mit den großen Glasscheiben geöffnet wurde. Dann vernahm sie die Stimme der Untermieterin, die kurz mitteilte, daß sie jetzt ausgehen werde. Ohne eine Antwort abzuwarten, bat sie, daß ihr Ofen zugedreht werde, wenn die Kohlen durchgeglüht wären. Mit einem knappen „Auf Wiedersehen“ war sie auch schon fort.

Hyeja blieb nur der grimmige Blick ins Leere über eine solche Unverschämtheit.

Angeblich arbeitete die junge Frau im Schichtdienst in einer Fabrik. Doch Hyeja hatte bemerkt, daß sie in einer Woche dreimal Männer in ihrem Zimmer empfangen hatte. „So kann es nicht weitergehen", murmelte sie vor sich hin. „Ich werde ihr gleich morgen sagen, daß ich ihr kündige, da ich das Haus verkaufe."

Kurz nach fünf Uhr zog Hyeja ihren Mantel an und verließ das Haus.

Eigentlich hatte sie genug Zeit. Auch wenn sie eventuelle Verzögerungen durch den Schnee einplante, würde sie in einer halben Stunde am Ort der Verabredung sein. Doch die Einsamkeit in dem dunklen Haus trieb sie auf die Straße.

Da es noch früh war, stieg sie in bereits in Chongro aus dem Bus. Sie durchquerte die Unterführung. Die Luft stank. Die Lüftungsanlage schien schlecht zu funktionieren. Der Schneematsch pappte bei jedem Schritt an den Schuhen. Die U-Bahn dröhnte unter ihren Füßen. Dennoch ging Hyeja langsam. Gedankenlos schaute sie den vorüberhastenden Menschen ins Gesicht.

Inzwischen hatte es aufgehört zu schneien. Nur der Wind wehte noch durch die dämmrigen Straßen. Hyeja atmete tief durch. Obwohl sie lange nicht in der Stadt gewesen war, konnte sie sich schnell orientieren. Als sie aus der Unterführung auf den Gehweg trat, schaute sie nach der Turmuhr. Es war zwanzig Minuten vor sechs. Das Wasser des Springbrunnens hatte sich in Eis verwandelt. Erst jetzt fiel ihr Blick auf den schneebedeckten Weihnachtsbaum mit seinen unzähligen Lichtern, der neben dem Brunnen stand. Gegenüber den flakkernden Lichterkerzen tauchte die schwach erleuchtete 'Skylounge' des K.-Buildings aus der Dämmerung auf. Vor dem Gebäude gab es keinen Fußgängerübergang. Deshalb entschloß sie sich, den Weg durch die drei angrenzenden Unterführungen zu nehmen. Da sie nicht in Eile war, konnte sie sich in einem Café bei einer Tasse Kaffee noch etwas aufwärmen. Auf keinen Fall wollte Hyeja arm und verfroren aussehen, wenn sie zu früh eintreffen sollte.

Sie schaute sich um. Plötzlich blieb ihr Blick an einem Gebäude hängen. Weder der große Weihnachtsbaum mit seinen Lichtern noch das K.-Building existierten für sie in diesem Moment. Allein dieses 15-stöckige Hochhaus mit seinen beleuchteten Fenstern zog sie an.

Es kam ihr selbst merkwürdig vor, daß sie nicht sofort bei Jeongoks Mitteilung des Treffpunktes an den Arbeitsplatz ihres Mannes gedacht hatte. Während sie in die Unterführung eintauchte, machte sie sich selbst Vorwürfe. Zwar war bereits Dienstschluß, aber nicht selten blieb ihr Mann länger im Büro. Außerdem hatte er ihr gesagt, daß sie jederzeit zu ihm kommen könne, wenn sie Probleme habe. Bestimmt würde er nicht böse sein, wenn sie auf einen Kaffee vorbeikäme. Schließlich hatten sie einen Teil ihres Lebens miteinander verbracht und waren sogar einmal Vertraute gewesen. Das konnte nicht einfach vergessen sein. Ein Treffen mit ihr dürfte er nicht ablehnen, sagte sich Hyeja, wenn er nicht alles zerstören wollte. Außerdem müßte sie die ersten Schritte in ein neues Leben tun. Sie hatte Pläne für die Zukunft. Bestimmt würde es ihn beruhigen, wenn er hörte, daß sie wieder arbeiten und bei einem so prominenten Puppenspieler wie Herrn Min anfangen wollte.

In gehobener Stimmung betrat Hyeja den Aufzug. Das Selbstgespräch hatte ihr Mut gemacht. Im fünften Stock stieg sie aus. Hier residierte die Firma, bei der ihr Mann angestellt war. Der Portier, der ihr höflich in den Weg trat, fragte, was er für sie tun könne. Etwas verlegen durch diesen Empfang entgegnete sie, daß sie den Leiter der Planungsabteilung sprechen möchte.

Der Portier griff zum Telefon, um sie bei der Sekretärin anzumelden. Dabei fragte er nach ihrem Namen.

„Ich bin seine Frau“, antwortete sie. Mit einem leichten Kopfschütteln sah der Mann sie prüfend an. Dann reichte er ihr wortlos den Hörer.

„Hier Lee, Planungsabteilung“, meldete sich eine fremde Stimme.

Hyeja war völlig verwirrt. „Bist du es? … Hier ist die Mutter deiner Kinder“, stammelte sie.

„Mit wem spreche ich? Hier ist Lee, Planungsabteilung“, wiederholte der Mann.

Nach einer Pause ergänzte die Telefonstimme: „ Vielleicht liegt eine Verwechslung vor. Möchten Sie etwa Herrn Kideok Lee sprechen?“

„Ja, genau“, rief Hyeja ins Telefon. „Ich bin seine Frau.“

Der Mann am anderen Ende der Leitung stieß einen Seufzer aus. „Hier ist Kunho Lee. Erinnern Sie sich an mich? Einen Moment, bitte. Ich komme gleich …“

Wenig später erschien auf dem Gang ein großer, schlanker Herr. Hyeja erkannte ihn sofort, obwohl er inzwischen eine Glatze bekommen hatte und eine Brille trug. Er war zur selben Zeit wie ihr Mann in die Firma eingetreten und darüber hinaus mit ihrem Mann befreundet gewesen. Vor seiner späteren Heirat hatte er sogar oft nach einer Feier bei ihnen übernachtet.

Herr Lee führte die ehemalige Frau seines Freundes in das kleine Empfangszimmer. Ohne jede Neugierde betrachtete Hyeja den bescheiden eingerichteten Raum, in dem sich nur ein Tisch und einige Stühle befanden. Die beiden Personen, die dort eine Besprechung abgehalten hatten, waren schnell und lautlos gegangen. Nur das Zischen der Heizung unterbrach noch die Stille.

Hyeja wurde das Gefühl nicht los, daß der Freund ihres Mannes verlegen war. Nachdem er bei der Sekretärin telefonisch Kaffee bestellt hatte, begann er endlich zu sprechen.

Er erkundigte sich nach ihrem Befinden und ihrer Gesundheit, wie alle anderen auch. Sie mußte lächeln. Dann berichtete sie, daß sie eine Arbeit aufnehmen wolle. Er schien interessiert. So erzählte sie von ihren Plänen mit dem Puppentheater.

„Ich werde wohl doch die Wohnung wechseln, wie mein Mann mir geraten hat. Es ist besser. Übrigens, ist er nicht da?“ fragte Hyeja vorsichtig.

„Wissen Sie es denn nicht?“

Herr Lee zog überrascht die Augenbrauen hoch.

Auf ihrem Gesicht erstarb schlagartig das Lächeln.

Er sprach nicht weiter, als eine junge Frau in kurzärmeligem Pullover den Kaffee brachte. Stattdessen nahm er Zucker und rührte stumm in seiner Tasse herum.

„Was wollen Sie damit sagen?“ fragte Hyeja schließlich.

„Ihr Mann ist in unsere Filiale nach New York versetzt worden. Schon vor einem Monat.“

Hyeja starrte wie gebannt auf die Spuren des Lippenstiftes auf der Tasse. Die Wärme im Zimmer verschlug ihr den Atem. Unter dem engen Kleid spürte sie den Schweiß auf ihrer Haut. Das Unbehagen steigerte sich ins Unerträgliche. Mit dem Taschentuch tupfte sie sich die Schweißperlen von Gesicht und Hals. Reste von Puder, Lidschatten und Lippenstift blieben auf dem weißen Leinen zurück. Mit ihrem auffällig geschminkten Gesicht kam sie sich jämmerlich vor.

„Er hat auch die Kinder mitgenommen, da er dort etwa drei Jahre bleiben wird“, drang die Stimme von Herrn Lee wieder an ihr Ohr. „Soweit ich weiß, hat er Sie nicht benachrichtigt, um nicht alte Wunden aufbrechen zu lassen.“

Hyeja glaubte in der Wärme des Zimmers ersticken zu müssen. Der Schweiß floß ihr aus allen Poren.

„Es ist schon gut. Ich wollte einfach nur mal vorbeischauen“, stieß sie endlich hervor.

Sie stand schwerfällig auf.

„Ist Ihnen nicht gut?“ fragte Herr Lee mit sorgenvollem Blick.

„Es ist nur die Wärme“, entgegnete Hyeja. „Ich danke Ihnen vielmals. Sie sind sehr nett.“

Als sich die Tür des Aufzuges schloß und der sich höflich verbeugende Freund ihres Mannes sie nicht mehr sehen konnte, durfte sie endlich weinen.

Die elektronische Uhr zeigte genau zwanzig Minuten vor sieben, als Hyeja die ‘Skylounge’ betrat. Sie nahm am Fenster Platz. Von hier hatte sie einen guten Blick auf die Uhr und die Eingangstür. Der Weihnachtbaum erstrahlte nun im hellen Glanz. Die Innenstadt wurde zum Lichtermeer.

Die Zeit verging. Es war bereits halb acht. Doch die Freundinnen waren noch nicht gekommen. Das Lokal füllte sich. Gespannt schaute Hyeja immer wieder zur Tür. Sie fürchtete, daß die alten Freundinnen sie nicht gleich erkennen würden. Während des Aufenthaltes in der Klinik hatte sie sich beträchtlich verändert. Das eigene Gesicht war ihr selbst fremd geworden. Wie ein Negativ hob es sich jetzt von der dunklen Fensterscheibe ab.

Die starken Medikamente und Spritzen, die ihr das Vergessen erleichtern sollten, hatten ihren Tribut gefordert. Ein tiefes Schlafbedürfnis und eine Sucht nach allem Eßbaren waren die sichtbaren Folgen. Apathie stellt sich ein. In der Isolation vom normalen Leben hatte sich ihr Äußeres verändert. Auch ihr Haar war langsam ergraut und wild gewachsen. Sie selbst hatte das lange Zeit gar nicht wahrgenommen. Erst durch eine andere Patientin, die ihr wegen einer angeblich von Hyeja gestohlenen Haarnadel ein Haarbüschel ausriß, war es ihr bewußt geworden.

Hyeja wechselte den Tisch. Nun saß sie unmittelbar an der Tür. Die Freundinnen konnte sie so auf keinen Fall verfehlen. Eine Stunde wartete sie nun schon. Im Restaurant war es sehr warm. Doch niemand machte ein Fenster auf. Sie zog den Mantel aus und öffnete einige Knöpfe an ihrem Kleid. Dann bestellte sie sich einen Gin-Tonic. Sie starrte auf die vielen Eisstückchen, die im Unterschied zu dem Scheibchen Zitrone und der Kirsche immer kleiner wurden. Für sie war der Cocktail nichts weiter als eine bittere Flüssigkeit. Die westliche Redewendung 'Das Auge ißt mit' erschien ihr in diesem Moment wie eine Farce. Der Cocktail wurde zusehends wäßriger. Im gleichen Maße schwand ihr Glaube, daß die Freundinnen noch kommen würden.

Inzwischen war es neun Uhr. Hyeja bestellte ein zweites Glas Gin-Tonic. Sie überlegte, ob sie vielleicht die verabredete Zeit oder den Ort mißverstanden haben könnte. Hatte ihr Drang nach Gesellschaft ihr vielleicht einen Streich gespielt? Die klirrenden und ständig kleiner werdenden Eiswürfel im Glas wurden für sie allmählich zum Alptraum.

Gegen zehn bestellte sie noch einen Cocktail. Der Kellner schaute die dicke Frau mit dem stumpfen langen Haar und dem altmodischen Kleid mit weißem Plisseekragen unverwandt an, als hätte er ein Gespenst und keinen Menschen aus Fleisch und Blut vor sich sitzen.

Für Hyeja wurde zur Gewißheit, daß ihre Freundinnen sie versetzt hatten. Um einem Treffen mit ihr aus dem Weg zu gehen, schienen sie kurzfristig den Ort der Verabredung geändert zu haben.

Bei diesem Gedanken stieg Wut in ihr hoch. Sie stellte sich vor, wie die Frauen irgendwo in der Nähe gerade über sie tratschten: „Hat sie dich auch angerufen? Uns alle wollte sie sprechen. Dich nicht? Da hast du ja Glück gehabt. Der Mann ist übrigens an den Folgen gestorben. Nun ist sie entlassen worden. Aber was bringt das? Sie ist nur noch eine wandelnde Leiche."

Intuitiv hielt sich Hyeja die Ohren zu, während sie sich das Gespräch weiter vorstellte: „Sie hat immer wieder von Notwehr gesprochen ... na, ja ... jedenfalls hat ihr Mann sich von ihr scheiden lassen. Das kann ich gut verstehen. Wie soll er mit so einer Frau auch noch zusammenleben können?! Er würde doch keine ruhige Minute mehr haben. Meinst du, sie hat es getan, um ihrem Mann treu zu bleiben? Ich glaube, sie hat in geistiger Verwirrung gehandelt,weil sie nicht mehr aus noch ein wußte. Deswegen hat man sie auch in eine Irrenanstalt gesteckt."

Für die Leute war der Tote kein Dieb, sondern immer nur ein Mann gewesen.

Sogar ihr eigener Ehemann war nie auf einen anderen Gedanken gekommen. Tagelang wollte er von ihr wissen, ob sie den Mann nicht doch, wenn auch nur flüchtig, gekannt habe. Immer wieder hatte sie beteuert, daß sie dem Dieb nie begegnet sei. „Es ist nur das passiert, was du siehst. Das ist alles. Warum fragst du bloß so hartnäckig? Bitte laß mich in Ruhe", hatte sie geantwortet.

Doch der Umstand, daß sie zur Tatzeit nur ein leichtes Unterkleid trug und der Dieb nicht bewaffnet war, schien alle

Argumente in den Hintergrund zu drängen. Das Mißtrauen blieb, auch wenn sie unter Weinen und Zähneknirschen ihre Unschuld hundert, nein tausendmal aus tiefster Seele beteuert hatte.

Plötzlich nahm Hyeja die in ihrer Umgebung eingekehrte Ruhe wahr. Nur ein Paar saß einander zugewandt noch an einem Tisch am Fenster. Der Ober am Tresen blickte zu ihr herüber. Es war schon nach elf.

In den Unterführungen lag noch immer Schneematsch. Es stank. Nur wenige Passanten waren zu dieser nächtlichen Stunde unterwegs. Hyeja durchquerte eine Unterführung nach der anderen. Dazwischen sah sie zum Himmel. Es war Wind aufgekommen. Einige Sterne flackerten in der Dunkelheit.

Als sie die letzten Stufen zum Ausgang der Unterführung nahm, trat sie auf irgendwelches Metall. Dann hörte sie Münzen klirren. Da die Beleuchtung am Ausgang kaputt war, merkte sie erst jetzt, daß sie den Münzen-Teller einer Bettlerin umgestoßen hatte.

Hyeja entschuldigte sich hastig bei der Frau, die in Decken gehüllt auf den Stufen kauerte.

Die Bettlerin, die ein schlafendes Baby bei sich trug, war blind, denn sie tastete nur emsig nach den verstreuten Geldstücken. Als Hyeja ihr helfen wollte, packte die Frau sie blitzartig und schmerzhaft am Handgelenk. Unerwartet kräftig verdrehte sie ihr solange den Arm, bis sie glaubte, daß Hyeja keine Münze mehr in der Hand hatte. Dann fiel sie in ihren scheinbaren Dämmerzustand zurück. Zu gern hätte Hyeja ihr gesagt, daß sie keine Almosen stehle und nur den Schaden wiedergutmachen wollte. Doch stattdessen hockte sie sich neben der Bettlerin nieder und begann auf sie einzureden: „Ist Ihnen kalt? Haben Sie gegessen? Gehen Sie doch mit dem schlafenden Baby nach Hause. Der Wind weht so eisig. Ich kann Ihnen beim Überqueren der Straße helfen. Wenn Sie hier einschlafen, können Sie erfrieren. Sie haben doch ein Kind …“

Aber die Bettlerin blieb trotz der kalten Windböen, die sich in der Unterführung fingen, ungerührt sitzen. Hyeja blickte auf die Lichter des Weihnachtsbaumes, die auch von hier aus zu sehen waren. Als sie die Frau leicht berührte, um ihren Worten Nachdruck zu verleihen, schlug das Bettelweib wild auf sie ein. Ihre blutunterlaufenen, leeren Augen starrten sie feindlich an, während sie schrie: „So eine Schweinerei! Kümmere dich um sonst was! Mach, daß du fortkommst! Lauf nach Hause, wasch dir die Füße und geh ins Bett!“

Sie spuckte aus, nahm ihren Teller und kauerte sich auf einem anderen Absatz in der Unterführung nieder.

Verwirrt ging Hyeja weiter.

Je später es wurde, desto wilder heulte der Wind.

Die vorbeieilenden Menschen schlugen die Mantelkragen hoch und liefen eilig nach Taxis, um dem Wetter so gut wie möglich zu entkommen. Auch Hyeja entschloß sich, ein Taxi zu nehmen. Auf der Straße sah man immer weniger Menschen und immer mehr Autos. Als sie den Warteplatz erreichte, an den sie sich erinnerte, stand dort kein einziger Wagen. Wie sollte sie jetzt nach Hause kommen. Zudem spürte sie einen übermächtigen Hunger in sich. Seit dem Mittag hatte sie nur drei Gläser Gin-Tonic getrunken. Der Gedanke an den herben Cocktail verstärkte noch ihr Hungergefühl. In ihrem Mund sammelte sich Speichel, je mehr sie an eine gute Portion Reis mit gebratenem Fisch und jungen Zwiebeln dachte. So ging es ihr oft, wenn der Hunger sie übermannte. In der Klinik hatte ihr die Tochter im letzten Sommer in einer Thermostasche ein gebratenes Huhn mitgebracht. Sie, die immer Hungrige, war gierig über den Braten hergefallen. Ihre Tochter, die einen schneeweißen Sommerhut trug, hatte der Mutter fassungslos weinend zugesehen. „Mutter, wir alle begehen Sünden. Verzeih mir“, waren ihre Abschiedsworte gewesen. Es sollte ihre letzte Begegnung sein.

Hyeja entschloß sich, irgendwo noch etwas zu essen. Dann würde sie schon den Weg nach Hause schaffen. Sie schaute sich um. An einer Straßenecke war noch ein mobile

Garküche erleuchtet. Hyeja sagte, daß sie Hunger habe. Die Wirtin, die gerade beim Aufräumen war, blickte sie überrascht an. Schließlich reichte sie dem späten Gast eine Schale Fischgelee. „Mehr habe ich nicht mehr. Es ist alles ausverkauft. Ich wollte gerade nach Hause gehen“, erklärte die Frau. Hyeja aß im Handumdrehen alles auf. Die Wirtin gab noch eine Kelle Suppe als Nachschlag. Sie trank die Schüssel in einen Zug leer und streckte der Frau erneut die Schale mit bittender Gebärde hin. „Jetzt habe ich wirklich nur noch Schnaps übrig“, sagte die Wirtin entschuldigend. Hyeja bezahlte, während die Besitzerin der Garküche mit den Zähnen die Schnapsflasche öffnete.

Hyeja ging an der Steinmauer des alten Palastes entlang. Der Weg lag fern von der Straße. Hier war es still wie in ihrem Traum. Nur der Nachklang ihrer eigenen Schritte zerschnitt die tiefe Ruhe. Ihr Hunger war verflogen. Der Alkohol ließ eine wohlige Wärme in ihr aufsteigen.

Jedesmal, wenn der Wind wild aufheulte, schluchzten die alten Bäume hinter der bemoosten Mauer. Hyeja blieb immer wieder stehen, um einen Schluck aus der Flasche zu nehmen. Ein Schwindel ergriff sie. Es war, als hätte man ihr eine starke Brille fortgenommen. „Das Versprechen wurde gebrochen“, rief sie mit lauter Stimme. Genau diese Worte hatte sie unter Tränen in der Kindheit geschrien, wenn die Spielkameraden sie ohne Grund beim Versteckspiel alleingelassen oder verraten hatten.

Hyeja erinnerte sich, daß sie ihre eigene Tochter eine Heuchlerin genannt hatte, die sie in der Anstalt zwar besuchte und über das Los der Mutter klagte, aber gleichzeitig einen zufriedenen und gepflegten Eindruck machte.

Ja, ihr Mann und die Kinder hatten sie seelenruhig im Stich gelassen wie einst die treulosen Spielkameraden.

Wohin führte diese Steinmauer?

Sie mußte an ihren Traum in der letzten Nacht denken. War das nicht der Weg, den sie immer wieder ging? Das Wissen, daß sie nie die Nische, nie das rettende Zeichen gefunden hatte, machte sie unruhig. Hyeja trank den Rest Schnaps in einem Zug aus. Es schien, als würde sie ein Betäubungsmittel suchen, um nicht aus dem Traum verstoßen zu werden. „Alle meiden mich, weil ich in ihren Augen eine Mörderin bin. Dabei hätte keine an meiner Stelle eine andere Wahl gehabt", schrie Hyeja auf. Rebellisch warf sie die leere Flasche weg.

Der besagte Vorfall hatte sich an einem heißen Sommertag ereignet.

Wie gewohnt hatte sie in der Werkstatt im Keller an ihren Puppen gebastelt, während die Kinder in der Schule waren. Sie kochte gerade Leim, um der schönen schlafenden Prinzessin Haare und Schmuck ankleben zu können. Der Arbeitsgang verlangte viel Konzentration. Sie trug nur ein Unterkleid, denn es war sehr warm. Da sie niemanden erwartete, hatte sie das Tor zudem fest verschlossen. Plötzlich stand der fremde Mann im Raum. Sie hatte in dieser Schrecksekunde mehr an ihre Blöße als an etwas anderes gedacht. Im Affekt schleuderte sie das heiße Bügeleisen, mit dem sie gerade das Kleid der Puppe bügelte, dem Mann ins Gesicht.

Das war die Wahrheit.

Hyeja lief weiter. Die Trunkenheit machte ihren Körper leicht. Ihre Hand tastete die Mauer ab, als hoffte sie noch immer auf ein Versprechen oder einen Liebesschwur in einem Spalt oder unter einem ausgebrochenen Stein.

Ein Flüstern drang von irgendwo an ihr Ohr: „Es ist vergessen. Innehalten hätte dir nichts anderes eingebracht. Du mußt damit leben."

Schritt für Schritt ging Hyeja durch die Dunkelheit. Die Trunkenheit nährte die Hoffnung, daß der Weg ewig so weitergehen würde. Doch im Unterbewußtsein ahnte sie, daß am Ende der alten Steinmauer nur die harte Wirklichkeit auf sie wartete.

Nachtregen

Schon geraume Zeit saß Minja auf einem Stuhl hinter dem Ständer mit den Auslagen und blickte auf die Straße. Es dämmerte. Eigentlich war am Abend nichts anderes zu erwarten. Aber infolge des starken Regens, der auf die geduckten Fassaden des Busbahnhofes, die Gasthäuser und die Tankstelle in der unmittelbaren Umgebung niederging, schien eine Polarnacht heraufzuziehen.

Ab und zu fuhren Autos hörbar über die glitschige Asphaltstraße. Die Ampel vor dem Bahnhof schaltete auf Grün. Eine Menschenmenge überquerte die Fahrbahn. Ein Mann im weißen Hemd löste sich aus dem Pulk. Er strebte der Telefonzelle zu, die unmittelbar vor Minjas Apotheke stand. Ein Soldat, der wenige Schritte hinter ihm gegangen war, betrat in diesem Moment den Laden. Er warf den schweren Reisesack demonstrativ auf den Boden und sagte: „Ich muß eine Grippe haben. Geben Sie mir ein wirksames Mittel. Ich schleppe mich schon seit vier Tagen mit dieser Krankheit herum."

„Was tut Ihnen denn weh?" fragte Minja.

„Na, Sie wissen schon. Die Gelenke, dazu Husten – aber am Schlimmsten sind die Kopfschmerzen. Ich kann es kaum aushalten. Ich bin wirklich stark erkältet."

Er hustete heftig.

„Das macht der Wetterwechsel. Warten Sie bitte", entgegnete Minja.

Dann verschwand sie im Raum hinter der gläsernen Trennwand, wo sie die Medikamente zubereitete. Dabei fiel ihr Blick zufällig auf den Mann im weißen Hemd. Er stand noch immer in der Telefonzelle. Ein unhörbarer Schrei verzerrte sein Gesicht hinter der Glasscheibe. Sie mußte unwillkürlich an einen Fisch im Aquarium denken. Während Minja Antibiotika und andere Mittel mischte, erinnerte sie sich, daß sie dem Mann schon begegnet war. Er hatte ein paar Mal Münzen zum Telefonieren bei ihr gewechselt. Auch damals trug er eine weiße Jacke und schwarze Hose. Das Haar war kurzgeschnitten gewesen. Überhaupt schien sein ganzer Aufzug für den Anlaß unangemessen. Er hätte eher auf einen Gesellschaftsabend gepaßt. Irgendwie mußte seine Erscheinung sie aber fasziniert haben.

Minja prüfte noch einmal, ob der Stahlschrank mit den Medikamenten auch abgeschlossen war. Erst dann verließ sie wie gewohnt den Raum. Vom Bahnhof tönten Abfahrtsignale herüber. Der Soldat, der seine Dosis eingenommen hatte, griff hastig nach seinem Reisesack.

„Der Bus fährt nach Seoul“, sagte Minja beruhigend. Dabei schaute sie flüchtig auf die Wanduhr. Der Bus zur Grenze kam erst in zwanzig Minuten. „Sie müssen zu Ihrer Truppe, nicht?“ sagte sie dann laut. „Ja. Ich bin von Pusan versetzt worden. Seit dem frühen Morgen bin ich schon unterwegs“, erzählte er leutselig. Doch Minja hörte ihm gar nicht zu. Gebannt schaute sie nach draußen. Gerade verließ der Mann im weißen Hemd die Telefonzelle. Die Ampel wechselte auf Rot. Er wartete. Erst bei Grün überquerte er die Straße.

„Was haben Sie gesagt?“ fragte Minja endlich.

„Die lange Zugfahrt ist so aufreibend und langweilig wie der Militärdienst. Man zählt die Tage bis zur Entlassung. Nur das ist interessant“, ergänzte er.

Sie pflichtete ihm bei, obwohl sie keinen Gedanken an das Problem verschwendete.

Der junge Soldat wurde durch ihre scheinbare Zustimmung noch gesprächiger. Aufgeweckt begann er zu erklären. „Eigentlich ist der ganze Militärdienst eine Zugfahrt. Man fährt und fährt, egal ob man will oder nicht. Abspringen ist der sichere Selbstmord. Ich kenne welche, die es versucht haben. Man bringt sich nur selbst ins Unglück. Man muß es einfach akzeptieren.“

Schwerfällig ließ er sich dann in einen Sessel fallen, nachdem er seine Armbanduhr mit der Wanduhr verglichen hatte. Es blieb genug Zeit bis zur Abfahrt. Minja betrachtete ihn jetzt von oben bis unten. Seine Stiefel glänzten, obwohl er schon den ganzen Tag unterwegs gewesen sein wollte. Er roch nach Alkohol. Sein Gesicht war blaß und die Augen gläsern.

Was sollte sie tun? Sie hatte ihm beigepflichtet, aber nun wußte sie beim besten Willen nicht mehr, was sie sagen sollte. Minja ordnete die Auslagen im Schaufenster, obwohl alles an seinem Platz lag. Sie wischte mit den Fingern den Staub vom Telefon und lief in leerer Geschäftigkeit hin und her. Jeder Laut von der Straße ließ die Stille im Raum noch peinlicher werden.

„Es ist doch Frühling“, sagte der Soldat schließlich. Nach einem Hustenanfall hatte er gerade auf den Fußboden gespuckt. Minja beobachtete, wie er die Spuren mit den Füßen zu beseitigen suchte. „Manchen Leuten macht diese Jahreszeit aber zu schaffen“, antwortete sie trotzdem freundlich. Dem jungen Burschen fiel nichts mehr ein. Es saß da und zog unentwegt gedankenverloren an seinen Fingern, bis die Gelenke knackten. Unter seiner Mütze lugte das kurzgestutzte Haar hervor. Ab und zu schaute er Minja an. Sie war solche Begegnungen gewohnt und nahm seine Unhöflichkeit deshalb nicht so ernst. Solche Jungen kamen hier oft vorbei auf der Fahrt zur Truppe, in den Urlaub oder wenn sie versetzt wurden. Fast alle ähnelten sich in ihrer jungenhaften Verzweiflung, in ihrer ungezügelten Begierde, ausgelöst durch den Alkohol. Hinzu trat jene Unbesonnenheit, die jeden Moment in blinde Leidenschaft umschlagen kann.

Endlich stand der Soldat auf und warf sich den Sack über die Schulter.

Es regnete immer noch. Nach und nach erstarb jeder Laut in der Dunkelheit. Hier und da flammten Lichter auf. Die Trunkenheit war wohl sein Schutzengel, der ihn durch den kalten Regen und die anderen Gefahren sicher zum Ziel bringen würde.

Minja kam der Nachtregen durchaus gelegen. Da kaum Kundschaft zu erwarten war, bestand die Möglichkeit, die

Apotheke früher zu schließen und ins Kino zu gehen. Vielleicht würde sie auch nur allein einen Spaziergang durch die verregneten Straßen machen.

Sie blätterte die Zeitungsseiten mit den Filmankündigungen durch. Vielleicht klappte es mit einem Besuch der Spätvorstellung. Sie wußte, daß das ein Wunschgedanke war. Sieben Jahre lang führte sie nun schon die Apotheke. Aber früher geschlossen hatte sie noch nie.

Der Mann im weißen Hemd stand inzwischen regungslos auf den Stufen vor dem Wartesaal. Der Eingangsbereich war nicht überdacht.

Wie die Zeit vergeht, dachte Minja. Der Wechsel von Frühling, Sommer, Herbst und Winter war nur das äußere Zeichen für die Veränderungen, die sich in der Welt draußen abspielten. Sie jedoch wartete Tag für Tag im Sessel hinter dem Schaufenster oder bereitete Arzneien gegen Erbrechen oder Verdauungsbeschwerden zu, während das Leben verfloß. Auch die beiden Tage, an denen sie geschlossen hatte, waren verplant. Der Vormittag verging mit Waschen und Aufräumen. Nach dem Essen gönnte sie sich ein Mittagsschläfchen. Allenfalls am Nachmittag blieb Zeit für einen Spaziergang am See vor der Stadt, auf dem in den warmen Monaten viele Leute Boot fuhren. Oft fühlte sie sich aber zu erschöpft. Dann schaute sie auf die Espen, deren Blätter im Wind leicht zitterten.

Minja preßte die Finger an ihre Schläfen. Bis zur Ankunft des nächsten Busses war kaum mit Kundschaft zu rechnen. Die Tatsache, daß wieder ein Tag einfach so zu Ende ging, löste Apathie und ein Gefühl von Leere in ihr aus.

Sie holte sich aus dem kleinen Kühlschrank ein Erfrischungsgetränk und löste eine Vitamintablette darin auf. Die kalte, leicht süße Flüssigkeit gab ihr das innere Gleichgewicht zurück. Sie fühlte sich augenblicklich besser und betrachtete nun in aller Gemütsruhe die Leute im Wartesaal gegenüber. Sie selbst stand ebenso im Rampenlicht, was der ganzen Szene einen Hauch von Exhibitionismus verlieh. Sie kam sich vor wie eine leblose Puppe, die der kalte Schein der Neonlampe erbarmungslos ausleuchtete. Die Leute würden sie als eine Apothekerin mittleren Alters mit fahlem Gesicht und weißem Kittel wahrnehmen, so wie sie in den Menschen draußen nur Kunden sah.

Die kleine Verbindungstür zwischen Apotheke und Wohnhaus wurde geöffnet. Jumyong stand mit verschlafenem Gesicht vor ihr. Ihr Mann schien den ganzen Tag im Bett verbracht zu haben. Im Dämmerzustand hatte er lediglich die Zeitungen durchgeblättert. „Regnet es immer noch?" fragte er, während er ein Gähnen unterdrückte und vorsichtig hinausspähte.

Sie nickte.

Der Mann im weißen Hemd stand noch immer an der selben Stelle. Offensichtlich starrte er krampfhaft in Richtung Apotheke. Doch vielleicht lag es nur an der Tatsache, daß ihr hell erleuchtetes Geschäft die Blicke anzog. Minja mußte wieder daran denken, daß die vornehme Kleidung des Mannes für diese regnerische Nacht völlig unpassend war.

Ihr Mann gähnte herzhaft und streckte sich. „Ein scheußliches Wetter ist das", hörte sie ihn sagen.

„Aber dank des Regens hast du dich doch wenigstens gut ausgeruht", entgegnete sie.

Jumyong war Gymnasiallehrer für Geographie. Deshalb gehörte der Umweltschutz in der Stadt zu seinen Aufgaben. Nur der starke Regen hatte verhindert, daß er an diesem Sonntag mit den Schülern den nahen Berghang vom Müll reinigen mußte. Noch immer warfen Leute gerade im Frühjahr achtlos ihren Abfall fort, wie die Lokalpresse berichtete.

Ihr Mann gähnte nur und rieb sich die Augen. Sein Schlafbedürfnis war enorm. Immer, wenn Minja am Abend aus der Apotheke kam, schlummerte er vor dem laufenden Fernseher.

„Wir haben den Ofen zu früh weggeräumt. Es ist noch kalt", sagte er unvermittelt, während er mit den Achseln zuckte und den obersten Knopf seiner Jacke schloß.

„Deine Stubenhockerei läßt dich frieren“, konterte sie.

Wortlos nahm Jumyong aus der Vitrine Wasserstoffsuperoxyd und tröpfelte eine kleine Menge auf einen Wattebausch. Dann begann er damit seine Zähne zu reinigen. Minja konnte ein Lächeln nicht unterdrücken. Es wirkte schon komisch, wie ihr Mann sich vor dem kleinen Spiegel ungeschickt bückte, um mit Hilfe der Chemie die Nikotinspuren von den Zähnen zu beseitigen. Auch schien er eine Glatze zu bekommen.

Unvermittelt schämte sie sich für ihre Gedanken und ihre verstohlenen Blicke.

„Was macht Sugyong?“ fragte sie, während sie mechanisch die Kasse öffnete und wieder schloß.

„Ich glaube, sie macht Hausaufgaben“, entgegnete Jumyong, nachdem er sich den Mund mit kaltem Wasser ausgespült hatte.

„Mach heute früher zu! Bist du nicht müde bei diesem Wetter?“ setzte er dann hinzu. Ohne Übergang griff er plötzlich nach ihrer Brust. Es tat ihr weh. Sie hätte fast aufgeschrien. Doch da ließ er auch schon von ihr ab und griff gelangweilt nach der Zeitung. Nichts mehr erinnerte an seine spontane Begierde. Geruhsam saß er im Sessel.

Als Minja mit einem Glas kalter Milch in der Hand das Zimmer betrat, sah sie ihre Tochter am Tisch schlafen. Erschrokken fuhr sie hoch, als sie die Mutter wahrnahm. „Bist du mit den Hausaufgaben fertig?“ fragte Minja. Dabei riß sie das Heft an sich, daß Sugyong gerade verstecken wollte. Auf den einzelnen Seiten waren nur Mädchenköpfe zu sehen. Sie hatten große, blaue, verträumte Augen. Ob mit Zopf, Kurzhaarfrisur oder Lockenkopf, alle Zeichnungen der Tochter erinnerten an schmetterlingshafte Wesen. Zu gern verbrachte sie die Zeit in dem dämmrigen Raum und malte nach ihrer Phantasie Puppen auf das Papier.

Der Blick der Mutter verriet nichts Gutes. Vorsichtig und etwas feindselig blickte die Tochter aus ihren törichten Augen um sich.

Doch es war zu spät. Die Mutter schlug ihr schon wutentbrannt das Heft um die Ohren. Dabei wußte sie genau, daß sie der Tochter die Faulheit damit nicht austreiben konnte. Es würde nur neue Furcht und Schuldgefühle hervorrufen. Das Mädchen hob die Hände schützend über den Kopf und begann zu weinen.

„Mach schnell deine Aufgaben und geh schlafen", sagte Minja streng. Ihre Worte verschüchterten das Kind noch mehr. Eigentlich war sie sich über die Folgen ihres Handelns im klaren. Auf diese Weise würden Abneigung und Widerborstigkeit der Tochter nur wachsen. Dennoch schlug sie weiter, oft wegen Kleinigkeiten. Danach überkam Minja immer der Katzenjammer. Wieder hatte sie versagt und sich übel benommen.

Sie mußte sich endlich damit abfinden, daß die Tochter kein heller Kopf war und die Arbeit nicht erfunden hatte. Im Schlaf träumte die Kleine wohl noch von den gemalten Mädchen, die glücklich waren, weil es für sie keine Hausaufgaben und keine Schläge gab. Dennoch blieb es für Minja eine unerträgliche Vorstellung, daß die Elfjährige die Realität einfach verdrängte und mit Eifer in eine Scheinwelt flüchtete.

„Sie ist ja verwelkt", hörte sie die tadelnde Stimme ihres Mannes. Er besprühte gerade die Pflanzen im Terrarium. „Die Zimmertemperatur ist entweder zu hoch oder zu niedrig."

Er schaute seine Frau vorwurfsvoll an. „Du bist doch den ganzen Tag über hier."

Minja mußte daran denken, daß sie ihn schon einmal auf die Abgase des Ölofens hingewiesen hatte. Damals war die weiße Kamelie eingegangen, die er so gerne hatte. Im Grunde verlangten die Schattenpflanzen, die im Terrarium lebten, keine besondere Pflege. Am Morgen sah sie stets die Wassertropfen, die von ihrem nächtlichen Atemschöpfen zeugten.

„Ich war unachtsam", sagte sie schließlich. Dabei wiegte sie ihren Kopf zur Bekräftigung hin und her. „Überall riecht es nach Desinfektionsmitteln. Da überlebt nichts."

Die Tür öffnete und schloß sich ein paar Mal wie von Geisterhand. Wind und Regen schienen noch stärker zu werden.

„Es ist nur noch zu kalt. Die Pflanzen sind da empfindlich", lenkte ihr Mann ein. Seine Zähne waren jetzt glatt und weiß wie ein Mineral. Doch sie schienen auf unnatürliche Weise sauber zu sein.

Minja griff nach dem Glas, das er zum Zähneputzen benutzt hatte. Sie spülte es einige Male gut aus, spritzte das Wasser sogar auf den Boden, obwohl keine Chemikalien mehr darin sein konnten. Dann trank sie Schluck für Schluck das kalte Wasser, als wollte sie auf diese Weise den Überdruß hinunterspülen. Dabei schaute sie abschätzend in den Spiegel. Sie verzog das Gesicht, als ob sie Schnaps trinken würde. Sie sah eine Frau, die keine Erwartungen mehr an das Leben hatte. Aussehen und Kleidung waren für sie bedeutungslos geworden.

Ihr Mann deckte das Terrarium wieder ab, nachdem die Pflanzen versorgt waren.

In diesem Moment betrat eine Schülerin im Hauskleid das Geschäft. Ihre Schultern hingen unter dem Gewicht der Tasche nach vorn. Um diese Zeit kamen nicht selten Kinder, die Medikamente gegen Kopfschmerzen oder Aufputschmittel verlangten. Auf diese Weise kämpften sie gegen Müdigkeit und Erschöpfung an, da sie meist bis in die Morgendämmerung in den Lesesälen pauken mußten. Im Gäßchen gleich hinter der Apotheke befand sich eine solche Einrichtung. Minja beobachtete häufig, daß Mädchen oder Jungen noch um die Sperrstunde in den umliegenden billigen Kneipen und Bars Milch oder Instant-Nudeln kauften. Es kam auch vor, daß sich die Schüler am Morgen einfach unter die Männer mischten, die die Nacht bei Dirnen verbracht hatten. Gemeinsam strebten sie aus der schmutzigen Gasse in den Tag.

Nachdem die Schülerin gegangen war, wurde die Tür von einem Mädchen mit Zöpfen geöffnet. Sie hatte keinen Regenschirm und triefte vor Nässe.

„Was fehlt Ihnen?" fragte Minja. Statt zu antworten blickte das Mädchen nervös auf Jumyong.

Er verstand. Spielerisch umfaßte er die Hüfte seiner Frau und verabschiedete sich. „Mach doch früher Feierabend. Ich warte auf dich. Die Haustür werde ich dann zuschließen“, sagte er, bevor er in die Wohnung ging.

„Also … ich glaube … ich habe … meine Regel ist ausgeblieben. Schon vor einigen Tagen hätte ich …“, stammelte das Mädchen.

Minja erinnerte sich gut an ihr sommersprossiges Gesicht. Das Mädchen hatte bereits vor einer Woche ein Mittel gegen Zyklusstörungen bei ihr gekauft.

Trotzdem empfahl Minja ihr nochmals das Medikament.

„Ich habe es schon genommen … es hilft nicht“, sagte das Mädchen mit flehender Stimme.

In ihren Augen standen Tränen.

Minja blieb abweisend.

„Haben Sie nicht etwas Stärkeres?“ fragte das Mädchen kleinlaut.

Ihre Hände wirkten rauh und grob für ihr Alter. Minja sah, wie sie sich an der Vitrine festhielt. Ihr Gesicht war ganz abgezehrt vor Kummer.

Trotzdem hörte Minja sich sagen: „Stärkere Mittel habe ich nicht. Erhöhen Sie die Dosis, wenn es wirklich eine Zyklusstörung ist. Ansonsten sollten Sie zum Arzt gehen.“

Während sie ihrer Kundin in die vor Angst und Beschränktheit aufgerissenen Augen blickte, dachte sie bei sich: „Das Ding in deinem Bauch kannst du so nicht loswerden.“

Enttäuscht verließ das Mädchen die Apotheke. Ohne auf die Ampel zu achten, überquerte sie die Straße. Die Autos hupten. Minja blickte ihr nach. Höchstwahrscheinlich hätte sie ihr mit einem Mittelchen helfen können. Aber weshalb sollte sie das tun? Sie traf keine Schuld, wenn sich das Mädchen vor den Zug werfen sollte. Andererseits war das längst aus der Mode gekommen. Heute begingen die jungen Leute wegen so einer Angelegenheit keinen Selbstmord mehr. Minja schüttelte den Kopf und ließ das Mädchen nicht aus den Augen, bis sie gänzlich in der Dunkelheit verschwand.

Eben war ein Bus angekommen. Fahrgäste drängten aus dem Wartesaal. Andere spannten die Schirme auf oder rannten nach Taxis. Eine Weile verlor sie in der Menschenmenge den Mann mit dem weißen Hemd aus den Augen. Dann sah sie, daß er allein im Wartesaal zurückgeblieben war. Er trank Tee, den er aus einem Automaten geholt hatte. Wie zuvor schien er in Richtung der Apotheke zu blicken. Minja begann mit einem Schrubber den Fußboden zu säubern. Sie nahm mehr Desinfektionsmittel als üblich. Im Raum breitete sich sofort der typische Geruch aus.

Oft mußte sie diese Prozedur mehrmals am Tag wiederholen. Während sie hinten die Tinkturen mischte oder die Medikamente eintütete, ließen vorn die Kunden Zigarettenasche achtlos fallen und die Spuren ihrer schmutzigen Schuhe vermischten sich mit ausgespucktem Schleim.

Minja wischte auch, um die sie umgebenden Spuren von Krankheit und Fäulnis zu beseitigen. Aber andererseits lebte sie genau davon. Zumeist verkaufte sie Medikamente gegen Erbrechen, Grippe oder Magenverstimmung.

Minja mochte die Sauberkeit. Auf die geputzte Schaufensterscheibe schrieb sie dann Wörter wie 'Frühling', 'Blume' oder 'Schmetterling'. All das konnte sie schnell wieder wegwischen, bevor es jemand sah. Es war wie der Ausdruck einer verborgenen Sehnsucht nach dem Leben. Was hatte sie denn noch zu erwarten? „Es ist doch Frühling“, hatte der junge Soldat gesagt. Aber für sie war diese Jahreszeit nicht mehr so wie früher.

In ihrer Kindheit blühten dann die Forsythien, die der Großvater an seine Kiepe steckte. In diese Stadt kam mit dem Frühling nur der gelbe Sand vom chinesischen Festland. Oft waren im Sandsturm die nahen Berge kaum zu sehen. Den Reisenden bekam dieses Klima meist schlecht. Sie mußten sich übergeben und beschmutzten dabei häufig das Gelände um den Bahnhof.

Der Mann im weißen Hemd warf den Pappbecher in den Papierkorb. Dann überquerte er die Straße. Die Ampel stand auf Grün. Minja war sich sicher, daß er zur Telefonzelle laufen würde. Trotzdem trat sie von der Tür zurück. Wieder schien der Mann eifrig zu sprechen. Seine Gebärden verrieten Nervosität. Sie glaubte seine aufgeregten Worte durch die Glastür zu hören. Ununterbrochen telefonierte er. Hastig warf er Münze für Münze in den Automaten und wählte eine Nummer nach der anderen. Wollte er etwa mit seiner Geliebten durchbrennen?

Der letzte Bus verließ den Bahnhof. Bald würden keine Leute mehr im Wartesaal sein. Dann würde man auch das Licht ausschalten.

Minja sah zur Wanduhr. Bei diesem Wetter konnte sie bestimmt bald schließen. Weshalb sollte sie auf die Mädchen aus den Kneipen warten, die zu später Stunde oft nur mit einem Pullover über dem Unterrock für ihre Kunden irgendein Mittelchen besorgten?

Sie mußte wieder an den Telefonapparat da draußen denken. Vielleicht steckten all die Verabredungen, Gruß- und Koseworte darin fest. Man bräuchte nur das Schloß zu öffnen. Mit diesen Gedanken begann sie die Tageseinnahmen durchzurechnen. Zuletzt würde sie wie gewöhnlich nachsehen, ob alle gefährlichen Substanzen im Giftschrank lagen, und die Tür abschließen. Doch statt schnell die Arbeit zu beenden, kritzelte sie auf einmal sinnlose Sätze auf ihren Block. „Es regnet. Hat es geregnet? Wird es regnen?“

Der Mann telefonierte noch immer. Aber er schien ruhig geworden zu sein. Seine Arme, die noch vor kurzem wild gestikuliert hatten, hingen schlaff herab.

Minja beobachtete täglich solche und andere Szenen. Einige Male hatte sie dem Wunsch nicht widerstehen können, Telefonnummern, die Leute auf das Fernsprechbuch gekritzelt hatten, anzuwählen. Erschrocken hatte sie jedoch immer eingehängt, wenn die Freizeichen zu hören war. Sie schienen ihr Signale aus einer fernen Welt zu sein.

Die Tür öffnete sich. Es war der Mann im weißen Hemd, der hereinspähte.

„Darf ich vielleicht Ihr Telefon benutzen?“ fragte er zögernd.

Nun stand er ganz nah vor ihr. Seine Existenz beunruhigte Minja auf seltsame Weise. Sie konnte ihren Schrecken kaum verbergen. Beim Anblick eines Mörders hätte sie sich nicht schlimmer gefühlt.

„Ja, bitte“, sagte sie schließlich und schob ihm bereitwillig das Telefon hin.

Während er sich mit der Hand die Regentropfen vom Gesicht wischte und eine Nummer wählte, versuchte sie ihren Schrecken zu überwinden. Sein kurzes Haar wirkte durch den Regen strähnig. Er sah blaugefroren aus. Sein weißes Hemd war durchnäßt.

Dann hörte sie das Besetztzeichen. „Probieren Sie es noch einmal“, schlug Minja vor. Der Mann nahm willig im Sessel Platz. „Das Telefon da draußen ist wohl kaputt?“ fuhr sie fort. „Das kommt vor. Es schluckt nur Geld und funktioniert nicht. Manche Leute gehen auch grob damit um. Das nimmt der empfindliche Apparat eben übel.“

„Wahrscheinlich hat man den Hörer neben das Telefon gelegt“, antwortete er kaum verständlich. Sein Gesicht verzog sich.

„Sie sind ja völlig durchnäßt. Regnet es so stark?“ fragte sie ablenkend.

Er gab keine Antwort. Minja musterte ihn. Er war ein Durchschnittstyp, dem man überall begegnen konnte. Nur sein kurzgeschnittenes Haar fiel auf. Sein kantiges Gesicht wirkte gutmütig und schüchtern. Seine großen Hände lagen ungeschickt im Schoß.

Ein Mann im Schlafanzug kam herein.

„Ich hätte gern Rattengift“, sagte er gereizt.

„Das verkaufe ich nicht“, gab Minja zurück.

„Bitte, geben Sie es mir. Ich bin kein Selbstmörder. Ich kann nur einfach nicht schlafen, weil die Ratten bei diesem

Wetter aus ihren Löchern kriechen und überall herumlaufen."
Minja wiederholte ihre Ablehnung. Er gab auf.

Sie hatte ihn bewußt belogen. Im Stahlschrank lag das Rattengift. Doch sie wollte es nicht herausgeben. Dabei geschah das nicht aus Bequemlichkeit, weil man bei solchen Stoffen Name, Adresse und Ausweisnummer notieren mußte und eine Unterschrift brauchte. Nein, eine undefinierbare Angst trieb sie zum Lügen. Jedesmal, wenn sie Präparate mischte, überkam sie die Wahnvorstellung, sie könnte eine Messerspitze Zyankali, Arsen, Morphium oder eben Rattengift aus Versehen beigegeben haben. Doch das war absurd. Diese Gifte bewahrte sie im Schrank gesondert in einem verschlossenen Kästchen auf. Wenn sie dann zur Beruhigung nachschaute, befand sich alles am rechten Fleck. Auch der Schlüssel lag wie üblich im Schrank. Da Mann und Tochter den Raum nicht betreten durften, konnte also niemand die Sachen anrühren.

Manchmal mußte sie mit säuerlicher Miene über sich selbst lächeln.

„Erwarten Sie noch jemanden?" fragte der Mann im weißen Hemd. Er sah sie an und machte Anstalten aufzustehen. Am Busbahnhof war kein Mensch mehr zu sehen.

„Sie können bleiben, bis der Regen aufhört", entgegnete Minja. „Ich schließe erst kurz vor der Polizeistunde."

Ihre Stimme klang freundlich, obwohl mit Kunden nicht mehr zu rechnen war. Schwerfällig wie eine Gliederpuppe setzte sich der Mann wieder. Er schien vergessen zu haben, daß er zum Telefonieren in die Apotheke gekommen war.

Aus den Werkstätten am Bahnhof drang der Lärm von Eisenhämmern herüber. Man schien mit der Reparatur der Busse begonnen zu haben, die am nächsten Morgen eingesetzt werden sollten. Der Mann rieb sich nervös die Hände, als fürchte er sich vor den ungewohnten Geräuschen.

„Sie haben Pflanzen im Terrarium", sagte er dann, als sei er verpflichtet, eine Unterhaltung zu beginnen.

„Ja", antwortete Minja. „Aber ich vergesse immer, sie zu besprühen. Eigentlich ist es das Hobby meines Mannes. Ich mag diese Künstlichkeit nicht. Unter Glas wirken die Pflanzen so unnatürlich und wachsen langsam, weil ihnen die Luft fehlt. Schauen Sie nur die gelbgrünen Blätter an. Finden Sie nicht auch?“ setzte sie noch hinzu.

Draußen fuhr der letzte Zug vorbei. Die Fenster der Apotheke klirrten. Er zuckte zusammen. Es war fast elf.

„Es war nur ein Zug“, fuhr sie fort. „In der Nähe gibt es noch einen anderen Bahnhof. Von hier verkehren stündlich auch Züge. Jedesmal, wenn ich den Lärm höre, denke ich an ein Erdbeben oder eine große Flut. Sollte es jemals dazu kommen, würde das Städtchen nur in den Legenden weiterleben. Stellen Sie sich vor, man baut nach langer Zeit an dieser Stelle eine neue Stadt und ein phantasievoller junger Mann, der an die alte Geschichte glaubt, gräbt uns als versteinerte Menschen aus.“

Minja lachte unerwartet auf. Sie war selbst von der Lautstärke überrascht. Dann wurde es unerträglich still.

„Kennen Sie ... kennen Sie vielleicht ein Mädchen, die Keumi heißt?“ fragte der Mann plötzlich mit einer Stimme, als habe er einen Kloß im Hals. Er schien lange mit sich gerungen zu haben, bevor er die Worte über die Lippen brachte. Sie klangen ernst.

„Lebt das Mädchen in der Nähe?“ gab sie zurück.

„Ich weiß nicht genau. Aber ich glaube schon“, ergänzte er.

„Keumi, Keumi ...“, Minja murmelte ein paar Mal den Namen vor sich hin. Dann schüttelte sie den Kopf. „Ich glaube, ich kenne sie nicht. Wissen Sie, die Leute gehen leicht von hier fort.“

Der Mann kratzte mit seinen Schuhen auf dem Fußboden herum. Seinen Kopf hielt er gesenkt. Minja verzog ihr Gesicht. Das Kratzen störte sie.

„Keumi hat in dem einzigen Café im Stadtzentrum gearbeitet. Sie war sehr schön. Manchmal bin ich den ganzen Tag dort geblieben, um sie ansehen zu können“, begann der Mann zu erzählen. Über sein Gesicht huschte jetzt ein Lächeln.

„Hat sie sich für Sie interessiert?“ fragte Minja.

„Sie war zu allen nett. Aber mir hat sie gesagt, daß ich nicht mehr kommen soll. Das sei besser für meine Zukunft. Ich wollte damals nämlich Beamter werden."

„Dann hat sie sich nichts aus Ihnen gemacht", sagte Minja. Die Naivität des jungen Mannes nötigte ihr ein wohlwollendes Lächeln ab.

„Später beim Militär, im Bunker, mußte ich immer an sie denken. Ich habe sie regelrecht gespürt", rief er aus.

„Das soll vorkommen", bekräftigte Minja. „Seeleute, die Monate auf dem Wasser verbringen, schlafen ja sogar mit Gummipuppen."

„Solche schmutzigen Dinge meine ich nicht", schrie der Mann wutentbrannt. „Ich habe sie mit keinem Finger berührt. Wenigstens nicht, bis dieses Gerücht aufkam. Sie soll was mit mir, ihrem Stiefbruder, gehabt haben."

„Also, lebte sie einmal hier?" fragte Minja. Doch die erneut aufbrechende Leidenschaft ließ ihn kaum zuhören.

„Keumi war von Kindheit an zu allen nett und freundlich. Man konnte deshalb kaum glauben, daß sie verdorben sein sollte. Doch vor meinen Augen verabredete sie sich mit einem Mann, der schon eine Hand unter ihren Rock geschoben hatte, für die Nacht."

„Sie lebt nicht mehr", sagte Minja mit Nachdruck.

Endlich sprach sie aus, was sie seit sieben Jahren quälte. Sie fühlte sich erleichtert und ärgerte sich zugleich über ihren Leichtsinn.

„Ich weiß", preßte er heraus. „Doch es wäre besser gewesen, wenn sie schon Jahre früher gestorben wäre. Dann hätte mich jede Reise hierher nicht so gequält."

Minja kratzte sich am Unterschenkel, bis die Stelle rot anlief. Um ihre Ungeduld zu bremsen, spielte sie mit dem Kugelschreiber und strich sich unablässig das Haar aus der Stirn. Endlich kam sie zu Wort.

„Denken Sie, daß ich an ihrem Tod schuld bin?" fragte Minja und atmete dabei schwer.

„Glauben Sie, daß ich meine Stiefschwester vergewaltigt und im Stich gelassen habe?" fragte er protestierend.

„Es war wie ein Paukenschlag. Wie Sie wissen, verbreiten sich solche Gerüchte in einer Kleinstadt wie im Fluge. Eines Abends kam eine Menschenmenge zu mir. Sie brachten ein totes Mädchen. Drei Tage zuvor hatte ich für sie ein Medikament zubereitet. Glauben Sie auch, daß sie an einer falschen Medizin aus meiner Apotheke gestorben ist?“ entgegnete sie.

„Mir hat eigentlich das Gerücht Angst gemacht. Nach meiner Untat wollte sie sterben. Aber stattdessen hat sie das Haus verlassen und die Stelle im Café angenommen. Sie war ein schönes Mädchen. Sie bekam ohne Probleme eine Arbeit“, erzählte er weiter.

„Die Leute haben mir sogar ihren Tod noch zugeschrieben, als bekannt wurde, daß sie heimlich schwanger war und unter Immunschwäche litt. Man behauptete, ich hätte Arsen oder Morphium unter die Präparate gemischt. An meinen Händen würde ihr Blut kleben.“

Minja lächelte bitter. Sie sah, wie er zu zittern begann. Wahrscheinlich deutete er ihr Lächeln falsch. Sie sprach weiter, während sie seine unbeweglich aufgerissenen Augen schonungslos musterte.

„Ich mußte mit meiner Familie die Gegend verlassen. Die Angst, die in einem Menschen aufsteigt, wenn die Leute ihn nur noch unverwandt anstarren, ist auf die Dauer unerträglich. Es ist eine andere Art von Steinigung. Seitdem betrachte ich jedes Ereignis wie durch fremde Augen. In dieser Stadt habe ich meine Ruhe gefunden, weil mich niemand kennt. Hier kommen und gehen die Leute. Da nimmt man die Dinge nicht so schwer und vergißt leichter.“

War das wirklich so? Minja wußte zu gut, daß sie nicht unbeteiligt sein konnte. Um den Bahnhof passierten genug Sachen, die sie nicht kalt ließen, obwohl sie wie eine Pflanze im Terrarium in den vier Wänden ihrer Apotheke eingeschlossen schien. Manchmal stand sie an der Glastür und schaute die Menschen an, die wie Schatten im gleißenden Sonnenlicht vorbeiglitten. Kein Wort fiel, es war nur ein gleichmäßiges Auf und Ab ohne besondere Vorkommnisse. Dennoch schien sie immer noch Vergessen zu suchen. Oft kamen ihr die Tränen, wenn sie allein war, und nicht selten hatte sie rotgeweinte Augen, wenn sie aus dem Raum trat, in dem sie die Medikamente vorbereitete.

„Ein Freund aus der Heimat hat mich angerufen", unterbrach der Mann ihre Gedanken. „Er erzählte mir, daß er Keumi gesehen hätte. Sie sei krank. Dann gab er mir ihre Telefonnummer. Ich nahm gleich gestern Urlaub, um Keumi zu besuchen. Sogar diesen neuen Anzug habe ich mir geborgt." Er lächelte bitter, während er seine Kleidung ansah.

„Und, haben Sie Keumi zu Gesicht bekommen?" forschte Minja.

„Als ich gestern am Nachmittag ankam, war ich noch überzeugt, daß sie hier sein muß. Den ganzen Tag über habe ich telefoniert. Einige sagten mir, sie sei gerade weggefahren, andere kannten nicht einmal ihren Namen. Wieder andere meinten, sie sei tot. Auch die Leute auf der Straße, die ich ansprach, hatten nie von ihr gehört. Schließlich bin ich zur Telefonzelle gegangen und habe irgendwelche Nummern gewählt. Ich dachte bei mir, irgendwann muß sie sich doch melden. Wenn sie noch in diesem Städtchen ist, kann ich sie am Bahnhof bestimmt abpassen."

Er blickte mit übermüdeten Augen um sich.

„Ihre Keumi kommt nicht wieder. Sie ist tot. Schon seit sieben Jahren."

Er reagierte nicht auf ihre Worte.

„Eigentlich hätte ich schon gestern zur Truppe zurückfahren müssen, da ich nur für einen Tag beurlaubt wurde. Aber ich kann nicht zurück, bevor ich sie nicht getroffen habe."

Von fern war der Donner eines Frühlingsgewitters zu hören. Es regnete noch immer.

Der Mann saß mit halbgeschlossenen Augen im Sessel. Mit seinem fahlen, starren Gesicht sah er wie ein Toter aus. Der Lärm aus der nahen Werkstatt schien ihn nicht mehr zu stören.

Minja wußte jetzt, warum sie so erschrocken gewesen war, als er die Apotheke betreten hatte. Unter den vielen Menschen hatte sie sein Gesicht sofort wiedererkannt. Der Mann war nur unter dem Vorwand des Telefonierens zu ihr in die Apotheke gekommen. Er suchte einen Trost, den es unmöglich geben konnte.

Im Wartesaal brannte schon längst kein Licht mehr. Es war höchste Zeit, das Geschäft zu schließen. Minja näherte sich dem Mann und legte ihm sanft die Hände auf die Schultern.

„Sie müssen sich beruhigen. Trinken Sie ein Glas heißes Wasser. Das macht warm und läßt Sie einschlafen. Schlaf ist die beste Medizin“, sagte sie freundlich.

Der Mann reagierte kaum. Minja ging in den Raum, in dem sie die Medikamente zubereitete.

„Ein unglücklicher Mensch hat das Recht, getröstet zu werden“, murmelte sie. Aber ihre Hände zitterten. Sie sprach laut vor sich hin, um das Geräusch beim Aufschließen des Kästchens zu übertönen. Nochmals vergewisserte sie sich, daß aus der Wohnung kein Laut drang. Dann nahm sie hastig zwei grüne Tabletten aus einem kleinen Fläschchen und legte sie auf ihren Handteller. Sie verharrte einen Augenblick. Sie wußte, daß die Pillen einen unglücklichen Menschen auf eine freudvolle Reise schicken konnten.

„Die Tabletten lassen Sie die Schmerzen vergessen. Sie werden tief schlafen und Ihre arme Keumi in Ihren glücklichen Träumen sehen, wenn Sie es wünschen“, sagte sie dann.

Doch der Mann war nicht mehr da. Nur die Vertiefung im Sessel und die Fußspuren auf dem Boden erinnerten an den Besucher. Die Glastür bebte ein bißchen. Das war alles.

Minja legte ihre Stirn an die Fensterscheibe und blickte hinaus. Nur das weiße Hemd des Mannes leuchtete im spärlichen Lichtkegel der Tankstelle noch einmal auf.

Binnen weniger Sekunden verschwand er aus ihrem Gesichtskreis.

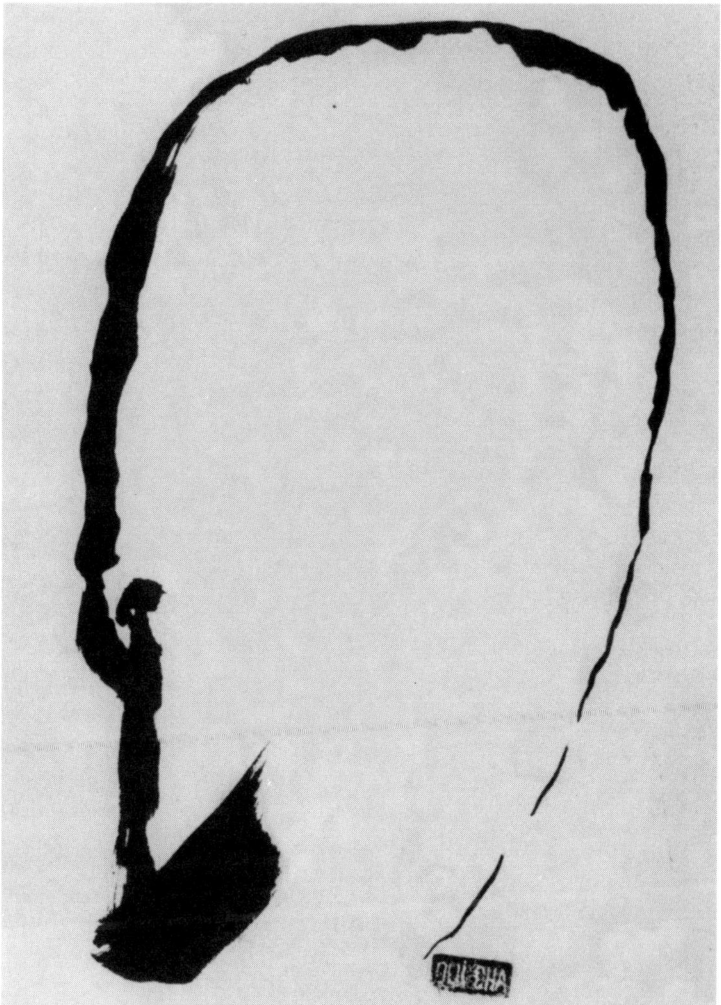

Die Seele des Windes

1

Meine Frau mußte mit dem Spülen des Geschirrs vom Abendessen längst fertig sein. Doch ich konnte nicht hören, daß sie ins Zimmer kam.

Nur von fern nahm ich ihre Existenz wahr, wenn in einer Schublade gekramt wurde oder ihr leichter Schritt aus der Diele an mein Ohr drang. Ich hatte mir ein Kopfkissen unter den Arm geschoben. In dieser entspannten Lage verfolgte ich die Nachrichtensendung im Fernsehen.

Daß sie nach Hause zurückgekommen war, berührte mich nicht mehr besonders. Ich konnte darüber weder Erleichterung noch Unglück empfinden. Vor fünf Tagen hatte sie vor der Tür gestanden. Wieder war sie ohne sichtlichen Grund von zu Hause weggeblieben.

Meine Schwiegermutter, die wie üblich während der Abwesenheit meiner Frau den Haushalt geführt hatte, verließ beim Auftauchen der Tochter hastig und kleinlaut das Haus. Es war deutlich, daß sie in die ganze Sache nicht mehr hineingezogen werden wollte.

Eigentlich hätte ich unter die ganze Angelegenheit mit meiner Frau schon längst einen Schlußstrich ziehen müssen. Aber wieder schien mir der Mut zur letzten Konsequenz gefehlt zu haben. Ich brachte es nicht fertig, ihr die Tür zu weisen, bevor das Kind aufwachte und sich an die Mutter klammerte.

Als sie in der Dunkelheit vor mir stand, verlegen an den Knöpfen ihres alten Mantels drehend, war eher ein Gefühl von Niedergeschlagenheit in mir aufgestiegen. Ängstlich und unschlüssig schien sie vor dem eigenen Zuhause hin und her gegangen zu sein.

Erst nach der Heirat hatte ich bemerkt, daß meine Frau an Fernweh oder besser gesagt an einem Wandertrieb leiden mußte. Nur in der Zeit der Schwangerschaft blieb sie von dieser Sucht verschont. Doch in diesem Jahr war sie schon drei Mal grundlos weggelaufen. Ich sah keinen Anlaß mehr, zu fragen, wo sie wieder gewesen war. Denn ihre Antwort kannte ich schon. Manchmal kam es mir vor, als würde dann ihr Erinnerungsvermögen aussetzen, so vage schienen ihre Erklärungen.

Auf jeden Fall konnte ich aber mit Sicherheit sagen, daß sie sich nicht mit Männern herumtrieb, spielte oder vergnügungssüchtig war. Deshalb hatte ich mich auch bisher nicht zu einer Scheidung durchringen können.

Mein Schwager, dem ich mich anvertraute, schlug vor, meine Frau einfach ein paar Mal im Jahr auf eine Urlaubsreise zu schicken. Aber es war schon zu spät. Ich konnte nicht mehr jenes tiefe Gefühl für meine Frau aufbringen, das nötig gewesen wäre, um so einen Weg zu gehen.

Dabei hätte ich für dieses Getriebensein Verständnis haben müssen. Mein eigener Vater war auch ruhelos von Ort zu Ort gezogen. Seine besten Jahren verbrachte er fern der Familie. Die Mutter hatte uns Kinder ohne zu klagen allein großgezogen. Schließlich war der Vater gestorben wie er gelebt hatte. An einem Wegrand hatte man ihn gefunden. Doch ich konnte nicht wie meine Mutter sein. Der Gedanke an diese unerklärliche Sucht ließ Wut in mir hochsteigen. Ich glaubte, meinen Zorn aus mir herausbrüllen zu müssen. Ich richtete mich instinktiv auf und begann, meinen Oberkörper anzuspannen. Die Stimme meines Sohnes Seungil holte mich in die Realität zurück. Lautstark beschwerte er sich, daß er jetzt nicht mehr um mein Bein Zug spielen könne. Ich entspannte mich und schaute meinem Kind ins Gesicht. Sein schmales Profil und die zarte Gestalt erinnerten deutlich an meine Frau. Doch der Fünfjährige machte wenig Probleme.

Er nörgelte auch nicht mehr, wenn die Mutter wieder einmal nicht nach Hause kam. Der Kleine war es gewohnt, daß dann der Vater oder die Großmutter neben ihm auf der Matte schlief.

Wovon war meine Frau bloß besessen?

Mach doch das Fenster auf, hörte ich mich zu meiner Frau sagen, die inzwischen wortlos das Zimmer betreten hatte. Sie brachte einen Hauch Frische mit. Vielleicht empfand ich deshalb die verbrauchte Luft als besonders unangenehm. Ich konnte nur ihren Rücken sehen, da sie vor dem Spiegel ihre Hände eincremte. Kaum hatte sie den Vorhang beiseite geschoben und das Fenster weit geöffnet, strömte auch schon frische kalte Luft herein. Die Vorhänge flatterten im Wind. Er wehte so stark, daß ich die Hochspannungsleitungen in der Nähe deutlich summen hörte. Das Rauschen drang jetzt verstärkt an mein Ohr.

Reiß doch das Fenster nicht so weit auf, schrie ich meine Frau gereizt an. Der Junge wurde unruhig und ließ seinen Blick ängstlich zwischen Vater und Mutter hin und her wandern.

Das ist doch kein Grund zum Schreien, entgegnete meine Frau und schloß das Fenster bis auf eine Handbreite. Dann starrte sie in die Dunkelheit, als wenn es dort irgend etwas geben würde. Im dunklen Fensterglas spiegelte sich ihre Gestalt wie das Negativ eines Fotos.

Deutlich hatte der letzte Winterwind nochmals seine Stärke spüren lassen. Im Fernsehen lief gerade der Wetterbericht. Danach sollte der Wind die Vorboten des Frühlings nicht vertreiben können. Die ersten Blumen trugen schon Knospen.

Wohin ließ meine Frau nur ihren Blick schweifen? Gab es da etwas im Wind jenseits der Dunkelheit?

Setz dich doch, Mutti, mischte sich Seungil ein. Er zupfte die Mutter am Kleid. Der Schreck stand ihm noch ins Gesicht geschrieben. Sie streichelte zur Beruhigung seinen Kopf. Dann hockte sie sich zu meinen Füßen nieder. Sie streckte den Arm nach der Zeitung aus. Ihre andere Hand tastete währenddessen nach der Zigarettenschachtel. Nachdem sie sich eine Zigarette angezündet hatte, begann sie in der Zeitung zu blättern. Ich wußte, daß sie die meisten Seiten nur flüchtig überflog. Nur das Fernsehprogramm auf Seite zwölf und die Lokalberichte nahm sie überhaupt zur Kenntnis. Oft schien sie sich mit den Schlagzeilen zu begnügen.

Während der Rauch der Zigarette aufstieg und sanft um die Lampe schwebte, studierte sie den Anzeigenteil. Noch immer hielt sie in der linken Hand die Zigarette, die sich zur Hälfte bereits in weiße Asche aufgelöst hatte.

Ich musterte meine Frau. Die hingekauerte schmale Gestalt, die den Rauch in sich aufsog, wirkte unsympathisch auf mich. Wegen des Qualms hatte sie die Augen zugekniffen und die Zeitung ganz nah herangezogen. Augenscheinlich las sie die Spalten mit den Vermißtenanzeigen, die mir zuwider waren.

Da standen solche Sprüche wie: Bitte vergiß die Vergangenheit und komme nach Hause zurück. Deine Kinder warten voller Ungeduld auf dich. Oder es wurde irgendein Kim von 46 Jahren gesucht und für Hinweise eine Belohnung von 300.000 Won ausgesetzt. Auch entlaufene geistig verwirrte Personen hoffte man so wiederzufinden. Dummes Zeug, hörte ich mich murmeln. Dabei hatte ich selbst einmal mit dem Gedanken gespielt, ein solches Inserat aufzugeben. Das war zu der Zeit gewesen, als meine Frau zum ersten Mal plötzlich spurlos verschwand. Ich hatte mich elend gefühlt und einen Anzeigentext in mein Notizbuch gekritzelt: Eunsu Choi, weiblich, 28 Jahre alt, 1,58 m groß. Das lag sechs Jahre zurück. Doch die Erinnerung daran blieb unangenehm und verdarb mir die Stimmung.

In den letzten Tagen schien meine Frau noch dünner geworden zu sein. Ihr eingefallenes Gesicht wirkte rauh und kantig, die Wangen hatten eine ungesunde Färbung. Das Licht der Neonlampe verstärkte diesen Eindruck. Zudem ließ der altmodische Kurzhaarschnitt ihren Hals auffallend dick und faltig erscheinen. Der kräftige Hals wollte nicht zum Kopf passen, der dadurch besonders klein aussah.

Eigentlich hatte mich erst die Werbung einer Kosmetikfirma auf die Idee gebracht, meine Frau unter diesem Aspekt zu betrachten. Vorher waren mir solche Überlegungen nie durch den Kopf gegangen. Aber es beschäftigte mich doch, daß das Altern einer Frau zuerst am Hals sichtbar werden soll. Die Statistik der Firma sagte zudem aus, daß verheiratete Frauen deutlich am Hals zunehmen. Deshalb wurde eine regelmäßige Pflege dieser Körperpartie nachdrücklich empfohlen.

Meine Frau war schon vierunddreißig Jahre alt. Im vergangenen Jahr, als sie vor dem Spiegel die ersten weißen Haare auf ihrem Kopf entdeckt und herausgezogen hatte, schien sie ihre Wehmut kaum verbergen zu können.

Vielleicht spürte sie meinen Blick, als sie die Zigarette im Aschenbecher ausdrückte.

Auf dem Filter blieb der deutliche Abdruck ihres Daumennagels zurück. Das war ein Zeichen, daß sie in Gedanken versunken war. Sonst knipste sie die Zigarette nur leicht aus.

Wie stellst du dir meinen Tag zu Hause vor, hatte sie mich nach der Eheschließung oft gefragt. Wie ich mich erinnerte, war ich ziemlich verlegen gewesen. Denn über den Alltag einer Hausfrau hatte ich nie ernsthaft nachgedacht. Ich konnte mir lediglich vorstellen, daß sie, während ich im Büro arbeitete, das Geschirr spülte, die Zimmer aufräumte oder die Wäsche wusch. Vielleicht sah sie sich noch Illustrierten an und hörte im Radio die Sendungen für die Frau. Da wurde vor allem leichte klassische Musik gespielt oder über alltägliche Dinge geplaudert. Natürlich mußte sie auch für das Abendessen einkaufen gehen. Doch mehr wollte mir zu diesem Thema beim besten Willen nicht einfallen.

Wenn ich die Wohnung betrat, war mir auf den ersten Blick alles sehr sauber und ordentlich vorgekommen. Doch schnell zeigte sich beim genaueren Hinsehen, daß in den Zimmern und in der Diele feinverteilt Zigarettenasche lag. Kippen fanden sich auch mal in der Küche oder in der Vorratskammer.

Überhaupt gab es auffällig viele angerauchte Zigaretten.

Die meisten trugen diese Nagelspuren in Kreuzform.

Besonders aufgeregt hatte ich mich deswegen nie, obwohl es mich abstieß. Aber meine wiederholten Nachfragen zu den Ursachen dieser Brandflecken auf Röcken, Tischdecken und Polstern schienen irgendwie an ihr abzuprallen.

Besuch kam kaum zu ihr. Sie war die einzige Tochter einer Witwe, die fast keine Verwandte und Freunde hatte, die sich gegenseitig besuchten. Sie selbst schien auch keine Freunde zu haben.

Jedenfalls waren mir weder vor noch nach der Hochzeit welche zu Gesicht gekommen. Wenn ich nachdachte, mußte ich mir oft meine Zweifel eingestehen, ob meine zurückhaltende Freundin die passende Frau fürs Leben sei. Letztlich schmeichelte es mir aber, daß sie nur für mich da war. Ich interpretierte ihr Verhalten einfach als Ausdruck ihrer Liebe. Dem Unverständnis war die Gewöhnung gefolgt. Als Mann fand ich es mit der Zeit sogar angenehm, daß meine Frau zurückgezogen lebte. Schließlich wußte ich von anderen Ehemännern meiner kleinbürgerlichen Umgebung, wie störend und ärgerlich das Gerede der Frauen untereinander sein konnte. Zudem kamen die Männer bei solchen Damennachmittagen sowieso meist schlecht weg.

Eigentlich war ich am Anfang davon ausgegangen, daß sie als Ehefrau ihr Studienfach zum Hobby machen würde.

Als ich sie kennenlernte, hatte sie ihr Studium der europäischen Malerei an der Universität schon beendet und arbeitete in einem Kinderbuch-Verlag als Zeichnerin. Die Tatsache, daß sie Künstlerin war, zog mich magisch an. Ansonsten schien sie wenig Anziehendes zu haben. Nur ihre weiße Haut und die großen Augen blieben mir in Erinnerung. Beim ersten Treffen hatte ich sie gefragt, ob sie das Malen als Ehefrau fortsetzen möchte.

Damals war sie mit einem Lächeln über die Sache hinweggegangen. Es wurde deutlich, daß sie die Begrenztheit ihrer Fähigkeiten kannte. Der Verlag und schließlich die Ehe blieben ihr Ausweg, da es zur Künstlerin nicht reichte. Meine Ergüsse über den exklusiven Geschmack der malenden Frau prallten an ihr ab.

Die Gründe für meine künstlerische Schwärmerei lagen weit zurück. Damals hatte ich als Gymnasiast in einer Kleinstadt die Schüler beneidet, die mit dem Malzeug unter dem Arm zum Kunstunterricht gelaufen waren. Für mich ging ein Hauch der Auserwähltheit von solchen Dingen aus, den Stigmata der Schwindsucht vergleichbar, die manche Künstler erst für den Olymp adelten.

Das Interesse an meiner späteren Ehefrau beruhte also genau genommen auf meiner Verehrung ihres Studienfaches. Ich, der nur zur einfachen Nachahmung einer Tulpe aus dem Schulbuch fähig war, wünschte mir nicht mehr. So erwartete ich nicht, daß sie als Künstlerin Karriere machte.

Doch wie hatte ich die Biographien von Vincent van Gogh und Paul Gauguin verschlungen. Das Wort Künstler schien gleichbedeutend zu sein mit Lebenstragik, Leidenschaft und Wahnsinn. Meine Frau sollte natürlich für die Kunst nicht Haushalt und Kinder vernachlässigen. Mir ging es mehr um das Gefühl, ein Wesen zu heiraten, das Malerei studiert hatte. Für einen frischgebackenen Bankangestellten, der es sicherlich bis zur Pensionierung zum Filialleiter bringen würde, war das eine traumhafte Aussicht. Besonders, wenn er aus kleinen Verhältnissen kam. Schließlich besaß meine verwitwete Mutter nur einen kleinen Laden, und ich war der zweitgeborene Sohn.

Ich hatte mir ausgemalt, daß in unserer Wohnung die Bilder meiner Frau hängen würden. Ich sah sie in meinen Träumen in einem schönen Garten voller Rosen vor der Staffelei sitzen. Natürlich sollte das geräumige Anwesen uns gehören.

Offensichtlich war und bin ich ein Kleinbürger, der sich letztlich mit dem Simulieren einer künstlerischen Atmosphäre begnügt. Aber ich hatte nicht damit gerechnet, daß meine junge Frau keinerlei Malzeug, nicht einmal einen Pinsel, in die Ehe mitbringen würde.

Doch später beschäftigte mich viel stärker die Frage, warum sie so oft zur Zigarette griff, wenn ich nicht zu Hause war. Versteckte sich nicht Unruhe oder Nervosität hinter einem solchen Verhalten? Mit dem Wort Gewohnheit konnte man ihren Zigarettenverbrauch nicht mehr entschuldigen. Warum nur rauchte sie ununterbrochen vom Mittag bis zu meiner Rückkehr? Noch heute, wenn mein Blick auf den vollen Aschenbecher fällt, bringt sie ihn hastig aus dem Zimmer.

Was nur hat sie zur Kettenraucherin werden lassen?

Ansonsten gab es aber kaum etwas Konkretes, das ich an meiner Frau kritisieren konnte. Sie führte den Haushalt und hatte in einer Ecke des Hofes sogar Salatköpfe und Zwiebeln angepflanzt. Es machte ihr sichtlich Freude, Gemüse aus eigener Ernte auf den Tisch zu bringen.

Am Anfang war die tägliche Fahrt mit dem Firmenbus nach Hause für mich sogar wie die Annäherung an einen Leuchtturm in kalter Winternacht gewesen. Unentwegt dachte ich an meine junge Frau. Unser Zusammensein gab mir Sicherheit. Ich fühlte mich nach einer entbehrungsreichen Odyssee im Leben angekommen.

Sie blieb schweigsam. Aber ihr zarter warmer Körper war mir ganz und gar willig. Manchmal wollte ich selbst nicht glauben, daß ich sie in den Armen hielt. Oft nach dem Abendessen hatte ich meinen Kopf in ihren Schoß gelegt und ihre Brüste sanft gestreichelt. War da nicht schon ein Gefühl der Unsicherheit und Starre in das warme Zimmer gedrungen? Wann immer diese Gedanken aufkamen, wollte ich sie nicht wahrhaben. Als Hirngespinst eines Kleinbürgers, der an Liebe und Glück nicht glauben kann, weil die Realität oft das Gegenteil beweist, hatte ich diese Aufwallungen abgetan.

Meine Frau hatte inzwischen unserem Sohn den Schlafanzug angezogen. Wieder tasteten ihre Hände nach der Zigarettenschachtel, die auf dem Boden lag. Dabei schaute sie geistesabwesend auf das Fernsehbild. Ihr starrer Blick in eine unbestimmte Ferne machte mich unruhig. Ich wollte sie in die

Realität zurückrufen. Aber mir fehlten einfach die passenden Worte. In meiner Not schaltete ich das Gerät auf einen anderen Kanal um. Doch sie zeigte keine Reaktion. Nach wie vor lag ihre Hand auf dem Kopf unseres Sohnes, während die andere nach einer Zigarette griff. Ihre Unerreichbarkeit weckte in mir von neuem die Wut, die mich seit ihrem ersten Davonlaufen quälte. Aufregung, Ärger und Ungewißheit ließen sich nicht mehr auslöschen.

Begonnen hatte alles etwa sechs Monate nach unserer Hochzeit. Wie gewohnt klingelte ich nach Feierabend an der Wohnungstür und rief nach meiner Frau. Meist war sogar das nicht nötig gewesen, da sie meinen Schritt kannte und mich schon erwartete. An diesem Abend hatte sich im Haus nichts gerührt. Als ich an der Tür rüttelte, mußte ich feststellen, daß sie nicht verschlossen war. War sie etwa eingeschlafen? Immerhin wurde es im Winter früh dunkel. Die Uhr ging auf sieben zu. Doch in der Wohnung gab es keine Spur von meiner Frau.

Ich wurde unruhig. Ich sah in allen Ecken des Hauses nach. Aber meine Frau blieb verschwunden. Ein ausgiebiger Einkaufsbummel schied auch aus, da die Geschäfte schon geschlossen hatten.

Mir fiel auf, daß die Wohnung sehr sauber und aufgeräumt war. Sogar im Aschenbecher fand sich kein Stäubchen. Die Fußbodenheizung im Wohnzimmer hatte die Decken auf dem Boden etwas angewärmt.

Doch ansonsten schien das Haus verlassen. Die Luft im Raum schien mir seelenlos kalt.

In meiner Bestürzung hatte ich im Nachbarhaus nachgefragt, obwohl ich wußte, daß es keine Kontakte gab. Natürlich konnten sie nicht sagen, wo meine Frau abgeblieben war. Die etwa vierzigjährige Nachbarin, die gerade das Abendessen kochte, erinnerte sich nur, daß meine Frau gegen Mittag unter der Wasserleitung Wäsche gewaschen hatte.

Der Gang zu den Nachbarn war für mich sehr peinlich

gewesen. Ich hatte den Kopf gesenkt gehalten, um meine Verlegenheit zu verbergen.

Auch im Haus suchte ich vergebens nach einer Nachricht von ihr. Weder in den Schubladen des Küchenschrankes noch in der Wanduhr hatte sie ein Zettelchen für mich hinterlassen.

Anzeichen für einen Einbruch gab es nicht.

Öde und leer schien das Haus in der Dunkelheit des Winterabends zu versinken. Durch die steifgefrorene Wäsche auf der Leine pfiff der Wind und ließ sie gespenstisch tanzen.

Erst jetzt fiel mir auf, daß ich noch immer meinen Anzug trug und nichts gegessen hatte. Auch das eingeschaltete Radio war nicht an mein Ohr gedrungen.

Meine Unruhe steigerte sich im Laufe des Abends zu einer schlimmen Ahnung. Es mußte ein Unglück passiert sein. Ich überlegte, wo ich meine Frau suchen könnte. Gegen zehn Uhr war ich schließlich zur Telefonzelle an der Straße gelaufen. Doch wie befürchtet, war sie weder zu meiner Schwiegermutter noch zu meiner Schwester gegangen. Zwar hatte mir die Schwiegermutter noch einige Telefonnummern genannt, aber das war nur ein Strohhalm gewesen. Vergeblich vertelefonierte ich alle Münzen.

Nur mit Mühe konnte ich einschlafen. Gleich nach Ende der nächtlichen Ausgangssperre machte ich mich auf den Weg zu den großen Krankenhäusern, denen ein Leichenschauhaus angeschlossen ist. Meist lagen dort Landstreicher und andere arme Schlucker. Es fiel mir nicht leicht, meine Frau sachlich zu beschreiben. Sechs Monate waren wir verheiratet. Ich fühlte mich mit ihr verbunden. Wie sollte ich da meine Gefühle unterdrücken? Nach ein paar Tagen rang ich mich mich doch zu einer konkreten Anzeige durch: Eunsu Choi, 28 Jahre, ca.1,58, schlank, kurzes dunkles Haar, weiße Haut, Warze hinter dem linken Ohr.

Auf dem Formular gab es keinen Platz, wo ich die Liebe zu meiner Frau hätte vermerken können. Auch meine Träume von einem schönen Familienleben und meine Angst um mein Glück waren nirgends gefragt.

Im Büro hatte ich in der Folgezeit regelrecht Mühe, mich auf meine Pflichten zu konzentrieren. Augen und Ohren waren nur auf das Telefon gerichtet. Bei jedem Klingeln schreckte ich zusammen und erwartete die Hiobsbotschaft.

Manchmal spielte ich schon mit dem Gedanken, daß sie mich verlassen haben könnte. Aber ich fand keine Anhaltspunkte dafür, so oft ich auch in meiner Erinnerung kramte und den letzten gemeinsamen Morgen in mir ablaufen ließ. Natürlich hatten wir uns ab und zu gestritten. Aber es ging nur um die Anordnung der Möbel, die Ausgestaltung der Zimmer, einen Rest Reis, den sie kalt aß, während sie mir eine dampfende Schüssel hinstellte, und ähnliche Kleinigkeiten, die in jeder Ehe bekanntlich einmal vorkommen. Doch hatte sie nicht an jenem Morgen gefragt, ob ich später nach Hause kommen würde? Ließ das nicht einen Nebenbuhler vermuten?

Meiner Schwester, die gern die Skandalgeschichen in den Illustrierten las und die Seifenopern im Fernsehen verschlang, schien das nicht abwegig. Immerhin hatte meine Frau erst recht spät geheiratet. Wer wußte, was vor ihrem 28. Lebensjahr gewesen war.

Mein Schwager tippte mehr in eine andere Richtung, als meine Frau auch am fünften Tag unauffindbar blieb. Ist sie vielleicht schwanger, fragte er mich. Nach seinem Erzählen schienen Frauen zu Überreaktionen und Gefühlsschwankungen in einer solchen Situation zu neigen. Aber diese Erklärung schied aus, da ich mit meiner Frau überein gekommen war, vorerst keine Kinder zu haben.

So sorgte in den folgenden Tagen meine Schwiegermutter für mich. Aber ihre Anwesenheit war kein Trost. Ich schlief unruhig und sah im Traum meine Frau verlassen im Dickicht einer unwirtlichen Hügellandschaft.

Dann gab mir mein Kollege Kim, der in der Kreditabteilung arbeitete, einen guten Rat. Er schlug mir vor, einmal über Orte nachzudenken, die für meine Frau in bezug auf unser Zusammenleben von Bedeutung sein könnten. Aus siebenjähriger Eheerfahrung wußte er zu berichten, daß Frauen zu Plätzen des ersten Kusses oder Rendezvous' eine unerklärlich sentimentale Neigung haben können, die Männern nicht nachvollziehbar ist.

Natürlich war meinen Kollegen in der Bank das spurlose Verschwinden meiner Frau nicht entgangen. Da ich von einem Unglücksfall überzeugt war, hatte ich daraus auch keinen Hehl gemacht. So versuchten viele, mir Mut zuzusprechen, wenn auch die verschiedensten Theorien – von Unfall bis Verlassen – im Gespräch blieben.

Nach sieben Tagen entschloß ich mich, an den Ort unserer Hochzeitsreise zurückzukehren.

Was sollte ich sonst noch tun? Wir hatten unsere Flitterwochen am Meer verbracht. Jetzt fuhr ich schon drei Stunden lang mit dem Expreßbus der Vergangenheit entgegen. Für die letzten Kilometer gönnte ich mir ein Taxi, da der Badeort nur in größeren Zeitabständen von einem örtlichen Busunternehmen angesteuert wurde.

Schon von fern sah ich das Dach des Hotels. Es überragte den Kiefernhügel. Hier hatten wir unsere erste Nacht nach der Hochzeit verlebt.

Ehrlich gesagt, waren meine Nerven derart überstrapaziert, daß ich zu keiner Gefühlsanwandlung mehr fähig war. Ich erwartete nichts von dieser Reise. Deshalb übersah ich im Gästebuch an der Rezeption wohl auch beinahe ihren Namen. Der Angestellte, dem ich mein Anliegen vorgetragen hatte, mußte mich erst auf die Eintragung mit ihrem Namenszug aufmerksam machen. Die Schrift meiner Frau und das fein säuberlich eingetragene Datum ihrer Anreise am Tag, als sie mich verlassen hatte, schockierten mich. Mir wurde schwarz vor Augen. Erst die Stimme des Hotelangestellten brachte mich in die Realität zurück. Sie wohnt im Zimmer 306. Aber eigentlich dürfen wir keine Auskunft über unsere Gäste geben.

Meine Antwort kam barsch, vielleicht weil ich der schmutzigen Phantasie des Mannes keine Chance geben wollte. Das Thema war mir unangenehm. Wenn die Dame Ihre Frau ist, werde ich Sie natürlich gleich telefonisch verbinden, beeilte sich der Angestellte zu erwidern. Ach, leider ist sie ausgegangen. Trotz der Kälte ist sie wahrscheinlich am Strand. Sie scheint Sorgen zu haben. Aus den Augen des Mannes sprach unverblümte Neugier. Zu dieser Jahreszeit gab es wenig Gäste. Die Geschichte mit meiner Frau schien eine willkommene Abwechslung zu sein. Leider ging die Rechnung nicht ganz auf. Zumindest war nicht wie allgemein erwartet ein Liebhaber, sondern der eigene Mann erschienen. Möchten Sie auf das Zimmer gehen, fragte der Angestellte. Sie hat den Schlüssel abgegeben. Ohne meine Antwort abzuwarten setzte er leutselig hinzu: eine Frau allein … zu dieser Jahreszeit … und so lange. Da kommt man schon ins Nachdenken. Mit einem kurzen Danke, nicht nötig, beendete ich die Unterhaltung. Auch seine Empfehlung, bis zur Rückkehr meiner Frau im Restaurant einen heißen Tee zu trinken, schlug ich aus.

Meine Frau lebte also. Aber ich fühlte keine Spur von Erleichterung. Vielmehr stieg eine unbändige Wut in mir auf. Ich schlug den Weg zum Strand ein. Erst jetzt nahm ich die weite Sandebene zu meinen Füßen wahr. Die Umgebung wirkte menschenleer. Nur die Abdrücke von Pfennigabsätzen verliefen einsam wie Vogelspuren im Sand. Ich folgte den Zeichen.

Das Hotel blieb wie ein Spielzeug in der Ferne zurück. Da tauchte meine Frau als ein schwarzer Punkt in der felsigen Bucht auf. Langsam kam sie mir entgegen. Ihre Hände hielten den hochgeschlagenen Kragen ihres braunen halblangen Mantels zusammen. Ihr Rock flatterte im Wind und ließ ihre Beine sehen. Ihre Erscheinung erinnerte mich an ein junges Mädchen.

Eigentlich hatte ich meiner Frau eine Ohrfeige geben wollen. Aber als ich ihre vom Wind geröteten, aufgesprungenen Wangen sah, brachte ich es nicht fertig. Wie eine Fremde hatte sie mit gesenktem Blick vor mir gestanden. Ihr erstarrtes Lächeln schien nur die Tränen zu verbergen. Schließlich war ich wortlos den Weg zurückgestapft. Meine Frau folgte mit trippelnden Schritten. Obwohl die Sandspuren nun nebeneinander verliefen, als hätten wir gemeinsam einen Spaziergang gemacht, fraß in mir die Kälte ihrer Begrüßung. Konnte eine Woche Trennung unsere über fünfmonatige Gemeinsamkeit so einfach auflösen?

Erst in der Hotelhalle fand ich die Sprache wieder. Hast du hier noch etwas verloren? Also packe deine Tasche und komm! hatte ich meine Frau schroff angewiesen und dann lautstark nach der Rechnung verlangt.

In meiner Erregung wollte ich rauchen. Aber vergebens suchte ich in meinen Taschen nach einer Zigarette. Geräuschvoll zerknüllte ich die leere Schachtel.

Ungeniert verfolgte der Hotelangestellte das Geschehen. Es stellte sich heraus, daß meine Frau von Tag zu Tag bezahlt und verlängert hatte. Ihre gestammelte Erklärung, daß sie sich doch jeden Morgen vorgenommen habe, nach Hause zu fahren, waren die ersten Worte, die sie zu mir sprach. In ihren blaugefrorenen Händen hatte sie dabei ein paar weiße, unscheinbare Muscheln gehalten. Ihre unbeholfene mädchenhafte Art schien sich in diesem schlechten Geschmack zu spiegeln. Ihr Interesse an solchem nutzlosen Tand stieß mich ab.

Schließlich hatte ich sie nochmals aufgefordert, ihre Reisetasche aus dem Zimmer zu holen. Eine Weile zögerte sie, als würde sie meine Begleitung erwarten. Doch ich wollte nicht den Raum betreten, der mich an meine Flitterwochen erinnerte.

Es ist kalt. Wir sollten einen heißen Tee trinken, hatte ich meiner Frau vorgeschlagen, als sie mit dem Gepäck in der Hand wieder vor mir stand. Im Grunde wollte ich ihr Zeit geben, sich mit mir auszusprechen. Nach meiner Meinung war sie als Ehefrau mir eine Erklärung schuldig.

Im Restaurant saßen nur ein paar ausländische Soldaten in der Nähe des Ofens herum. Die Gaststätte machte überhaupt einen trostlosen Eindruck. Die tropischen Topfpflanzen wirkten verstaubt und die zugezogenen dunkelblauen Vorhänge schienen die triste Atmosphäre noch zu verstärken. Ich spürte die Kälte im Rücken hochsteigen. Wir saßen unmittelbar an der Außenwand. Meine Frau schwieg. In meiner Anspannung lugte ich durch den Vorhang und sah den Strand, wo sie vor kurzem aus dem Nichts aufgetaucht war. Das Meer sah frühwinterlich starr und schmutziggrau aus.

Ich gab die Bestellung auf und bat um ein feuchtes Tuch zur Reinigung der Hände. Langsam kam mein Appetit zurück. Meiner Frau schien es ähnlich zu gehen. Während ich gemächlich mit der Serviette meine Hände säuberte, nahm sie ihr Taschentuch aus der Handtasche und reichte es mir. Als ich mit einem feuchten Zipfel mein Gesicht abtupfte, begann sie zu sprechen.

Ich weiß, daß es für dich die Hölle war. Aber glaube mir, ich hatte auch keine ruhige Minute. Ich fand es gut, daß sie endlich das Schweigen brach. Zögernd versuchte ich den Gesprächsfaden aufzunehmen.

Warst du allein, hörte ich mich sagen und wußte sofort, daß ich eine unpassende Frage gestellt hatte. Zum Glück schien sie meine Worte nicht auf die Goldwaage zu legen. Zweifelst du daran, antwortete sie nur mit einem leichten Lächeln. Ihr Gesicht wirkte erschöpft und hager. Ich beeilte mich zu erklären, daß man in einer Woche Ungewißheit auf die verrücktesten Gedanken kommen muß. Du siehst schlecht aus, hatte sie mich mit schuldbewußtem Blick unterbrochen.

Der Wind trieb inzwischen den Sand so kräftig über den Strand, daß ich das Meer aus den Augen verlor. Ich war noch immer unfähig, meinen Vorsatz wahrzumachen. Statt sie lautstark zur Rechenschaft zu ziehen, fragte ich, wie sie die einsamen Tage an der Küste verbracht habe.

Sie wußte nichts zu antworten, obwohl sie immer wieder zum Sprechen ansetzte. Meine Beharrlichkeit schien sie zusätzlich zu entmutigen. Sie fühlte sich schuldig und empfand gleichzeitig, wie schwer mir das Verzeihen fallen mußte. Glaub mir, ich wollte im Grunde nur eine Nacht bleiben. Während sie den Satz herauspreßte, versuchte sie ihre zitternden Hände um die Teetasse zu legen. Ich wollte sehen, ob alles noch wie damals ist. Nur diesen Wunsch hatte ich. Dabei ahnte ich schon, wie schwer ich loskomme, je länger ich bleibe. Jeden Tag habe ich den Zug verpaßt. Ihre Gedanken entwaffneten mich. Ich konnte mir nur vorstellen, daß ein Kummer oder Leid in ihr nagte. Aber sie schüttelte den Kopf und schwor, daß ich an ihrem Zustand unschuldig sei. Auch die Frage nach einer Schwangerschaft verneinte sie. Schließlich gab ich auf. Vielleicht tat ich es sogar aus Eigennutz. Aber warum sollte ich jetzt noch die Frage der Scheidung aufwerfen. Es war einfach nicht passend. Zumal sie immer wieder beteuerte, daß sie nur weggegangen war, um die Vergangenheit zu finden. Sie schien erschrocken, daß ich diese Begründung so wenig verstand. Warum hast du nicht mit mir darüber geredet? Wir hätten gemeinsam hierher fahren können. Von Seoul ist das doch keine Entfernung. Meine Argumente erreichten sie nicht. Schließlich schluckte ich meine Vorwürfe hinunter.

Als sie mich nun um eine Zigarette bat, griff ich wie gewohnt in meine Tasche. Erst dann fiel mir ein, daß ich eine neue Schachtel kaufen mußte und rief nach dem Kellner. In dem Moment lief ein Zittern durch den Körper meiner Frau und endlich konnte sie weinen. Der Kellner schien von der Szene, die sich vor seinen Augen abspielte, ziemlich irritiert. Während ich die kleine kalte Hand meiner Frau festhielt, lief eine warme Welle durch meinen Körper. Noch war da etwas, das man Liebe nennen konnte.

Wir nahmen ein Taxi zum letzten Zug nach Seoul. Ihre Tränen hatten meinen Ärger besänftigt. Ich versuchte, meinen verletzten Stolz in mein Innerstes einzuschließen. Schließlich war nur die Sentimentalität einer Frauenseele Ursache ihres Weggangs gewesen. Ich sah das weiße Hotelgebäude entschwinden, wo ich einst mit meiner jungen Frau die Flitterwochen verbracht hatte.

Im Frühling fahren wir wieder ein paar Tage ans Meer, versprach ich ihr auf dem Weg nach Hause. Sie nickte ergeben, und in mir wuchs die Zuversicht, daß wir vielleicht schon bald über diese Episode in unserem Eheleben scherzhaft hinweggehen könnten.

In dieser Nacht schlief meine Frau tief wie ein Kind, dem die Eltern seine Untaten vergeben haben. Auch ich war todmüde ins Bett gefallen. Als ich mich am Morgen streckte, hörte ich meine Frau in der Küche schon das Frühstück bereiten. Sie bewegte sich bewußt leise, um mich nicht zu wecken. Das machte mich glücklich. Ich beschloß, über die vergangenen Tage kein Wort mehr zu verlieren.

Als ich aus den Büro kam, erinnerte schon nichts mehr an das Geschehen. Meine Schwiegermutter hatte das Haus verlassen, die Wohnung war warm und sauber. In der Vase standen frische Blumen.

Alles schien wie früher. Wir liebten uns jede Nacht. Ich glaubte meine Frau zu verstehen.

Aber wieder hatte ich mich getäuscht. Wie wenig weiß man doch in der Ehe vom anderen. Wieviele Gesichter hat ein Mensch? Ich zitterte vor Wut und Scham, als meine Frau mit den ersten Frühlingsstrahlen wieder spurlos verschwand. Diesmal veranlaßte ich nur das Notwendigste. Die Anrufe bei ihrer Familie und die Nachfragen bei den Unfallstationen blieben Pflichtübungen.

Nach drei Tagen stand meine Frau wieder vor der Tür. Ihr Gesicht war auf der einen Seite auffällig von der Sonne gebräunt. Ich hatte mir fest vorgenommem, sie diesmal mit ein paar Ohrfeigen zu begrüßen. Stattdessen warf ich alles auf den Boden, was mir in die Hände kam. Nachdem ich an Wekker, Radio und Blumenvasen meinen Schmerz ausgelassen hatte, schlug ich mit der Faust gegen die Glasscheibe der Tür. Zum ersten Mal, seit ich denken konnte, kamen mir die Tränen. Warum kommst du zurück? Geh! Unser Leben hat keinen Sinn mehr, hatte ich dabei geschrien. Doch meine Frau schien das nicht zu verstehen. Sie klammerte sich verzweifelt an mich und bat flehentlich um Verzeihung. Immer wieder versuchte sie mir zu erklären, daß sie aus Schwermut weggelaufen sei. Auf einem sonnigen Hügel habe sie dann in ihrer Verzweiflung der Schlaf übermannt.

Das Leben ging trotzdem weiter seinen Gang. Doch ab und zu erwachte ich mit Kopfschmerzen und verspürte Katzenjammer. Ich machte meiner Frau dann wegen Kleinigkeiten Vorwürfe. Für die Vermutung meiner Schwester, daß meine Frau einen Geliebten habe, ließ sich aber auch jetzt kein Anhaltspunkt finden. Stattdessen glaubte ich Erschöpfung zu bemerken, Spuren, die nur das rastlose Umherirren in der Fremde bei Kälte, Regen und Wind in ihre Haut eingekerbt haben konnte. Immer mehr hatte ich das Gefühl, daß etwas Unerklärliches in unseren Alltag eingedrungen war und sich wie ein Krake ausdehnte. Wenn es mein Dienst erlaubte, kam ich sofort nach der Arbeit zurück. Ich lag stundenlang vor dem Fernseher und blätterte die Zeitungen durch. Meine Frau streckte sich meist neben mir aus und notierte die Ausgabeposten im Haushaltsbuch. Trotz dieser Alltäglichkeit schienen sich die Vorzeichen zu mehren. Wirkte die Tapete mit den Flecken vom Anlehnen nicht schrecklich schmutzig? Gab es da nicht einen leichte Schnittwunde in der Achselhöhle meiner Frau? Irgendwann fiel mir auf, daß meine Frau wenig aß und ihre Haut schlaff und ungepflegt war. Um ihre Augen zogen sich feine Fältchen. Konnte das Frühlingswetter daran schuld sein?

In den ersten Sommerwochen verließ mich meine Frau erneut ohne ein Wort zu sagen. Meine Schwiegermutter konnte ihre Empörung über das rücksichtslose Verhalten der Tochter nicht mehr zurückhalten. Ich machte ihr deutlich, daß ich an Scheidung dachte.

Ihr solltet ein Kind haben, hatte meine Schwiegermutter geantwortet. Kinder sind der beste Ehekitt. Da geben sich solche Sachen von selbst. Ich hatte lautstark meine Ablehnung bekundet. Ich wollte kein Kind, nur um eine Frau zu halten.

Aber wieder zögerte ich zu lange. Ich litt wie ein verletztes

Tier und hoffte noch auf ein Vernarben der Wunden. Doch das Mißtrauen war bereits bis in die letzten Ecken meines Körpers gekrochen. Der Riß saß tief. Der Wunsch nach Vertrauen wurde von Tag zu Tag mehr zur Illusion.

Nach zehn Tagen hatte meine Frau in einem erbarmungswürdigen Zustand vor der Tür gestanden. Sie krümmte sich vor Schmerzen. Ein Brechanfall würgte sie. Sie konnte nicht einmal ein Glas Wasser zu sich nehmen.

Es stellte sich heraus, daß sie schwanger war.

Nach der Geburt hatte sich meine Frau wie eine ganz normale Mutter verhalten. Sie schien durch das Kind ihr Gleichgewicht im Leben gefunden zu haben. Doch als der Junge ein Jahr alt wurde und die ersten Schritte machte, fiel sie in ihre alten Lebensgewohnheiten zurück.

Du bist kein Mensch! Sogar Tiere sorgen für ihre Jungen, warf ich meiner Frau voller Verachtung vor, als sie das erste Mal das Kind im Stich gelassen hatte. Man hat doch Verantwortung im Leben. Man kann nicht einfach seinen Gefühlen freien Lauf lassen.

Irgendwie schienen alle vernünftigen Argumente an ihr abzuprallen. Dabei gab ich mir alle Mühe, ihre Schwermütigkeit zu begreifen, auch wenn ich kein Psychiater bin. Ihre Antworten blieben stereotyp: Es gibt keinen faßbaren Grund. Trotzdem kann ich nicht so sein wie andere. Das Leben ist nicht so wie es ist.

Sprach so eine Frau von dreißig Jahren, die ein kleines Kind an der Brust trug? Ihre Äußerungen wirkten auf mich verantwortungslos, kindisch und fatalistisch.

Die Beziehung zu meiner Frau wurde von Ausbruch zu Ausbruch unterkühlter.

Immer dreister verließ sie Mann und Kind. Nachbarn und Kollegen sprachen inzwischen offen von einer Erkrankung meiner Frau und rieten mir, sie zu einem Psychiater zu bringen. Aber ich konnte mich nicht zu diesem Schritt entschließen. Ich kam von dem Gedanken nicht los, daß meine Frau schon vor unserer Heirat von einem mir unbekannten Dämonen besessen gewesen sein mußte. Auf diese Weise versuchte ich mich zumindest zu beruhigen.

Meine Frau war inzwischen aufgestanden und still aus dem Zimmer gegangen. Ich hörte, wie sie die Matten für die Nacht vorbereitete. Es war spät. Seungil lag ausgestreckt auf dem Boden. Im Halbschlaf befingerte er eine Ecke der Wolldecke. Es wird Zeit. Das Kind ist todmüde, rief ich mit nervöser Stimme. Meine Frau gab keine Antwort. Im Schlafzimmer blieb es dunkel und still. Stattdessen drang ein Lichtschein aus der Küche. Die Küchentür öffnete sich, und ich hörte, wie der Wasserhahn aufgedreht wurde. Sie stand vor der Spüle und drehte mir den Rücken zu. Floß das Wasser nicht besonders stark, als wenn sie mich ärgern wollte? Ich rief sie energisch zur Ordnung und betrat die Küche. Was machst du denn, fragte ich nochmals etwas sanfter. Bis auf die Wasserspritzer war in der Küche alles ordentlich und sauber. In der Spüle stand das Wasser bis zum Rand. Statt den Hahn zuzudrehen, zog sie schließlich den Stöpsel heraus. Ihre Hände betasteten ratlos den Beckenrand. Ihre Haltung blieb abweisend. Ich komme ja schon, antwortete sie schließlich widerwillig. In ihrer Stimme war ein unterdrücktes Weinen.

Ich schloß die Tür geräuschvoll hinter mir.

Im Zimmer rauchte ich nacheinander zwei Zigaretten. Meine Frau kam nicht. Seungil war inzwischen auf dem Boden eingeschlafen. Ich deckte ihn mit der Wolldecke zu. Ich sah meinem Sohn ins Gesicht. Eine Wange schien sonderbar geschwollen. Einen Augenblick mußte ich an das Schicksal des Kindes denken. Haß und Wut in meinem Innern wichen allmählich einer Mischung aus Trauer und Wehmut.

Die jetzigen Zustände waren unhaltbar. So konnte es nicht weitergehen. Das war mir klar. Aber was erwartete denn meine Frau eigentlich vom Leben? Natürlich hatte sie keinen Millionär geheiratet. Aber immerhin verdiene ich genug Geld, daß wir friedlich und sorgenfrei leben können. Ich bin zudem verträglich und kein Unmensch. Eben ein Mann wie viele in meiner Altersgruppe, die für die Zukunft vorgesorgt haben. Für mich ist das Leben eine praktische Sache. Ehrlich gesagt, neige ich nicht zur Gefühlsduselei. Ich glaube nicht, daß der Mensch unbedingt eine Mission auf Leben und Tod erfüllen muß. Es ist nicht die Zeit der großen Revolutionen und Leidenschaften. Ich werde leben und sterben wie viele meiner Generation.

Meine Frau war endlich ins Zimmer gekommen und hatte den schlafenden Seungil auf den Arm genommen. Ich lege den Kleinen zu uns ins Zimmer, sagte sie mit ruhiger Stimme. Sie sah mir nicht ins Gesicht. Ich sollte wahrscheinlich nicht merken, daß sie geweint hatte.

Willst du nicht auch schlafen? fragte sie mich, während sie das nur noch flimmernde Fernsehgerät ausschaltete. Es ist alles fertig. Ich entgegnete, daß ich später nachkommen würde.

Ich hörte, wie sie in den Schlafraum ging. Dann war alles still. Meine Frau schien wie ein Schatten entschwunden zu sein. Ich erinnerte mich, daß ich ab und zu durch die Kälte ihres Körpers aus dem Schlaf geschreckt war. Sollte wirklich nur die frostige Abendluft in der Toilette dafür der Grund sein, wie sie behauptete? Ich mußte an ihre großen Augen denken, die oft geistesabwesend vor sich hinstarrten. In der letzten Zeit schlief meine Frau sichtlich schlecht. Sie stieß leise Schreie aus und atmete gehetzt.

Ich versuchte die Gedanken abzuschütteln, indem ich endlich den Blick vom Fernseher löste und aufstand. Im Schlafzimmer brannte Licht. Seungil schlief. Von meiner Frau fehlte jede Spur. Bad und Küche lagen im Dunkeln. Auch in der Vorratskammer und im Keller rief ich vergebens nach ihr. Die Haustür war wie gewöhnlich fest verschlossen. Vorsichtig öffnete ich schließlich die Dachluke. Die kalte Luft und der starke Nachtwind ließen mich bis ins Mark frösteln. Da stand meine Frau. Gespenstisch hob sich ihre Gestalt im Wind vom schwarzen Himmel ab. Trotz der Dunkelheit konnte ich sie gut sehen. Aber sie wirkte seltsam blutleer. Ich hatte das Gefühl, daß sie jeden Moment aus meinem Gesichtskreis entschwinden könnte.

Ich rief ihren Namen. Eunsu, was soll das? Bei diesem Sturm ... Meine sich überschlagende Stimme versagte. Unfähig, einen Schritt zu gehen, streckte ich meine Arme aus. Plötzlich kam ich mir wie in einem schlechten Theaterstück vor. Mir wurde klar, daß ich meine Frau aufgegeben hatte. Aber das Eingeständnis schreckte mich nicht mehr. Vielmehr fühlte ich mich befreit. Zumal ich inzwischen wußte, daß der Junge auch ohne die Mutter leben konnte. Die Einzige, die all das nicht zu ahnen schien, war meine Frau.

2

Um neun Uhr fuhr der Minibus, der die Kleinen zum Kindergarten brachte. Den abschüssigen Weg zur Haltestelle mußte Eunsu mit ihrem Sohn fast rennen. Wie immer hatte er beim Waschen und Frühstücken getrödelt. Da ein starker Gegenwind blies, kam sie schlecht voran. Einige Male blieb sie stehen, um Atem zu schöpfen.

Der Bus war schon zur Hälfte besetzt. Bevor Eunsu ihr Kind einsteigen ließ, drückte sie es impulsiv an sich. Sie sah Seungil am Fenster winken. Als der Bus anfuhr, verzog sich sein Gesicht. Sein Tschüß, Mami! klang weinerlich.

Das erlebte sie jeden Morgen. Seungil konnte sich immer noch schwer von der Mutter trennen. Eunsu tat bei diesem Anblick jedesmal das Herz weh. Nachdem der Bus nicht mehr zu sehen war, machte sie sich auf den Heimweg.

Seit einem Monat besuchte der Junge den kirchlichen Kindergarten.

Eunsu hätte das Kind gern noch etwas zu Hause behalten. Ihrer Meinung nach brauchte Seungil mit vier Jahren noch die Mutter. Aber ihr Mann hatte auf dem Kindergartenbesuch bestanden. Seine Worte klangen vorwurfsvoll. Er ließ keinen Zweifel daran, daß er ihr auf Grund ihres Verhaltens die Erziehung des Sohnes nicht mehr anvertrauen wollte. Eunsu ahnte, daß er auf diese Weise bewußt oder unbewußt einen Keil zwischen Mutter und Kind zu treiben begann.

Seungil schien offensichtlich nicht gern in den Kindergarten zu gehen. Er gehorchte lediglich dem Vater. So nahm er jeden Morgen die kleine Tasche auf den Rücken und setzte pflichtgemäß die Kindergartenmütze auf den Kopf. Dann verließ er an der Hand der Mutter die Wohnung.

Nachdem Mann und Sohn gegangen waren, herrschte überall Unordnung. In den Zimmern und in der Diele lagen Kleidungsstücke und Spielsachen herum, über die Eunsu ab und zu stolperte. Durch das geschlossene Fenster drang das Heulen des Windes. Er trieb dicke Staubwolken vor sich her. Das waren die Vorboten des Frühlings. Irgendwie gab es in Eunsus Gedächtnis eine verlorene Erinnerung, die damit in Zusammenhang stehen mußte. Sie sah trockene Äste, die in der Überlandleitung spielten, Staubwolken und einen erlösenden Nieselregen. Doch sie konnte die Bildfetzen nicht zusammenbringen. In der Glastür der Diele spiegelte sich nur das Chaos im Zimmer. Die feinen Staubteilchen in der Luft halfen in diesem Gedankenpuzzle auch nicht weiter. Der Staub kam jeden Tag zurück, so oft sie auch putzte. Das war alles.

Sie schaute auf ihren linken Zeigefinger. Inzwischen blutete die Wunde nicht mehr. Am Morgen hatte sie sich beim Zwiebelschneiden empfindlich verletzt. Die Blutung ließ sich kaum stillen. Trotzdem hatte ihr Mann nur flüchtig von seiner Zeitung aufgesehen, als sie aufschrie. Das Geschehen schien ihn eher zu stören. Sie spürte seinen vorwurfsvollen Blick. Für ihn war die Verletzung Resultat ihrer Unkonzentriertheit. Sie hatte sich ertappt gefühlt.

Ich muß endlich mit dem Aufräumen anfangen, dachte Eunsu. Mechanisch begann sie, die Kleidungsstücke vom Boden aufzuheben. Der Wind setzte ihr zu. Sie fühlte sich schlecht.

In dem Moment klingelte das Telefon. Ihre Mutter meldete sich und fragte nach ihrem Befinden. Obwohl sie sich erst vor drei Tagen gesehen hatten, erkundigte sie sich ausführlich nach dem Schwiegersohn und dem Enkelkind. Sie bot der

Tochter einige Gerichte zur Abrundung des häuslichen Speisezettels an. Eunsu spürte an den vielen nichtigen Fragen, daß die Mutter etwas auf dem Herzen haben mußte.

Schließlich wollte sie von der Tochter wissen, ob die Familie am Tag zuvor eine Einladung oder eine andere Verpflichtung gehabt hatte.

Eunsu verneinte überrascht. Sie hatte lediglich die Einkäufe erledigt, während der Junge im Kindergarten war. Vorgestern am Telefon war dein Mann doch mit meiner Einladung einverstanden. Warum habt ihr mich dann mit dem Essen den ganzen Abend vergeblich warten lassen? Ein Anruf hätte doch genügt, hörte sie die Mutter sagen.

Eunsu blieb nichts weiter übrig, als zuzugeben, daß ihr Mann Sejung zu Hause kein Wort über die Einladung verloren hatte.

Ach, so. Dann muß er es vergessen haben. Er hat ja auch im Büro viel zu tun. Die Mutter konnte einen Seufzer nicht unterdrücken.

Eunsu verstand ihre alte Mutter gut. Sie nahm die anstrengende Kocherei trotz ihrer schweren Rheumaerkrankung doch nur auf sich, um die bröckelnde Ehe der Tochter zu kitten. Die ausgewählten Speisen sollten den Schwiegersohn milde stimmen. So entgegnete sie nichts, obwohl ihr die Wahrheit auf der Zunge lag.

Soll ich dir das Essen und den Wein bringen? Es ist ja so viel. Mungobohnen habe ich gebraten und süßen Reis mit Honig, Datteln und Kastanien gekocht. Das ißt doch Sejung besonders gern, fuhr die Mutter am Telefon fort.

Eunsu verabredete schließlich das Abholen der Speisen. Da sie Seungil heute erst gegen drei Uhr vom Kindergarten zurückerwartete, blieb genug Zeit für einen Besuch bei der Mutter.

Nachdem die Tochter den Hörer aufgelegt hatte, begann sie, in Eile das Haus zu wischen.

Sie fragte sich dabei, warum sich ihr Mann seiner alleinstehenden Schwiegermutter gegenüber so beleidigend benahm. Ihr hatte er die Einladung sogar einfach verschwiegen. Er selbst war am Abend zuvor erst gegen elf Uhr ziemlich betrunken nach Hause gekommen. Sie hatte ihn sogar ausziehen müssen, da er im kleinen Zimmer sofort zu schnarchen begann. Das erste Mal nach langer Zeit hatte sie ihn in Ruhe betrachtet. Sein müdes und erschöpftes Gesicht war ihr plötzlich wie ihr Ebenbild vorgekommen. So unverkrampft und gelöst wie da im Schlaf hatte sie ihn selten gesehen. Sie glaubte aus seinem Blick einen Rest Leidenschaft und zugleich Anzeichen von Überdruß herauszulesen. Auf einmal mußte sie an eine eher zufällige Episode aus ihrem Alltag denken. Hatte er sich nicht oft, wenn er von der Bank nach Hause kam, gründlich die Hände gewaschen? Du kannst dir ja nicht vorstellen, wie widerlich Geld stinkt, war seine Erklärung gewesen.

Als Eunsu ihrem Mann die Decke über die Schultern zog, kamen die nackten Füße zum Vorschein. Diese Blöße ließ ihn so ungeschützt wirken, daß sie instinktiv seine großen, mageren Füße umarmte. In ihren Herzen stieg wieder diese unbestimmte Traurigkeit auf, die man fast Wehmut nennen konnte. Sollte das alles gewesen sein? Erneut kam sie über den Sinn ihres sechsjährigen Zusammenlebens ins Grübeln.

Eunsu bettete seinen Kopf auf das Kissen. Automatisch umarmte er sie im Halbschlaf. Nachdem sie sich vorsichtig seinen Armen entzogen hatte, deckte sie ihn gut zu und verließ leise den Raum.

Tief atmete sie die kalte Luft ein. Dann vergewisserte sie sich noch einmal, daß die Haustür fest verschlossen war. Die Uhr schlug zwölf. Die Sterne funkelten einsam am nachtkalten Himmel.

Ihre Hände verkrampften sich im Kleid, als wenn sie den bösen Dämonen den Weg versperren wollten. Was für eine unheimliche Kraft trieb sie nur in die Ferne? Sie sah in der Dunkelheit plötzlich die fremden Gassen, Straßen und Zimmer vor sich, die sie schon ruhelos durchwandert hatte.

War es Zigeunerblut, wie die Mutter sagte? Eunsu konnte sich nicht erinnern, daß sie schon als Kind weggelaufen sein sollte. Aber es mußte wohl stimmen. Sonst würde sie nicht heute aus einer unstillbaren Sehnsucht Mann und Kind verlassen. Es schien ihr wie eine Suche nach etwas. Aber sie konnte das Knäuel nicht entwirren.

Eunsu wußte nur, daß sie in jungen Jahren adoptiert worden war. Ihre Mutter hatte sie wie ein leibliches Kind großgezogen und nach Kräften vor bösen Zungen abgeschirmt. Der Adoptivvater war früh gestorben. Sie ging noch in die Volksschule der Hafenstadt, in der die Familie damals wohnte. Die Mutter war kurze Zeit später mit ihr nach Seoul gegangen. Sie hatten zurückgezogen gelebt. Auch mit den Verwandten brachen sie fast jeden Kontakt ab. Es schien, als wollte die Mutter ihre Adoptivtochter vor den Gerüchten über ihre Herkunft bewahren.

Doch sie hatte durch einen Zufall schon in der Kindheit erfahren, daß sie nicht das leibliche Kind ihrer Eltern war. Eunsu, die als Kind schnell handgreiflich wurde, hatte beim Spielen Streit mit ihrer Cousine gehabt. Sie zog das Mädchen an den Haaren. Die schlug mit der ungeheuerlichen Wahrheit zurück. Sag nicht Schwester zu mir. Du bist eine angenommene Bettlerin und nicht meine Cousine, hatte die Kleine geschrien. Eunsu war wie vom Schlag getroffen gewesen. Sie hatte das ausgerissene Haarbüschel weggeworfen und dem Mädchen ins Gesicht gespuckt. Dann war sie weinend aus dem Haus gelaufen. Aber sie zweifelte nicht an der Richtigkeit der Aussage. Immerhin wußte es die Cousine von ihrer Mutter. Außerdem paßte das Ausgeplauderte genau zu ihren Beobachtungen. Sie hatte die neugierigen und mitleidigen Blicke der Verwandten zwar gespürt, sich aber nie erklären können. Auch von der fürsorglichen Mutter war manchmal eine Kälte ausgegangen, die sie für einen Moment abgeschreckt hatte.

Der Gedanke, nicht zur Familie zu gehören, hatte Eunsu zur Verzweiflung getrieben. Sie wollte nur noch weit fort. Sie versteckte sich schließlich auf einem kleinen Schiff, das im Hafen lag. Hier hatte die Mutter sie spät in der Nacht gefunden.

Über die Gründe ihres Weglaufens war nie gesprochen

worden. Die Cousine hütete sich schon aus Angst, auf das ausgeplauderte Tabu zurückzukommen.

Doch Eunsu konnte den Vorfall nicht vergessen. Sie war regelrecht von der Vorstellung besessen, daß sie auf die Familie, das Haus und das Essen auf dem Tisch kein Recht habe. Irgendwann mußte das Unglück über sie hereinbrechen.

Die Mutter hatte die Wandlung der Tochter erstaunt zur Kenntnis genommen. In kurzer Zeit war aus dem aufgeweckten Kind ein nachdenkliches und stilles Mädchen geworden.

Eunsu weinte in dieser Zeit oft unter der Bettdecke. Immer wieder grübelte sie, wer sie geboren und im Stich gelassen haben könnte. Aber die Erinnerung an ihr einstiges Ich schien hoffnungslos ausgelöscht zu sein. Da blieb nur das Bild von einer hölzernen Treppe, die in ein dunkles Oben führte. Dann hatte es einen sonnigen Hof gegeben, auf dem schwarze Gummischuhe lagen. Sie selbst mußte vier oder fünf Jahre alt gewesen sein. Der Schleier ließ sich nicht lüften. Nur ab und an tauchte in ihrem Unterbewußtsein die eine oder andere Erinnerung wie die Spitze eines Eisberges auf. Doch weder Hände noch Gehirn vermochten die Eingebungen zu fassen. So schnell wie sie gekommen waren, verschwanden sie wieder im Nebel der Vergangenheit. Es blieben nur die Umrisse des Holzhauses im japanischen Stil. Hier hatte die Familie vor dem Umzug nach Seoul gewohnt.

Mit der Zeit verflog ihr Haß auf die leiblichen Eltern. Auch eine Sehnsucht verspürte sie kaum noch. Nur die Frage, Wer bin ich? ließ sich nicht ausschalten. Wie ein Windstoß trieb sie dieser Gedanke immer wieder an. In der Pubertät hatte sich Eunsu die phantastischsten Geschichten ausgedacht. Vielleicht war sie die Frucht einer verbotenen Liebe des Vaters. In Romanen las man doch immer wieder solche Sachen.

Aber erst vor ihrer Heirat mit Sejung hatte sie die Mutter direkt nach ihrer Herkunft gefragt.

An jenem Abend war ihr zukünftiger Mann zum ersten Mal bei ihnen zum Essen eingeladen gewesen. Nachdem Sejung sich verabschiedet hatte, konnte Eunsu ihre aufgestauten Gefühle nicht mehr zurückhalten. Die Mutter war sofort stocknüchtern geworden. Seit wann weißt du das? Wer hat es dir gesagt? Die Stimme der alten Frau hatte niedergeschlagen geklungen.

Der Damm schien gebrochen. Zum ersten Mal erzählte Eunsu von ihren Kindheitserlebnissen. Besonders als der Vater starb, waren die Anspielungen spitz und schmerzlich aus dem Mund der Verwandten gekommen. Zu gut erinnerte sie sich daran. Stimmte es, daß ein fremder Stein dem eingeborenen Stein den Platz nahm? Was hatte das mit dem Tod des Vaters und ihrer Existenz zu tun?

Sie hörte die Mutter seufzen. Die Worte kamen blechern aus dem Mund der alten Frau, während sie mit zitternder Hand nachschenkte. Du weißt es also. Aber schließlich ist es gleichgültig, wer dich geboren hat. Für mich warst du immer mein Kind. Ich habe geahnt, daß ich es nicht ewig vor dir verheimlichen kann. Aber ich wollte, daß du es erst erfährst, wenn du selbst Ehefrau und Mutter bist. Dann kannst du mich bestimmt besser verstehen. Manchmal hatte ich solche Angst, daß du dich von mir abwenden könntest. Ich habe dir wirklich meine ganze Liebe gegeben. Aber sicher habe ich auch Fehler gemacht.

Das darfst du nicht denken. Du warst immer eine gute Mutter, fiel die Tochter ihr ins Wort.

Sie sah, daß der alten Frau die Hände zitterten. Es war zu viel für sie. Aber Eunsu spürte zugleich, daß sie ihr eigenes Leben nicht wie bisher weiterführen konnte. Die Heirat war die Chance, eine neue Wurzel zu finden.

Die Mutter verlangte nach Wein. Während sie die Gläser füllte, begann sie zu erzählen.

Als du zu uns gekommen bist, war Krieg. Viele Kinder haben in diesem höllischen Gemetzel die Angehörigen verloren. Du mußt etwa vier Jahre alt gewesen sein. Mein Mann war ein Freund deines Vaters, und ich hatte in sechs Ehejahren kein Kind geboren. Wie hätten wir dich da abweisen können? Wir beschlossen, dich anzunehmen. Mehr kann ich dir nicht sagen. Wo und wie wir zusammen gelebt haben, weißt du besser als ich. Aber deinen zukünftigen Mann solltest du nicht gleich in die ganze Geschichte einweihen. Es ist zwar keine Schande, aber trotzdem …

Dann schwieg die Mutter. Dabei hätte Eunsu zu gern Näheres über ihre Eltern erfahren. Wie hatten sie gelebt? Wie waren sie von der Welt gegangen?

Stattdessen fragte sie nur nach dem Haus, in dem die Adoptiveltern damals gewohnt hatten. Die Mutter bestätigte ihre Erinnerung an das Haus im japanischen Stil.

Doch woher stammte dann das Bild von dem sonnigen Hof mit den schwarzen Gummischuhen?

Eunsu fiel es schwer, die Tatsache zu akzeptieren, daß sie eine Kriegswaise war. In ihrer Phantasie hatte sie zu oft nach den abwegigsten Erklärungen gesucht. Sejung konnte von all diesen Dingen nichts wissen. Zumal sie im Familienregister als leibliches Kind eingetragen wurde. Die Mutter schwieg beharrlich über die näheren Umstände, obwohl sie einen Zusammenhang zwischen der Vergangenheit und der inneren Unruhe der Tochter zu ahnen schien.

Ihrem Mann wollte sich Eunsu nicht anvertrauen, auch wenn es der Anfang für ein aufrichtiges Miteinander gewesen wäre. Sie fürchtete auf Grund seiner Herkunft und Lebenshaltung, daß diese Offenbarung bei ihm Vorurteile schüren könnte. Es blieb ihr Schicksal. Aber schließlich betraf es viele Kriegswaisen. Andererseits gab es da eine unsichtbare Hand, die sie mit dem Wind in die Fremde trieb und ihr die Leere ihrer Existenz schmerzlich bewußt machte.

Eunsu brachte die Wohnung oberflächlich in Ordnung. Dann schminkte sie sich. Sie puderte sich stark, um die Sommersprossen zu verdecken. Zum Schluß legte sie Rouge auf. Zum Ausgehen entschied sie sich für ein lila Kostüm, das sie wegen der hellen Farbe eigentlich nicht mochte. Aber an einem Frühlingstag wollte sie nicht wie ein Trauerkloß herumlaufen. Sie zog die Lippen nach und prüfte noch, ob der Aschenbecher entleert und alle Dinge am gewohnten Platz waren. Danach verließ sie das Haus. Da war wieder diese Vorahnung, die sie jedesmal überkam, wenn sie dem Heim den Rücken kehrte. Ein eiserner Ring schien sich um ihr Herz zu legen, als ob es kein Zurück geben würde.

Der Wind hatte nicht nachgelassen. Der Sausewind ist böse. Er soll aufhören, hatte am Morgen ihr Sohn gesagt und dabei die Augen fest zugepreßt. Sie war schließlich mit dem Kind rückwärts gegangen, um ihn vor den Böen etwas zu schützen. Sie hatte ihm erzählt, daß der Wind die Seelen zum Sehen an die Hand nimmt.

An der Haltestelle war reger Verkehr. Aber ihr Bus nach Galhyundong ließ auf sich warten.

Während sie die Schilder an den Bussen studierte, fühlte sie den Blick eines Fremden im Nacken. Der Mann stand vor einem Kiosk und starrte sie ungeniert an. Er war ein Dutzendtyp, Ende zwanzig, mit buschigem Haar und heller Jacke. Eunsu versuchte ohne Erfolg seine Augen abzuschütteln. Heimlich prüfte sie, ob ihre Kleidung in Ordnung war. Aber sie konnte nichts Auffälliges entdecken. Sie kam sich vor wie bei einem Kinderspiel, in dem man sich mit einem Spiegel etwas anhext.

Sie durfte sich nicht in eine so banale Sache hineinsteigern. Bestimmt starrte der Mann völlig grundlos herüber. Trotzdem mußte sie sich anschauen. Das Schaufenster des nächsten Geschäftes spiegelte im grellen Sonnenschein dunkel die Konturen einer Frau, die mit ihrer dicken Puderschicht und der auffälligen Kleidung wie eine Schauspielerin in einem traditionellen japanischen Theaterstück wirkte. Die Gestalt, die zwischen der Dekoration des Blumenladens aufblinkte, schien ihr seltsam fremd. Inzwischen stand der junge Mann dicht hinter ihr. Sie konnte ihn im Schaufenster sehen und glaubte, seinen Atem zu spüren.

Kurzentschlossen betrat Eunsu das Geschäft. Von den Rosen, Freesien, Nebelblumen, Nelken, Ringelblumen und anderen Pflanzen ging ein betörender Geruch aus. Sie kaufte einen Strauß Freesien. Überhaupt schienen ihr Blumen sehr anpassungsfähig. Man brauchte sie sowohl für Hochzeiten wie für Totenmessen. Als Eunsu den Laden verließ, stand der Mann immer noch vor der Tür. Demonstrativ stieg sie mit den Blumen in der Hand in den nächstbesten Bus ein. Als der Bus das Zentrum verlassen hatte, sah Eunsu in der Ferne einen Berg aus dem Nebel aufsteigen. Von ihm schien eine Faszination auszugehen, die sich schlagartig auf sie übertrug. Zwar waren die Bäume noch nicht ganz grün, aber unterhalb des Felsens blühten schon purpurrote Azaleen. Sollte man an solch einem Flecken nicht verweilen? In Eunsus Kopf verlor sich das Gefühl für Raum und Zeit. Sie sah nur noch den Berg, dem sie entgegenfuhr.

Sie blieb bis zur Endstation im Bus sitzen. Aus der Nähe wirkte der Berg nicht so einladend. Tiefe Täler und schroffe Gipfel prägten die Landschaft. Nur auf den vorgelagerten Hügeln sammelten Frauen hier und da junge Kräuter. Eunsu schlug den Weg zur Bergkuppe ein. Die im Treibhaus gezogenen Freesien in ihrer Hand waren schon verwelkt. Sie nahm sich vor, auf dem Rückweg bei ihrer Mutter vorbeizuschauen. Dann blieben die Straßen und Häuser des Ortes in der Ferne zurück. Sie sah unter sich den Marktplatz mit der Haltestelle. In dem bergigen Gelände war fast kein Laut zu hören. Nur aus den Tälern klangen vereinzelt Kuckucksrufe. Die Kinder waren in der Schule, und um diese Zeit verirrten sich auch keine Spaziergänger, die Quellwasser holten, in die Gegend. Eunsu stieg immer höher. Die Frauen waren längst nicht mehr zu sehen. Nur einige verlassene Grabhügel lagen im Sonnenschein. Sie setze sich schließlich an einem von dürren Gräsern überwucherten Grab nieder. Sie zog die engen Schuhe aus und ließ die Beine baumeln. Dann zündete sie sich eine Zigarette an und betrachtete gedankenverloren den Himmel. Hoch oben tauchte ein Flugzeug auf. Wie ein silberner Vogel durchfurchte es die Wolken und verschwand ohne ein Zeichen zu hinterlassen am Horizont. Eunsu genoß die Atmosphäre.

Von dem gegenüberliegenden Felsmassiv näherten sich Leute. Es war ziemlich schwierig, hier nicht die Orientierung zu verlieren. Die Männer bahnten sich mit Stöcken den Weg durch das Unterholz und kamen schließlich auf sie zu. Sie trugen Reservistenuniformen, und jeder hatte sich einen Sack über den Rücken geworfen. Taschen und Mützen waren mit Azaleen geschmückt.

Können sie uns nicht eine Zigarette spendieren, junge Frau? Eunsu gab dem Frager überrascht und wortlos die Schachtel. Nachdem der hochgewachsene Mann den Sack abgesetzt hatte, hockte er sich schwerfällig nieder und bat sie um Feuer. Ehe Eunsu etwas entgegnen konnte, reichte der Kleinste der Männer ein Streichholz herum. Während des Rauchens nahm er immer wieder einen Schluck aus der Schnapsflasche und steckte eine Handvoll Azaleenblätter in den Mund. Er schien schon den ganzen Weg über die Blätter gekaut zu haben. Seine rotgefärbte feuchte Mundpartie, die beim Spucken besonders hervortrat, erinnerte sie an die Hausierer, die in jedem Frühling die Azaleenblätter zum Kauf anboten. Sie drückte die Zigarette aus und legte etwas Heu darüber.

Wohnen Sie in der Nähe? fragte der große Mann, der sie ungeniert gemustert hatte und nun näher trat.

Nein, ich habe nur einen kleinen Ausflug gemacht, beeilte sich Eunsu zu sagen.

Na, mit Ihren nackten Beinen sehen sie auch nicht wie ein barmherziger Samariter aus, der ein vergessenes Grab besucht. Der Kleine kicherte. Eunsu, die die Blicke der Männer spürte, zog eilig die Schuhe an. Wortlos begannen die drei zu rauchen. Ihre wettergebräunten Gesichter und die abgearbeiteten Hände ließen es kaum zu, ihr Alter zu schätzen. Wahrscheinlich waren sie zwischen dreißig und vierzig. Die Reservistenuniformen schienen sie als Arbeitskleidung zu nutzen.

Wollen sie die Blätter verkaufen? fragte Eunsu beklommen, während eine unbestimmte Angst in ihr hochstieg. Wieder kicherten die Männer auffällig. Wir nehmen, was kommt. Im Frühling sind es diese Blätter und im Sommer eben Schlangen. Nacheinander tranken sie aus der Schnapsflasche.

Eunsu hörte, wie sie den Fusel hinunterschluckten. Die Stille, die sie vor kurzem noch so angezogen hatte, wurde ihr unheimlich. Sie wollte nur fort. Aber die drei schien das wenig zu stören. Wollen Sie nicht noch ein bißchen mit uns plaudern? So eilig können Sie es bei dem schönen Wetter nicht haben. Wir sind keine Langeweiler, wie Sie vielleicht denken, redeten die Fremden auf sie ein.

Leider habe ich keine Zeit. Wieder versuchte sie mit ihrem Blumenstrauß und der Tasche in der Hand ein abwehrendes Lächeln.

Übrigens, Liebhaber sind mehr wert als Blumen. Also, danke für die Zigaretten. Leider können wir uns höchstens mit einem Schlückchen revanchieren. Bei diesen Worten hielt der kleine Mann Eunsu die Schnapsflasche vor die Nase. Verlegen wich sie zurück.

In dem Moment riß der große Mann seinem Kumpan die Zigarettenschachtel aus der Tasche. Gleichzeitig griff er nach Eunsus Hand. Aber Eunsu wollte die Zigaretten nicht zurücknehmen. Die grobe, feuchte Pranke des Fremden stieß sie ab. Mit einem seltsamen Kichern steckte er schließlich die Packung ein.

Eunsu lief los. In panischer Angst stolperte sie den Berg hinab. In ihrem Rücken hörte sie die Stimmen der Männer, die etwas zu besprechen schienen. Noch immer lag der Ort in weiter Ferne. Von den Frauen, die Kräuter gesammelt hatten, war nichts mehr zu sehen. Der menschenleere Berg in der Mittagssonne wurde zum Alptraum.

Plötzlich hörte Eunsu ganz in ihrer Nähe Schritte. Erschrocken wandte sie sich um. Da standen die drei Männer. Sie schienen ihr gefolgt zu sein. Der Kleine hielt noch immer die Schnapsflasche in der Hand. Eunsu versuchte zu lächeln. Aber es mißlang ihr gründlich.

Ich kann den Rückweg nicht finden. Vor Aufregung klang ihre Stimme ungewöhnlich schrill.

Die Männer verzogen keine Miene.

Instinktiv trat Eunsu einen Schritt zurück und schaute gehetzt um sich. Aber sie war mutterseelenallein. Keiner würde ihre Schreie hören. Die Männer hatten inzwischen einen Halbkreis um sie gebildet. Es war wie ein Netz, das sich langsam zuzog. Die Jäger belauerten die sichere Beute. Von fern klang ein Kinderlied herüber. Was wollen Sie von mir? Ich muß nach Hause, stieß Eunsu hervor und trat ängstlich noch einen Schritt zurück. Dabei stürzte sie über einen Baumstumpf. Schamhaft zog sie den Rock über die Knie. Sie fühlte sich unter den Blicken der Männer nackt. Hatte der Fremde an der Haltestelle sie nicht auch so angesehen?

Die Männer kamen immer näher und drängten sie in eine Mulde ab. Jetzt saß sie in der Falle. In dieser Einöde war an Hilfe nicht zu denken. Der kleine Mann griff nach ihrer Schulter und stieß sie zu Boden.

Was wollen Sie von mir, schrie Eunsu mit zitternder Stimme, während ihre Augen vor Angst und Empörung funkelten.

Das wirst du gleich merken, sagte der Kleinste verhalten und reichte dem großen Mann die Flasche. Dann fielen seine Hände über sie her. Schon war kein Knopf mehr an ihrer Bluse. Sogar ihre Schuhe schienen ihn zu stören. Eunsu sträubte sich mit Händen und Füßen. Aber sie hatte keine Chance. Der Mann hielt ihr einfach den Mund zu und drückte sie mit seinem Körper zu Boden. Sie schlug ihn den Freesienstrauß ins Gesicht. Doch sein nasser, roter Mund kam immer näher. Seine rissige Hand griff nach ihrem Unterleib und zog den Rock hoch. Eunsu konnte sein Grinsen sehen. Der penetrante Geruch von Fusel, Blütenblättern und Rauch würgte sie. Sie versuchte zu schreien. Er drohte: Wenn du lebendig hier rauskommen willst, halte den Mund. Der große Mann, der Wache schob, warf amüsiert ein: Nun hab dich nicht so. Du bist doch keine Jungfer. Es wird dir schon gefallen. Während der dritte Kumpan sich entleerte, nahm er den letzten Schluck Schnaps und ließ die Flasche dann in die Senke rollen.

Von fern waren Schritte und Gesprächsfetzen zu hören. Der Große trat sofort in Aktion und warnte die sich nähernde Kindergruppe mit lauten Rufen vor der Schlangengefahr in diesem Gebiet.

Erneut wurde es totenstill. Eunsu sah plötzlich die vollerblühten Azaleen hinter dem Felsen, obwohl die Sonne sie blendete. Sie wandte das Gesicht ab, um den Mann nicht wahrzunehmen, der hastig und brutal ihren vor Schrecken starren Körper abtastete. Mit ihrem entblößten Unterleib fühlte sie sich plötzlich ausgeliefert wie ein Frosch, dem zum Sezieren alle Glieder gespreizt wurden. Sie wünschte sich, die Besinnung zu verlieren, aber es ging nicht. Noch hinter den geschlossenen Augenlidern glaubte sie die grellen Sonnenstrahlen zu spüren und das knallige Rot der Azaleen zu sehen. In ihrem Gedächtnis brach sich eine Erinnerung Bahn. Es mußte eine Beziehung zu jenem Tag voller Sonnenschein geben, an dem die Gummischuhe im Hof gelegen hatten.

Der Mann ließ von ihr ab und machte dem Nächsten Platz. Der öffnete geräuschvoll seinen Gürtel, bevor er zur Sache kam.

Du bekommst nur deinen verdienten Lohn. Nur eine Verrückte oder Lebensmüde treibt sich allein hier herum. Eine anständige Frau bleibt zu Hause, rief ihr einer der Männer zu.

Eunsu kam erst wieder zu sich, als der letzte Kumpan sich an ihr befriedigt hatte und mit einem zufriedenen Pfeifen von ihr abließ. Langsam verhallten die Schritte der Männer im Nichts.

Sie versuchte ihre Gedanken zu ordnen. Wären da nicht die abgerissenen Knöpfe und der nasse, klebrige Schlüpfer gewesen, hätte sie es für einen Alptraum oder eine Filmszene gehalten. Ihr fehlte jede konkrete Erinnerung an das Aussehen der drei Kerle. Nur die Azaleen, die die Männer an ihren Mützen und Taschen trugen, blieben als festes Bild in ihrem Kopf zurück. Dazu sah sie diesen von zerkauten Azaleen blutroten nassen Mund vor sich. Das war alles.

Über die Berge legte sich langsam die Dämmerung. Eunsu konnte ihre Armbanduhr nicht finden. Bestimmt wartete Seungil längst auf sie. Ihr kamen die Tränen. Aber hatte eine Frau von Mitte Dreißig das Recht zu weinen, nachdem sie im hellen Sonnenschein von drei Männern vergewaltigt worden war? Nur unschuldigen Mädchen kam das zu. Geistesabwe-

send starrte Eunsu in die Dunkelheit, die sich wie ein Nebelschleier ausbreitete.
Eunsu kam das letzte Stück des Weges unendlich lang vor, obwohl ihr Haus schon in Reichweite war. In den Gäßchen brannten die Straßenlaternen. Im Frühjahr wurde es noch recht schnell dunkel, wenn die Sonne am Horizont verschwand. Immer wieder blieb sie stehen, um tief durchzuatmen. Da sprach sie eine Nachbarin an. Sie hatte einen Kanister in der Hand. Wahrscheinlich wollte sie Heizöl kaufen gehen. Eunsu waren die forschenden Fragen der Frau unangenehm. Sie wich dem Licht der Straßenlaterne aus, um die Spuren an ihrer Kleidung zu verbergen. Doch der Redefluß der Nachbarin ließ sich nicht bremsen. Beeilen Sie sich, daß Sie nach Hause kommen. Ihr Sohn hat den ganzen Nachmittag vor dem Tor auf Sie gewartet. Wenn Sie mir wenigstens gesagt hätten, wohin Sie gehen ... Erst habe ich gedacht, Sie sind nur kurz einholen oder machen ein Mittagsschläfchen. Aber der Kleine hat über zehn Minuten ununterbrochen nach Ihnen gerufen. Ich wollte, daß er mit zu uns kommt. Aber er hat hartnäckig den Kopf geschüttelt. Als ich für das Abendessen einkaufen ging, saß er immer noch vor der Tür und schlief. Er sah zum Erbarmen aus. Auch die anderen Nachbarinnen wollten ihn mitnehmen. Sie haben ihn mit Fernsehen und Süßigkeiten gelockt. Aber er war nicht bereit, mit den anderen Kindern im Haus zu spielen. Nicht einmal geweint hat er. Auf Biegen und Brechen schien er sogar die ganze Nacht auf Sie warten zu wollen. Das ist schon etwas ungewöhnlich für ein Kind. Meinen Sie nicht auch? Übrigens ist Ihr Mann inzwischen gekommen. Er ist über unsere Terrasse ins Haus eingestiegen, da er keinen Schlüssel hatte. Aber für den Jungen war es ein Glück ...

Die Wortsalven der Nachbarin rauschten an Eunsu vorbei. Mechanisch lief sie aus dem Licht, um sich den neugierigen Blicken zu entziehen.

Im Haus brannte nur im Wohnzimmer Licht. Der Fernseher war bis auf die Straße zu hören. Eunsu stellte sich auf die Zehenspitzen und lugte über den Zaun. Entfernt nahm sie die Stimme ihres Sohnes wahr, der mit dem Vater ab und an ein paar Worte zu wechseln schien. Mit zitternder Hand drückte Eunsu schließlich auf den Klingelknopf. Der kurze dumpfe Ton ließ sie zusammenfahren. Im Haus wurde das erleuchtete Fenster geöffnet. Das Gesicht ihres Mannes tauchte auf. Als er seine Frau erkannte, schlug er es laut wieder zu. Die Vorhänge wurden geräuschvoll zugezogen. Die dunklen Fensterhöhlen wirkten wie ein Bollwerk auf Eunsu.

Drinnen versuchte der Vater den Sohn zu beruhigen, der nach der Mutter fragte. Da war niemand für uns. Es muß die Klingel vom Nachbarn gewesen sein, erklärte er hastig.

Als Eunsu zum zweiten Mal mit aller Kraft klingelte, rührte sich nichts im Haus. Nur das Fernsehgerät wurde noch lauter gestellt. Es schallte jetzt durch das menschenleere Gäßchen. Im Nachbarhaus huschte ein Schatten am Fenster vorbei.

Eunsu verstand, daß ihr Mann um jeden Preis verhindern wollte, daß Seungil sie bemerkte. Deprimiert lehnte sie sich an den Pfeiler des Haustores. Sie mußte daran denken, daß ihr Söhnchen hier den ganzen Nachmittag auf sie gewartet hatte. Angespannt verfolgte sie jedes Geräusch, das aus der Wohnung drang.

Die Nachbarin, die mit dem vollen Kanister eilig vorbeilief, entdeckte Eunsu zum Glück nicht. Mit jeder Stunde wurde es immer ruhiger in dem Gäßchen. Bald wird es totenstill sein, fuhr es ihr durch den Kopf. Plötzlich empfand Eunsu die nächtliche Kälte, die sie umgab.

Ihr Körper überzog sich mit Gänsehaut. Sie begann zu zittern. War es nicht seltsam, daß die tiefe Verzweiflung sie frieren ließ?

Im Haus war es inzwischen recht still geworden. Mit letzter Kraft drückte Eunsu zweimal kurz auf den Klingelknopf. Es schien eine Ewigkeit zu vergehen, bis das Fenster geöffnet wurde. Sejung starrte sie sekundenlang an. Dann klappte die Tür. Ihr Mann stand im Hof. Eunsu atmete tief, aber ihr Hals war wie zugeschnürt.

Bist du immer noch da? Geh mir aus den Augen. Was zu besprechen ist, hat bis morgen Zeit. Sei froh, daß es dunkel ist. Wenn ich dir ins Gesicht sehen müßte, würde ich dich umbringen. Sejung schien sich kaum beherrschen zu können. In seiner Stimme war die Wut nicht zu überhören. Hast du noch etwas zu sagen? Also geh, ehe die Nachbarn die Sache mitbekommen. Seungil schläft und meine Mutter habe ich schon angerufen. Sie wird sich ab morgen um ihr Enkelkind kümmern.

In Eunsu brach eine Welt zusammen. Aber ihre Verzweiflung konnte sich keinen Weg bahnen. Starr stand sie noch in der Nacht, als ihr Mann die Tür schon längst zugeschlagen hatte.

3

Wie jeden Morgen tastete ich nach der Zeitung, die neben dem Kopfkissen liegen mußte und verlangte schlaftrunken nach einem Glas Wasser.

In dem Moment fiel mir schlagartig das Geschehen des vorigen Tages wieder ein. Nicht meine Frau lag neben mir, sondern mein Sohn. Ich deckte den Jungen zu und holte mir schließlich selbst das Wasser aus der Küche. Noch immer schwirrten die Gedanken in meinem Kopf herum. Hatte ich vielleicht alles nur geträumt? Ein Blick ins Wohnzimmer brachte mich in die Realität zurück. Auf dem Tisch türmten sich benutzes Geschirr und Essensreste. In der Diele lagen Weinflaschen herum, und der Aschenbecher war voll bis zum Rand. Langsam setzte die Erinnerung ein. In der letzten Nacht hatte ich bis zur Bewußtlosigkeit getrunken, während meine Frau wie eine streunende Katze vor dem Tor umhergestrichen war.

Ich zog die Vorhänge auf und ließ die Helligkeit ins Zimmer. Es begann zu tagen. Seungil weinte leise im Halbschlaf. Dann rief er nach seiner Mutter. Er wollte wie gewohnt aufs Töpfchen gesetzt werden. Während er sein Geschäft erledigte, umarmte er mich mit verschlafenen traurigen Augen. Sein Gesicht verzog sich noch mehr, als er merkte, daß seine Mutter nicht im Zimmer war. Macht Mami das Frühstück? fragte er dann. In seinen Worten klang eine zaghafte Hoffnung mit. Deine Mutti ist nicht da. Ich merkte sofort, daß ich zu hart reagiert hatte. Deine Oma wird aber gleich kommen. Da freust du dich doch? setzte ich deshalb versöhnlich hinzu.

Meine Mutter sollte gegen neun Uhr hier sein. So hatte ich es mit ihr tags zuvor am Telefon besprochen, ohne jedoch die Gründe für mein Anliegen zu nennen.

Die Wanduhr schlug halb sieben. Ich öffnete geräuschvoll die Tür zum Hof, um die Zeitung zu holen, die wie gewöhnlich am Eingangstor steckte.

Eine Zeitlang stand ich unbeweglich. Dann schloß ich ruhig das Tor auf. Draußen gingen nur die ersten Schulkinder vorüber. Meine Frau war nicht da. Seltsamerweise nahm ich das trotz aller Vorfälle wie einen Treuebruch auf. Meine Wut hatte sich gelegt. Warum erwartete ich aber, daß Eunsu reumütig weinend vor dem Haus die ganze Nacht ausgeharrt haben sollte?Ich war doch fest entschlossen, diesmal die Konsequenzen zu ziehen.

Wahrscheinlich suchte ich in einer Ecke meines Herzens noch immer nach einem Strohhalm. Konnte es nicht sein, daß sie diesmal nicht weggelaufen war, sondern sich einfach nur verspätet hatte? Ich schüttelte gedankenverloren den Kopf. Natürlich hätte ich sie dann nicht geohrfeigt oder gar meinen Ärger an der Hauseinrichtung abreagiert. Doch eine Versöhnung war diesmal ausgeschlossen. Wie zur Bekräftigung griff ich nach dem Besen und fegte wie wild jeden Zentimeter vor dem Haus, als wollte ich jede Spur meiner Frau tilgen. Das Maß war voll.

Im Büro konnte ich mich den ganzen Vormittag über nicht auf die Arbeit konzentrieren. Ich war sogar eine Stunde später zum Dienst gegangen, um die Ankunft meiner Mutter abwarten zu können. Ich hatte geglaubt, auf diesen Entscheidungstag innerlich gut vorbereitet zu sein. Doch ich schreckte dennoch hoch, wenn das Telefon klingelte oder mich jemand ansprach.

Abwesend trug ich die Zahlen und Stempel in die Sparbücher der Kunden ein. Es fiel auf, daß ich oft zur Toilette ging. Sogar die Putzfrau machte eine Bemerkung, als sie den Aschenbecher leerte. Der Kollegin am Nachbarschalter entging nicht, daß ich in der letzten Nacht getrunken haben mußte. Mechanisch trank ich ein Glas Wasser nach dem anderen. Hatten die anderen, die so anständig in Anzug und Krawatte im Büro saßen, denn keine Probleme? Ich verspürte eine unbändige Lust, sie zu fragen. Was würden die lieben Kollegen denn an meiner Stelle tun? Mir zu Edelmut raten, weil kein anderer Mann im Spiel ist und das Kind schließlich eine Mutter braucht? Oder würden sie mir eher eine baldige Scheidung vorschlagen, weil ich sie weder mit Gewalt noch guten Worten von ihrem Lebenswandel abbringen kann?

Wo war meine Frau überhaupt? Hatte sie bei ihrer Mutter Unterschlupf gesucht oder irrte sie verloren auf den dichtbevölkerten Straßen der Stadt umher? Vielleicht saß sie längst zu Hause. Die Ungewißheit ließ mich die Hand zum Telefon ausstrecken. Aber in letzter Minute griff ich doch lieber zum Trinkglas oder zündete mir eine Zigarette an.

Meine Mutter hatte heute morgen wenig gefragt. Als sie das Durcheinander in der Küche sah und den Enkel bemerkte, der traurig im Schlafanzug in einer Ecke des Diele hockte, erübrigten sich alle Worte. Sie krempelte gleich die Ärmel hoch und versorgte das hungrige Enkelkind.

Ich hatte es immer vermieden, meiner Mutter von den seltsamen Anwandlungen meiner Frau zu erzählen. Doch ich war sicher, daß sie durch meine Schwester bestens informiert war.

Noch immer plagten mich Gewissensbisse, weil ich meine weinende Frau in der letzten Nacht nicht ins Haus gelassen hatte. Aber es gab kein Zurück. Ich mußte klare Fronten schaffen, wenn es mir auch schwerfiel.

Meine Frau meldete sich nicht. Stattdessen tauchte meine Schwiegermutter unerwartet in der Bank auf. Meine Hände zitterten, als sie durch die Tür trat und im Wartebereich Platz nahm. Ich tat alles, um sie nicht wahrnehmen zu müssen. Ich sprach demonstrativ mit dem Kollegen nebenan und rauchte dazu eine Zigarette. Schließlich kam sie auf mich zu. Ich heuchelte Überraschung. Zum Glück wimmelte es kurz vor Ende der Öffnungszeit in der Filiale von Kunden. So hatte ich eine gute Ausrede. Statt sie in das Café im Gebäude einzuladen, nahm ich nur flüchtig neben ihr im Servicebereich Platz. Ich spürte einen bitteren Geschmack im Mund, der vom vielen Rauchen kommen mußte. Trotzdem zündete ich mir eine Zigarette an. Wie ich sehe, bist du sehr beschäftigt, fing sie verlegen an zu sprechen. Dabei nestelte sie am Verschluß ihrer Handtasche. Meine Tochter hat wieder einen Fehler gemacht, nicht wahr?

Ich überhörte ihre Frage. Gleichgültig erkundigte ich mich stattdessen, ob Eunsu jetzt bei ihr sei. Meine Schwiegermutter schüttelte den Kopf und beteuerte, daß Eunsu bei ihren Ausbrüchen nie vor ihrer Tür gestanden habe. Sie erzählte, daß die Tochter sie gestern aber besuchen wollte. Bis spät in die Nacht habe ich mit dem Essen auf sie gewartet. Ich wußte nicht, was ich denken sollte. Ich konnte kaum schlafen und habe schlecht geträumt. Deshalb habe ich gleich am Morgen bei euch angerufen. Ich war ganz überrascht, als deine Mutter sich meldete. Sie hat mir alles erzählt. Warum hast du mir nicht Bescheid gesagt? Ich wäre doch sofort gekommen. Deine Mutter wohnt auf dem Lande. Es ist für sie umständlich, nach Seoul zu fahren. In ihrer Stimme klangen Vorwürfe und auch Schuldgefühle mit. Ach, ich weiß nicht weiter, schloß sie resigniert. Wohin ist meine von allen guten Geistern verlassene Tochter nur wieder gegangen?

Woher soll ich das wissen, entgegnete ich laut und zog damit die Blicke der wartenden Kunden noch mehr auf mich. Aber ich hatte einfach nicht länger die Kraft, meine Gefühle im Zaum zu halten. Mit gereizter Stimme erklärte ich, daß mir sechs Ehejahre genug Geduld abverlangt hätten. Ich würde also keinesfalls eine Vermißtenanzeige bei der Polizei oder in einer Zeitung aufgeben.

Meine Schwiegermutter versuchte mich zu beruhigen. Sie versprach sogar, daß sie der Tochter eindringlich ins Gewissen reden wolle. Immerhin ist sie die Mutter deines Sohnes. Sie redete leise und griff dabei nach meiner Hand. Vielleicht stieß mich ihr Benehmen deshalb ab, weil ich eine Ähnlichkeit mit meinem eigenen Verhalten in den letzten Jahren zu erkennen glaubte. Benimmt sich so eine Mutter? stieß ich hervor. Ich entzog ihr meine Hand, indem ich vortäuschte, daß ich auf die Uhr schauen müßte. Dabei spürte ich ihre rauhe Haut, die von Altersflecken überzogen war.

Ich will dich nicht länger von der Arbeit abhalten, sagte die alte Frau schließlich. Ich werde jetzt zu Seungil gehen. Dann kann deine Mutter zurückfahren und sich um ihren Laden kümmern.

Kalt schlug ich das Angebot meiner Schwiegermutter aus, obwohl ich den Schrecken in ihrem Gesicht wahrnahm. Sie wollte auf mich warten und wohl retten, was noch zu retten war. Ich entzog mich all ihren Bitten und schickte sie schließlich unter dem Vorwand, daß ich heute Spätdienst hätte, weg.

Eigentlich halte ich mich nicht für einen kaltherzigen Menschen. Aber ich war nicht bereit, mir meine Vorstellung von einem gesicherten Familienleben nehmen zu lassen. Dafür hatte ich zu viel investiert. Eine Ehe sollte Rückhalt geben und stark und fest wie eine Burg sein. In der heutigen Welt schien mir das notwendiger denn je.

Ich knüllte die leere Zigarettenschachtel zusammen und warf sie weg. Dann öffnete ich die Schublade meines Schreibtisches. Hier bewahrte ich Kugelschreiber, Visitenkarten, meine Rechenmaschine und meine Sparbücher auf. Ich hatte in den letzten fünf Jahren monatlich eine bestimmte Summe gespart. In sechs Monaten wurden fünf Millionen Won fällig. Eigentlich wollte ich im Herbst mit diesem Geld und einem Kredit meiner Bank ein neues Haus kaufen. Doch ohne finanzielle Aufwendung war wohl eine saubere Trennung von meiner Frau moralisch nicht vertretbar. Natürlich war das keine kleine Summe für mich. Aber ich sah keinen anderen Weg. Unwillkürlich mußte ich daran denken, wie sich meine Frau vor fünf Jahren über meinen Vorschlag, für ein schöneres Haus zu sparen, gefreut hatte. Wie ein Kind konnte sie schwärmen und mich mit ihren Zukunftsplänen anstecken. Es sollte ein Haus mit vielen Zimmern sein, wo jeder sich einmal zurückziehen konnte. Die modernen, unpersönlichen Appartements lehnte sie ab. Einen großen Hof hatte sie sich gewünscht, wo die Familie an einem runden Tisch zusammensein konnte. Obstbäume und Blumen wollte sie anpflanzen und ihre vielen Kinder mit der eigenen Ernte verwöhnen. Ich weiß, du hältst es für mädchenhafte Träumerei, aber ich möchte wirklich mit eigenen Händen mein Zuhause bauen und mich noch als Großmutter am lebendigen Treiben um mich her erfreuen, hatte sie damals nachdenklich zu mir gesagt. Glück erfordert die Fähigkeit zum Glücklichsein. Den Gedanken mußte sie aus einem Buch mit dem Titel „Das grüne Dach“ haben, das sie während ihrer Gymnasialzeit mit Begeisterung gelesen hatte. Wie ich mich erinnerte, handelte es von einem armen, unscheinbaren Mädchen, das in einem Bauernhaus mit grünem Dach zu einer schönen glücklichen Frau heranwächst. Deshalb hatte Eunsu wohl auch auf einem weißen Zaun und einem grünen Dach für das neue Heim bestanden.

Ich begann die Formulare zur Kündigung des Sparvertrages auszufüllen. Unabhängig von der Schuldfrage wollte ich mich bei der Scheidung voll meinen Pflichten stellen. Mit Geld konnte man heute viele Dinge regeln, die früher rein moralisch gesehen wurden.

Wieder mußte ich an meine Frau denken, die während der Schwangerschaft oft über die Zukunft nachgedacht haben mußte. Hatte sie mir nicht damals anvertraut, daß sie beim Anblick unschuldig spielender Kinder oft eine unerklärliche Traurigkeit befalle, obwohl die Kleinen doch gerade in diesen Jahren so unbeschwert leben könnten wie später nie wieder. Seltsam war auch eine andere Äußerung von Eunsu gewesen, die ich letztlich als verrückten Einfall eines Einzelkindes abgetan hatte. Denn warum sollte sich eine Mutter ihre Kinder nicht älter als fünf oder sechs vorstellen können? Aus Kindern wurden nun mal Leute, und irgendwann würde eben der Sohn groß sein und in die Sachen des Vaters passen.

Zum dritten Mal warf ich das Formular weg. Entweder war die Schrift verschmiert oder ich hatte den Namensstempel schlecht aufgedrückt. Beim nächsten Anlauf war ich endlich mit dem Resultat zufrieden. Fräulein Mun, die in der zuständigen Abteilung arbeitete, schminkte sich schon für den Heimweg. War das nicht ein Zeichen, mein Vorhaben aufzuschieben? Trotz meiner inneren Stimme legte ich schließlich meiner Kollegin das Formular auf den Tisch und bat um baldige Erledigung.

Als ich die Bank verließ, war es schon ziemlich dunkel. Hier und da gingen die Lampen an. In der Nacht wird das Lichtermeer die Stadt wärmen, dachte ich unwillkürlich. Statt in den Bus einzusteigen, der die Angestellten nach Hause brachte, lief ich in Richtung Rathaus. Mir war klar, daß meine Mutter, die mit dem fremden Haushalt und dem Enkelkind sichtlich überfordert war, erwartete, daß ich sofort nach Büroschluß nach Hause kam. Aber ich fühlte mich einfach nicht in der Lage dazu. Ich mußte mein Elend und mein Unglück ausleben. Im Zentrum drängten sich zu dieser Stunde die Menschen. Immer wieder wurde ich von der Menge hin und her gestoßen. Ziellos ließ ich mich wie auf einer Welle treiben. Endlich war ich unbeobachtet und konnte meinen Gefühlen freien Lauf lassen. Im Gedränge glaubte ich sogar meine Frau zu sehen. Aber es war nur eine Einbildung. Doch es blieb eine Tatsache, daß ich in nächster Zeit irgendwelche Konsequenzen ziehen mußte, die unsere Ehe betrafen. Wollte ich mich wirklich für immer von ihr trennen? War es überhaupt entschuldbar, wenn eine Mutter verantwortungslos ihr Kind bis in die Dunkelheit hinein vor dem Tor warten ließ?

Blindlings und teilnahmslos schob mich die Menschenmasse vorwärts.

Plötzlich mußte ich daran denken, daß meine Frau immer Angst vor dem Gewirr der Straßen und Gäßchen in Seoul gehabt hatte. Besonders in der Nacht verlor sie schnell jede Orientierung, obwohl sie schon an die zwanzig Jahre hier lebte. Vor der Hochzeit war ich oft mit ihr durch die Stadt geschlendert, um ihr die Furcht zu nehmen. Sie hatte mich bewundert, weil ich mich so sicher in diesem Labyrinth bewegen konnte.

Dabei hatte diese Fähigkeit eine ganz praktische Ursache. Als junger mittelloser Student vom Lande war ich immer auf der Suche nach einer billigen Unterkunft oder einem Job gewesen.

Deshalb konnte ich den Rat eines ehemaligen Kommilitonen aus meiner Heimat nur bestätigen. Um rechtzeitig ans Ziel zu kommen, mußte man sich geschickt durch das Dikkicht der Stadt schlagen.

Zu vorgerückter Stunde nahm das bunte Treiben noch zu. Wie auf einem gewaltigen Fließband transportierte die Stadt Menschen und Autos vorbei. Woher kamen eigentlich die vielen Leute? Irgendwie mußte ich an die Sage vom Rattenfänger denken. Waren wir nicht auch von einer unsichtbaren Kraft behext, die uns ins Ungewisse führte? Ich lief mit der Menge an den Kaufhäusern „Midopa“ und „Chungmuro“ vorbei. Ab und zu blieb ich stehen und starrte wie von einem fremden Stern in das Menschengewimmel auf den Straßen. Mein knurrender Magen holte mich in die Realität zurück. Ich hatte den ganzen Tag über fast nichts gegessen. Abgesehen davon, war acht Uhr am Abend keine Zeit, zu der ein einsamer und unglücklicher Mann meines Alters nüchtern und ziellos herumwandern sollte. Wenn er schon nicht am häuslichen Herd saß, suchte er zumindest irgendeinen Rausch, der Ablenkung versprach.

Ich bog in ein Gäßchen ab, in dem es viele verschiedene Lokale gab. Wenig später fand ich mich in einem Restaurant wieder. Es war gut besucht. Über dem Stimmengewirr lag der Geruch von gebratenem Fleisch. Trotzdem bestellte ich nur einen Liter Soju mit den üblichen kleinen Häppchen. Schon bald fühlte ich, wie mir die Sinne schwanden. Neben mir verkündete ein Mann lautstark, daß überall auf der Welt die Menschen schwach vor den Starken und stark vor den Schwachen seien. Die Worte waren eigentlich an seinen Nachbarn gerichtet, der die um sich greifende Ungerechtigkeit beklagte. Ich kann so nicht weiterleben, verkündete dieser schluchzend. Aber mehr als Trinken und den Gram hinunterschlucken, konnte der Kumpel zur Tröstung nicht empfehlen.

Ich bezahlte und verließ das Lokal. Es war gegen neun. Ich verspürte jedoch keine Lust, ein Taxi nach Hause zu nehmen. Seungil sollte schlafen, wenn ich kam. Dazu wollte ich sehen, daß meine Mutter sich um mich sorgte und das Abendessen warm hielt. Vielleicht war auch meine Frau zurückgekommen oder schlich vor dem Tor mutlos hin und her. Es gab für mich also keinen Anlaß, schleunigst den Heimweg anzutreten. Dazu fühlte ich mich leicht beschwipst in der nächtlichen Frühlingsluft sehr wohl. An einem Stand neben der Unterführung wurde Spielzeug angeboten. Ich hatte noch nie Spielzeug für meinen Sohn gekauft. Das war Sache meiner Frau. Aber jetzt griff ich nach einem Pandabär und legte noch eine kleine Kinderflöte hinzu, die ich bei dem Kind der Verkäuferin gesehen hatte. Daraufhin zeigte mir die Frau einen Panzer zum Aufziehen. Das Gefährt holperte über den Boden, überschlug sich und blieb dann stehen. Ich kaufte auch den Panzer.

Mit den notdürftig eingepackten Sachen unter dem Arm und in den Anzugtaschen steuerte ich eine kleine Bierkneipe an, die in unmittelbarer Nähe der Unterführung lag. Drinnen waren die Tische durch Sichtblenden abgeteilt. Es war eng und dunkel im Raum. In der Nähe der Kasse saßen ein paar Leute, die Liebespaare sein konnten. Ich bestellte zwei Flaschen Bier und die üblichen Snacks. Das Mädchen, das mich bediente, fragte, ob sie sich zu mir setzen dürfte. Ich nickte. Ich heiße Fräulein Chung. Warten Sie auf jemanden? wandte sie sich an mich, während sie das Bier eingoß. Ich starrte auf ihre silberlackierten Fingernägel. Sie hatte lange schmale Hände. Um das Gelenk trug sie einen doppelten Armreif, der beim Einschenken leicht klirrte. Nein, antwortete ich schließlich. Sie sehen niedergeschlagen aus. Überhaupt kommt selten ein Mann allein auf ein Bier zu uns, entgegnete sie. Ich versuchte, das Gespräch in eine unverfängliche Richtung zu lenken. Ein echter Schluckspecht braucht keine Gesellschaft, erklärte ich verschmitzt. Sie schien zu lächeln. Aber ihr stark geschminktes Gesicht hatte etwas Maskenhaftes, so daß es auch eine Täuschung sein konnte.

Ist das eine Geschenk für Ihr Kind? Die Kellnerin nahm den Pandabär vom Sessel und setzte sich neben mich.

Ich bejahte ihre Frage. Dann zeigte ich ihr die kleine Flöte und den Panzer.

Spielen Kinder heute noch mit solchen Sachen? Sie deutete auf die Flöte und konnte es nicht lassen, schnell einmal hineinzublasen.

Bestimmt wird sich mein Sohn nur über den Panzer freuen, sagte ich.

Sie sind ein netter Vater. Aber Sie scheinen eine Last mit sich herumzutragen.

Ich bestellte noch zwei Flaschen Bier, bevor ich antwortete. Einen Roman könnte ich schreiben.

Mir gefallen einsame Männer, die leiden. Nicht umsonst heißt es wohl, daß die Liebe mit solchen Männern tief und echt ist.

Verstehen Sie was von Literatur? fragte ich unvermittelt.

Wo könnte man sonst die Einsamkeit und das Unglück so gut nachlesen? Sie lachte bei ihrer Antwort laut auf.

Ich habe heute ein Haus zerstört, stieß ich hervor.

Ist das Ihr Beruf?

Jetzt war es an mir zu lächeln, während ich den Rauch in ihr überraschtes Gesicht blies.

Das Haus sah auf den ersten Blick ganz solide aus. Aber drinnen spukte es. Da habe ich es niedergerissen.

Sie schenkte mir erneut ein. Auf dem Tisch häuften sich die leeren Flaschen. Meine Rede schien sie zu verwundern.

Das ist doch kein Grund zum Trübsal blasen. Sie sind wirklich ein liebenswerter Kerl. Ein Haus kann man doch neu bauen. Jetzt trinken Sie mal richtig und morgen sieht die Welt schon wieder anders aus. Es ist doch ein beneidenswerter Vorteil der Männer, daß sie so schnell vergessen können.

Wieder lachte sie laut. Doch ihr Gesicht blieb maskenhaft starr.

Nach elf verließ ich die Kneipe. Gemeinsam mit anderen betrunkenen Männern nahm ich ein Taxi für den Heimweg. Gewohnheit hatte schon etwas für sich. Die Erinnerung an die Polizeistunde wirkte instinktiv nach. Vor zwölf wollte man zu Hause sein. Galt das nicht im übertragenen Sinne für das Leben überhaupt? Der Mensch brauchte angemessene Begrenzungen, an die er sich halten konnte.

Hatte ich nicht auch meiner Frau Grenzen gesetzt?

Ich stieg an der Straße in der Nähe meiner Wohnung aus. Ich entleerte mich an eine Hauswand und blickte zum Himmel, wo der Mond seinen Hof hat. Unser Gäßchen war menschenleer. Die Stille verstärkte in mir das Gefühl von Einsamkeit und Wehmut. Ich wankte weiter und merkte, daß mir etwas aus der Tasche glitt. Es war die Kinderflöte, die die Kellnerin mir wieder sorgfältig eingesteckt hatte.

Ich blies wie besessen in sie hinein und hielt dabei krampfhaft den Plüschbär unter meinem Arm fest. In meinem Kopf stieg ein Bild auf. Eine geistesgestörte Frau mit kurzgeschorenen Haaren spielte auf einem schneebedeckten Waldweg ohne Ende eine Melodie, die ihr ein einflußreicher Gauner suggeriert hatte. Sie saß in der Sonne und konnte von dieser Eingebung nicht mehr lassen. Am Ende war die Frau mit dieser Musik verloschen. Es mußte in einem italienischen Film gewesen sein. Ich erinnerte mich, wie an dieser Stelle die Kamera umschwenkte und ein großes starkes Weib eingeblendet hatte, das im Wind auf freiem Feld Wäsche aufhängte und dazu mit hoher klarer Stimme das Lied sang. Ob damit ein rettender Engel oder einfach feierliche Ergriffenheit gezeigt werden sollte, konnte ich nicht ergründen.

Unwillkürlich erinnerte ich mich an den Text:

Dein Haar war wie geschoren,
Deine Augen blickten verloren

vor Furcht groß in die Welt.
Ach, Gelsomina, du Engel der ewigen Traurigkeit,
ach, Gelsomina, du gingst fort unendlich weit ...

Ich pfiff das Lied vor mich hin. Ich nahm die Flöte zur Hilfe, da ich nicht gleich den richtigen Ton fand. Dilettantisch schwang sich die Melodie zu Höhen und Tiefen und zerriß schwerfällig die Stille der Nacht.

Als Kind hatte ich solche Flötentöne zum ersten Mal von einem Straßenmusikanten gehört, der mit einem Zirkus in unser Dorf gekommen war. In der Abenddämmerung wirkten die vom Wind getragenen herzzerreißenden Melodien wie Todesahnungen auf mich. Eine große Traurigkeit, in die sich Wehmut und Furcht vor einem unbestimmten Abschied mischten, hatte mich befallen.

Vor dem Tor brachte ich es nicht fertig, gleich auf die Klingel zu drücken. Ähnlich meiner Frau starrte ich wie ein Fremder in das Haus hinein. Wer war ich? Was tat ich? Es fiel mir schwer, mich zu beruhigen. Aber warum sollte nicht alles gut werden, wie die Kellnerin in der Kneipe gesagt hatte. Wenn ich morgen früh aufwache, sieht die Welt bestimmt schon wieder anders aus.

Endlich klingelte ich. Nach einer Weile öffnete meine Mutter. Sie ging langsam und gebeugt.

Du kommst spät, begrüßte sie mich.

Schläft Seungil schon? fragte ich.

Natürlich. Aber du solltest nicht so viel trinken. Wenn das so weitergeht, wirst du deine Gesundheit ruinieren.

In den Worten meiner Mutter klang ein deutlicher Vorwurf mit.

Im Zimmer blickte ich geistesabwesend auf meinen Sohn, der auf dem Bauch lag und schlief. Meine Mutter streichelte ihn und sprach absichtlich leise, um ihn nicht zu wecken.

Hat deine Frau von sich hören lassen? Das Kind tut mir von Tag zu Tag mehr leid. So ein braver Junge, der mir nur Freude macht. Aber ich glaube, er hat schon etwas von seinem Schicksal begriffen. Jedenfalls fragt er nie nach seiner Mutter.

Ich überhörte ihre forschenden Nachfragen und zog meinen Anzug und die Socken aus. War meine Frau nach außen nicht auch immer ruhig und willfährig gewesen? Doch was sie wirklich dachte, hatte ich nie ergründen können.

Meine Mutter beharrte darauf, daß ich sofort nach der Arbeit nach Hause kam. Ich konnte schließlich ihre ständige Nörgelei nicht mehr ertragen und hielt mich daran.

Natürlich war es für die alte Frau in dem fremden Haus allein mit dem Enkelkind nicht einfach. Besonders am Abend schien ihr die Decke auf den Kopf zu fallen. So gab ich nach. Doch ich gewöhnte mir an, zu vorgerückter Stunde mein Bier in einem kleinen Geschäft in der Nachbarschaft zu kaufen. Nur betäubt vom Alkohol vermochte ich noch einzuschlafen.

Das stille Kind, das sich immer mehr auf unkindliche Art in sich selbst zurückzuziehen schien, hörte den Geschichten zu, die die Großmutter aus den Kinderbüchern langsam und monoton vorlas.

Mir blieb nur mein Rausch. Aber er brachte nicht die nötige Erleichterung, die ich erhofft hatte. Wenn meine Mutter auf meine Frau zu sprechen kam, schärfte ich ihr immer wieder ein, daß sie diese Person auf keinen Fall ins Haus lassen sollte. Für alle Fälle sei ich in der Bank erreichbar.

So verschwanden auch nach und nach unauffällig die Dinge, die an die Existenz meiner Frau erinnerten. Nur auf dem Toilettentischchen, das ihr gehört hatte, sammelte sich der Staub, da meine Mutter das nicht mehr wahrnahm. Der Haushalt überforderte sie sichtlich. Zwar bügelte sie mir die Oberhemden, aber auf das gewohnte frische Handtuch am Morgen und andere Dinge mußte ich verzichten. Regelmäßig jammerte sie über die Preise, während sie dem Enkelkind das Essen mundgerecht zubereitete. Zwei bis drei Mal pro Woche rief sie meinen Bruder an und erzählte ausgiebig von ihren Pflichten, die sie in Seoul hielten, obwohl sie gern nach Hause kommen würde. Dabei versäumte meine Mutter nichts. Ihr Laden war schon vor einiger Zeit in die Hände meines Bruders und der Schwägerin übergegangen.

Der späte Frühling brachte sommerliche Temperaturen. Am Nachmittag stieg das Thermometer bis auf 27,8 Grad. Viele Leute wurden durch den plötzlichen Hitzeeinbruch krank.

An so einem Tag traf ich mich in der Mittagsstunde mit Herrn Kim. Er war Abteilungsleiter einer Firma. Meine Bank unterhielt gute Geschäftsverbindungen zu seinem Unternehmen, und so gab es bei diesem Essen viel zu besprechen. Als ich zufrieden mit dem Zahnstocher im Mund die Gaststätte verließ, sah ich eine Frau. Sie saß auf dem Rand des Springbrunnens, der den großen Platz beherrschte. Es gab keinen Zweifel. Zwischen den Wasserfontänen und Stiefmütterchenrabatten erkannte ich meine Frau. Ich konnte meine Verlegenheit kaum verbergen und schaute demonstrativ in die entgegengesetzte Richtung. In ihrem knallroten Kostüm und in der hockenden Haltung wirkte sie im gleißenden Sonnenlicht unbeholfen und lächerlich auf mich.

Herr Kim fragte mich, ob ich etwas in der Gaststätte vergessen hätte. Erst jetzt fiel mir auf, daß ich wie angewurzelt stehengeblieben war. Ich verneinte hastig und lief wie getrieben zum Büro zurück.

Während des Dienstes fand ich keine Ruhe mehr. Die am Springbrunnen sitzende Frau ging mir nicht aus dem Sinn. Ich war inzwischen überzeugt, daß Eunsu uns auflauerte. Hatte meine Mutter mir nicht gestern aufgeregt erzählt, daß meine Frau in der Nähe des Hauses von einer Nachbarin gesehen worden war. Wie ich meine Mutter kannte, war sie unter einem Vorwand zur Nachbarin gegangen, um sich die Sache genau berichten zu lassen. Unsere Familienprobleme schienen also im Viertel die Runde zu machen.

Seungil durfte nicht mehr draußen spielen. Nach Ansicht meiner Mutter war Eunsu sogar vor dem Tor herumgeschlichen. Jedenfalls sollte in der Dämmerung beim Öffnen der Hoftür eine Frauengestalt wie ertappt weggelaufen sein.

Meine Mutter schien ihren Zorn auf die Schwiegertochter nicht länger verbergen zu können.

Ich nahm das Sparbuch in die Hand. Seit Wochen lagen über drei Millionen Won bereit, die ich meiner Frau auszahlen wollte. Doch bisher hatte sie nichts von sich hören lassen.

Kurz vor drei Uhr klingelte das Telefon.

Ich war nicht überrascht, als sich Eunsu meldete. Ihre Stimme klang heiser. Sie fragte, ob ich kurz in das Café im Kellergeschoß der Bank kommen könnte. Obwohl ich auf den Anruf vorbereitet war, brauchte ich eine Weile, um meine Fassung wiederzufinden. Ich bin zur Zeit sehr beschäftigt, hörte ich mich sagen. Ich werde in einer halben Stunde kommen.

Um mich zu fangen, zündete ich mir erst einmal eine Zigarette an und räumte auf meinem Schreibtisch herum, obwohl alles ordentlich an seinem Platz lag. Dann ging ich zur Toilette und wusch mir ausgiebig die Hände. Endlich steckte ich einen Teil des Geldes in einen weißen Umschlag und verließ die Bank. Im Spiegel sah ich mein fahles Gesicht, das die durchzechten Nächte verriet. Aber an meinem Anzug war nichts zu tadeln. Ich trug ein frischgewaschenes Oberhemd wie andere Männer auch.

Das Café wirkte durch die schummrige Beleuchtung und die laute Musik belebter, als es in Wirklichkeit war. Meine Frau saß an einem Tisch gleich neben dem Eingang. Ich erkannte sie sofort an ihrem knallroten Kostüm. Die spärliche Beleuchtung ließ die Farbe jedoch nicht so grell erscheinen. Nach kurzem Zögern nahm ich ihr gegenüber Platz. Sie hatte sich merklich verändert. Auf den ersten Blick kam sie mir sogar jünger vor. Ihr Haar war sehr kurz geschnitten. Dadurch traten die Ohren noch stärker hervor. Doch aus der Nähe sah ihr Gesicht eingefallen und ungepflegt aus. Die dicke Puderschicht konnte das nur oberflächlich verdecken.

Wir haben uns lange nicht gesehen, sagte ich zu ihr und legte die Zigarettenschachtel auf den Tisch.

Wollen wir nicht das Café wechseln? Hier ist es sehr laut, antwortete meine Frau.

Ich muß gleich wieder ins Büro, wich ich aus. Dann bat ich die Bedienung, die Musik leiser zu stellen.

Ich redete und redete, weil ich die gespannte Atmosphäre nicht ertragen konnte. Meine Frau starrte ohne einmal aufzublicken auf die Tischkante.

Doch plötzlich hob sie den Kopf und sagte: Ich war heute vor unserem Haus. Deine Mutter war da. Sie hat mich nicht hereingelassen. Ich müßte erst mit dir sprechen ...

Das stimmt.

Ich merkte, wie meine Antwort sie erregte.

Deine Mutter führt dir also den Haushalt. Die Feststellung schien sie Beherrschung zu kosten.

Ich nickte. Wieder schwiegen wir uns an. Ich sah, daß meine Frau nicht einmal den Tee angerührt hatte. Sie schien in Gedanken versunken zu sein. Nach einer Weile fragte sie mit zögernder Stimme nach Seungil. Ich erzählte, daß er gesund sei und inzwischen gern in den Kindergarten gehe.

Eunsu schwitzte sichtlich. Es konnte nicht nur an der für das warme Wetter ungeeigneten Kleidung liegen, daß sie sich immer wieder mit dem Taschentuch den Schweiß abtupfen mußte. In ihrer Hektik stieß sie schließlich ein Wasserglas vom Tisch. Verlegen sah sie mich an. Als ich mich bückte, fiel mein Blick auf ihre verstaubten Schuhe. Die Absätze waren völlig schief abgelaufen, als hätte die Besitzerin eine langen, beschwerlichen Weg zurückgelegt.

Für einen Moment tat sie mir leid.

Ich schob die Zigarettenschachtel zu ihr hinüber, um in einem passenden Moment meinen Umschlag mit dem Geld nachfolgen zu lassen. Doch sie wollte nicht rauchen.

Wir sollten mit der Quälerei Schluß machen. Es hat keinen Sinn mehr, sagte ich nach einer Pause. Ehe sie etwas entgegnen konnte, zog ich das Geld aus der Tasche.

Es schien wie eine Keule auf sie zu wirken. Nervös und irritiert fuhr sie sich mit dem Taschentuch über das blasse, schweißige Gesicht.

Was hast du vor? stieß sie schließlich heraus.

Wir brauchen ja den Sparvertrag nicht mehr. Sei also vernünftig und mache die Lage nicht noch schlimmer, als sie schon ist. Um Seungil kümmert sich meine Mutter. Aber du brauchst Geld zum Leben.

Ich spürte ihren ungläubig starren Blick und redete weiter.

Es war, als wenn ich eine Entschuldigung finden wollte.

Denkst du, mir geht es gut? Ich frage mich, was dich treibt. Du bist doch klug genug, die Konsequenzen deines Verhaltens zu überblicken. Ich halte das nicht mehr aus. So können wir nicht weiterleben.

Du willst mich also mit dem Geld abfinden. Die Feststellung kam mühsam aus ihrem Mund. Sie sprach aus, was ich mir selbst nicht eingestehen wollte.

Ich wollte nicht zugeben, welche Wirkung ihre Worte auf mich hatten. Ehrlich gesagt brachte ich es bisher nicht fertig, die letzten Brücken zwischen uns abzubrechen. Ein dünnes Band hielt mich noch zurück.

Ihre Reaktion verblüffte mich. Sie warf mir vor, die Gunst der Stunde zu nutzen und sie wie ein Dienstmädchen wegzuschicken.

Ich fühlte mich ungerecht behandelt. Hatte ich ihr nicht so viele Male verziehen und die Gründe bei mir gesucht? Nein, es gab eine Grenze der Geduld. Ich bin kein Samariter. Mehr konnte ich einfach nicht verkraften.

Mit einem leichten Lächeln steckte meine Frau den Umschlag in die Tasche und schlug mir vor, wieder an die Arbeit zu gehen.

Das Gespräch war beendet.

Ich fragte sie noch, ob sie bei ihrer Mutter bleiben werde. Sie schüttelte wie im Fieber unbestimmt den Kopf. Ich stand auf und zahlte. An der Tür drehte ich mich noch einmal um. Meine Frau saß unbeweglich am Tisch und zeigte mir den Rücken.

Im Büro hielt es mich nicht auf dem Stuhl. Zerfahren starrte ich aus dem Fenster. Nach etwa fünf Minuten überquerte meine Frau die Kreuzung, die man von der Bank aus gut einsehen konnte. Da die Ampel auf Rot stand, dauerte es eine Weile, bis ihre Gestalt in der Menge unterging. Wurde der Einzelne nicht wie ein Wassertropfen vom Meer aufgesogen? Verfloß das Leben nicht überhaupt auf diese Weise in Höhen und Tiefen?

Allmählich löste sich meine Verkrampfung, und ich spürte Erleichterung wie nach einer geschlagenen Schlacht. Doch das Hochgefühl wich schnell. Schon wenig später befielen mich Selbstzweifel, weil ich Eunsu die kalte Schulter gezeigt hatte. Mein Hals schien plötzlich wie zugeschnürt, und es war, als würde mein Körper unter Schmerzen einen Teil seiner selbst abstoßen. Von Glück im Unglück konnte keine Rede mehr sein.

Gab es überhaupt noch eine Chance für mich und meine Frau? Würde ich eines Tages wieder ihren Leib, der sich so arglos hingeben konnte, berühren?

Jeder Zentimeter ihres Körpers war mir vertraut. Ich mußte unwillkürlich an eine Nacht denken, in der meine Frau diese seltsam traurigen Dinge zu mir gesagt hatte.

Früher war mir das Körperliche eine Last. Aber es wird immer mehr ein Trost für mich. Unsere Berührungen sind ein realer Halt, der bleibt. Mit geschlossenen Augen kann ich diese Erinnerung zurückholen. Bei diesen Worten hatte sie ihren Kopf auf meinen Arm gelegt und laut aufgelacht. Wahrscheinlich schien sie sich für ihre kindliche Phantasie ein bißchen zu schämen, die auf naive Weise die Vergänglichkeit unserer Existenz ansprach.

Ich sah Eunsu wieder als junge Ehefrau und Mutter vor mir. Es waren alltägliche Erinnerungen an unser gemeinsames Leben, die meinen Schmerz verstärkten und mich zum Handeln anstachelten. Mußte ich sie nicht suchen und ihr einen Halt geben?

Sollte ich ihr nicht Mut machen, damit sie alle Schranken niederreißen konnte? Sie gehörte doch in mein Haus und zu meinem Kind und war keine Bettlerin, die vor dem Tor herumschleichen mußte.

Doch ich blieb wie angewurzelt stehen und ballte nur die Fäuste. Mit weit geöffneten Augen sah ich in die Ferne, obwohl Eunsu schon längst verschwunden war.

4

Eunsu erwachte aus einem wirren Traum. Ein dumpfer Ton hatte sie aufgeschreckt. Es mußten die Kirchenglocken sein, die zur Morgenandacht riefen. In der letzten Zeit war sie oft durch das Läuten geweckt worden. Benommen schaute sie durch das Fenster in die Morgendämmerung. Unwillkürlich sah sie ihren Mann und ihren Sohn vor sich, die bestimmt noch ruhig schliefen. Schlagartig wurde Eunsu ihr Ausgestoßensein bewußt, und ein Schmerz, wie nach einer Amputation, durchzog ihren Körper.

Inzwischen schwoll das Geläute zu einem Chor an. Es gab viele Kirchen in der Gegend, die lautstark zur Sühne zu rufen schienen. Vielleicht wohnten wirklich viele Übeltäter in dem Viertel, wie die Mutter scherzhaft behauptete. Gestern hatte Eunsu bis spät in die Nacht die Gläubigen beten gehört. Die Seufzer und Gebete waren immer wieder aus dem Gotteshaus über den Hügel in die Dunkelheit zu ihr getragen worden. Manchmal schien es nur ein inständiges Murmeln oder eine Meditation zu sein. Dann wieder waren lautstarkes Klagen und Gezeter zu hören gewesen.

Sagte man nicht, daß der Mensch ein Wolf ist und deshalb seine Seele ab und an der Reinigung bedarf?

Eunsu öffnete das Fenster. Die Helligkeit der ersten Sonnenstrahlen drang in das Zimmer.

Sie packte das Bettzeug zusammen und zog sich an. Die Mutter schien schon auf sie gewartet zu haben. Wie jeden Morgen fragte sie die Tochter nach ihren Plänen. Wie immer antwortete Eunsu, daß sie ihren Morgenspaziergang machen werde. Einen anderen Tagesinhalt hatte sie nicht. Seit sie vor vier Wochen in das Elternhaus zurückgekehrt war, schien jedes zielgerichtete Handeln von ihr abgefallen zu sein. Sie dämmerte nur so dahin.

Langsam ging Eunsu durch das morgendlich ruhige Gäßchen. Warum kam ihr alles nur so unendlich lang vor? Sie blickte prüfend zurück, ob sich ihre Fußspuren auf dem Weg, der sich den Berg hochschlängelte, eingedrückt hatten. Dort wo die Gasse in den steilen Pfad einmündete, sah sie eine Gruppe Leute. An dem klopfenden Geräusch erkannte sie, daß es sich um Blinde handeln mußte. Mit schlafwandlerischer Sicherheit bewegten sie sich vorwärts, ohne einmal vom Weg abzukommen. Sie schienen ihr Ziel zu kennen. Eunsu machte ihnen Platz. Dabei sah sie den Blinden flüchtig ins Gesicht. Es verwirrte sie, daß sich hinter den Sonnenbrillen weitgeöffnete Augen verbargen. Erschrocken ging sie schnell weiter, bis das Klopfen der Blindenstöcke nicht mehr zu hören war.

Von der Mutter wußte sie, daß der Kirche in der Nähe des Berges ein Heim für Blinde angeschlossen war. Die Leute, die von der Morgenandacht kamen, mußten daher öfter Eunsu bei ihren Spaziergängen begegnen.

Doch die toten Augen konnte sie einfach nicht mehr abschütteln. Wie eine böse Vorahnung saß das Bild in ihrem Kopf fest und weckte unangenehme Erinnerungen. Eunsu sah plötzlich den Schulpfarrer vor sich. Seine fanatischen Augen und Gebärden waren ihr während der Gymnasialzeit zuwider gewesen. Hatte er ihnen nicht eingehämmert, daß viel wichtiger als das Sehen das Wahrnehmen des Unsichtbaren sei? War es wirklich so, daß man von den Qualen des irdischen Lebens geschlagen sein mußte, um im Paradies das ewige Leben zu erlangen?

Jedesmal, wenn sie den Blinden mit ihren Gesangbüchern und Bibeln begegnete, mußte sie daran denken, wobei sie eine gewisse ketzerische Vorstellung nicht verleugnen konnte. Denn war es nicht absurd, daß die Blinden sich bemühten, das zu sehen, was sie nicht sehen konnten? Dabei soll dieses Sichtbare doch gerade ein Trugbild sein. Oder wie ist es mit den Dingen und deren Existenz wirklich?

Da war zum Beispiel das Karottenfeld, an dem Eunsu oft vorbeikam. Es wurde um diese Jahreszeit nicht bestellt. An der Einzäunung rankten sich Pflanzen empor und verdeckten von Tag zu Tag mehr die Sicht. Auch das Innenleben der Tennishalle in der Nähe des kleinen Baches konnte Eunsu nur erahnen. Nur der Aufprall der Bälle drang an ihr Ohr oder das vergnügte Pfeifen duschender junger Männer, deren Köpfe schemenhaft in den Fenstern der Duschkabinen auftauchten.

Jenseits des kleinen Baches schien eine andere Welt zu beginnen, die sich dem Gewohnten entzog. Hier wohnten die Armen der Stadt. Zwischen den Bretterhütten ließen Frauen ungeniert Wasser. Mit schläfrigen Augen blickten sie in den beginnenden Tag. Früher hatte Eunsu dieses Viertel gemieden, in dem die Armut regierte. Hier griff keine Philosophie. Hier gab es nur Realitäten. Da war die alte schmutzstarrende Frau, die ein kleines Kind auf den Rücken trug, das vor Müdigkeit schrie. Unmittelbar auf dem Gehsteig wurden Reis und Suppe gekocht. Nichts blieb verborgen.

Allmählich kämpfte sich die Sonne durch den Nebel. Das Viertel erwachte, während Eunsu in Gedanken die armseligen Gassen durchstreifte. Hatte sie wirklich jemals ihre Familie verlassen wollen, wie ihr Mann behauptete? Sie sah die Orte vor sich, an denen sie verzweifelt gestrandet war. Doch von Tag zu Tag wuchs mit der Entfernung in ihr eine Mauer, die eine Rückkehr verhinderte. Ziellos wie im Märchen war sie einem unsichtbaren Faden gefolgt, der sie wie ein Lot ins Bodenlose zog, in der Hoffnung, dem Verlorenen zu begegnen. Alles hatte immer mit dem Wind begonnen, der an ihrem Fenster gerüttelt hatte.

Eigentlich wollte sie nur ein paar Stunden dieser Eingebung folgen und am Abend wieder zu Hause sein. Wenn sie dann in einem unsauberen Zimmer in irgendeinem Gasthaus erwacht war, hatten Angst und Scham in ihr miteinander gerungen.

Träumte sie von einem anderen Leben an einem fremden Ort?

Vierunddreißig Jahre war sie jetzt alt. Aber konnte man das Leben so einfach auswechseln?

Weshalb konnte sie eigentlich der Verführung des Windes nicht widerstehen?

Jede Antwort mußte unbefriedigend bleiben, weil die Realität dafür nicht auszureichen schien.

Seit Eunsu in das Elternhaus zurückgekehrt war, fragte die Mutter nach ihren Zukunftsplänen. Wahrscheinlich wollte sie zwischen Tochter und Schwiegersohn vermitteln. Jedenfalls schien sie Sejung zu diesem Zweck ein paar Mal aufgesucht zu haben.

Dennoch meldete sich ihr Mann nicht.

Die Mutter konnte ihren Unmut kaum verbergen. Immer wieder erklärte sie Eunsu, daß eine Scheidung gut überlegt werden sollte, zumal ein Kind da wäre. Du solltest Sejung Zeit geben. Er ist kein nachtragender und hochfahrender Mensch, der dich quälen wird. Aber kein Mann auf dieser Welt erträgt eine Frau, die ständig die Familie im Stich läßt. Versetz dich mal in seine Lage, hatte sie der Tochter geraten.

Auch Eunsu wußte, daß der jetzige Zustand der vorläufigen Trennung, wie ihr Mann es nannte, keine Lösung sein konnte. Die Zeit heilt nicht alle Wunden. Sie erleichtert nur das Vergessen und den Verzicht. Weshalb hätte Sejung ihr sonst den Umschlag mit dem Geld gegeben?

Bisher lag das Geld noch unberührt in ihrer Handtasche, obwohl sie mit dem Gedanken spielte, davon ein Zimmer zu mieten. Wie bisher konnte es jedenfalls nicht weitergehen. In der Nacht fand sie oft keine Ruhe, wenn sie an ihren Sohn dachte. Sie glaubte sein leises Weinen zu hören und sah sein Gesicht in der Dunkelheit vor sich. Bestimmt wartete er jeden Abend auf ihr Kommen und schlief schließlich ermattet und enttäuscht ein. Hatte sie nicht selbst als Kind vor Verzweiflung geweint, weil ihre leiblichen Eltern sie einfach vergessen zu haben schienen? Ihr Sohn mußte die Situation ähnlich empfinden. War es deshalb nicht an der Zeit, sich von diesem Karma zu befreien? Eigentlich konnte das gar nicht so schwer sein. Sie würde einfach furchtlos und bestimmt das Haus betreten und ihr Recht fordern. Sollte sich ihr jemand in den Weg stellen, würde sie ihren Sohn auf den Rücken nehmen und gehen. Oder sie müßte einfach zur Bank fahren und Sejung zur Rede stellen. Sie würde ihm den Umschlag mit dem Geld zurückgeben und eine Aussprache verlangen zu all den Fragen, die bisher unter den Tisch gekehrt worden waren.

Nur Offenheit würde sie wieder näher zueinander bringen. Zu stark war ihre Ehe von Schein und Stillstand geprägt gewesen, nur um eine angebliche Harmonie zu erhalten. Über Veränderungen oder ihre Ängste und Sehnsüchte hatten sie nie miteinander gesprochen. Dabei würde sie doch gern ihre Schuld eingestehen, fände sie bei ihm ein offenes Ohr.

Eunsu biß sich bei diesen Gedanken auf die trockenen, rissigen Lippen. Das Frühstück ließ sie fast unberührt. Vielmehr begann sie, sich eilig zum Ausgehen fertig zu machen. Während des Schminkens fragte die Mutter besorgt nach ihrem Vorhaben. Ich fahre zur Bank, um Sejung zu sprechen, entgegnete die Tochter.

Am Rathaus stieg Eunsu aus dem Bus. Sie stellte ihre Uhr nach der Rathausuhr und ging durch die Unterführung langsam in Richtung des Südtores. Dabei überlegte sie, was sie ihrem Mann unbedingt sagen wollte. Sie hatte sich mit Absicht nicht telefonisch angemeldet, da sie nicht sicher war, wie er reagieren würde. In der Nähe der Bank schwand Eunsus Sicherheit. Wie sollte sie das Gespräch nur beginnen? War es nicht vielleicht doch besser, vom Café im Kellergeschoß der Bank aus anzurufen? Aber sie verwarf den Gedanken schnell wieder. Schon ein paar Mal hatte ihr der Mut gefehlt, am Telefon zu sprechen, wenn Sejung abnahm. Vor Angst und Aufregung hatte sie den Hörer aufgelegt, als wenn sie einem ungetreuen Geliebten nachstellen würde.

Schließlich betrat Eunsu die Filiale.

Am Vormittag gab es relativ wenig Kundschaft in der Bank. Eunsu nahm im Servicebereich Platz. Hinter einer Illustrierten versteckt suchte sie ihren Mann. Es tat ihr weh, als sie ihn akkurat gekleidet zwischen den anderen Angestellten wahrnahm. In seiner freundlichen Geschäftigkeit kam er ihr fremd vor. Er hob nicht einmal den Kopf, als eine Kollegin ihm den Kaffee servierte. Nur ein flüchtiges Danke kam über seine Lippen. Sein Gesicht war blaß. Aber das war offensichtlich auf die Tätigkeit in geschlossenen Räumen zurückzuführen. Unter seelischen Qualen schien der stellvertretende Filialleiter nicht zu leiden. Überhaupt erinnerte in seinem glatten Gesicht nichts an die Tatsache, daß er seine Frau aus dem Haus geworfen hatte.

Vielmehr lag die Vermutung nahe, daß er ein Ehemann und Familienvater wie viele war, der von seiner Frau umsorgt und den Kindern winkend tagtäglich aus dem Haus ging.

Über eine Stunde beobachtete Eunsu ihren Mann. Er telefonierte, lachte ausgelassen und arbeitete dann konzentriert weiter. Hier saß offensichtlich ein zufriedener Mann, der die Blicke der wartenden Frau nicht einmal bemerkte. Eunsu spürte Tränen der Ohnmacht in sich aufsteigen. Still verließ sie das Bankgebäude.

Vor der Bank hielt sie ein Taxi an, obwohl sie nicht wußte, wohin sie fahren wollte. Sie kauerte sich tief in die Poster. Immer mehr wurde ihr bewußt, daß sie in diesem Spiel auf die falschen Karten gesetzt hatte. Es muß etwas geschehen, murmelte Eunsu vor sich hin, während der Wind durch das geöffnete Fenster mit ihrem Haar spielte.

Als das Taxi das Stadtzentrum verließ, mußte sie plötzlich an ihren Sohn denken, der jetzt wohl im Kindergarten war. Kurzentschlossen ließ sie sich dorthin fahren.

Als Eunsu durch das Kirchentor trat, hörte sie eine Glocke, die wahrscheinlich das Ende der Spielstunde ankündigte. Der Hof, der durch die gelbgekleideten Kinder wie ein großes Blumenbeet gewirkt hatte, leerte sich zusehends. Nur im Sandkasten und auf der Rutsche schienen zwei der Kleinen so vertieft in ihr Spiel, daß eine Kindergärtnerin sie holen mußte. Sorgfältig klopfte die Frau den Sand von der Kleidung des Jungen. Eunsu wurde es schwarz vor den Augen, als sie ihren Sohn erkannte. Sie winkte und wollte seinen Namen rufen. Aber ihre Stimme versagte.

Seungil war inzwischen im Haus verschwunden. Drinnen sangen die Kinder. Eunsu zog es zum Fenster. Fünfzig bis sechzig Kinder liefen zu der Musik an ihre Plätze. Einige standen auch in einer Ecke und schienen zu trotzen. Doch das Gewimmel war zu groß. Sie konnte ihren Sohn nicht finden.

Als eine Frau aus dem Fenster schaute und sie ansprach, setzte sich Eunsu verlegen auf eine Bank im Hof. Obwohl hier viele große Pappeln standen, gab es wenig Schatten. Wenn der Wind durch die Kronen fuhr, glitzerten lediglich die Blätter in der Sonne.

Unwillkürlich mußte sie an ihr letztes Gespräch mit Seungil denken. Damals hatte er sie gefragt, warum der Wind weht und weht. Eunsu traten die Tränen in die Augen, während sie zu den Wipfeln der Bäume emporschaute. Zeigte der Wind nicht neue Horizonte auf, wie sie damals dem Kind sagte.

Inzwischen hatte die Glocke zum letzten Mal geläutet. Die Kinder begannen in die Busse einzusteigen, die sie nach Hause bringen sollten. Endlich entdeckte Eunsu ihren Sohn und griff wortlos nach seiner Hand. Er schaute sie mit großen Augen an. Er schien sie nicht gleich zu erkennen, denn sein Mund verzog sich zum Weinen. Erst als die Mutter mit erstickter Stimme seinen Namen flüsterte, erkannte Seungil sie. Er klammerte sich instinktiv am Rock der Mutter fest, als wenn er nie mehr loslassen wollte. Dabei kam kein Wort über seine Lippen. Es schien, als ob er an die Existenz der Mutter noch nicht so recht glauben wollte.

Inzwischen waren die Kinder in die beiden Busse eingestiegen. Sie steckten die Köpfe aus den Fenstern, winkten und sangen. Seungil wurde unruhig. Er wußte nicht, ob er den anderen folgen sollte. Die Fahrer ließen die Motoren an und machten sich für die Abfahrt bereit. Nur die drei Kindergärtnerinnen, Seungil und seine Mutter standen noch auf der Straße. Schließlich wandte sich eine der Frauen freundlich an Eunsu. Sind Sie Seungils Mutter? Wollen Sie das Kind heute abholen?

Sie nickte. Die Busse fuhren an. Noch eine Weile waren die Abschiedsworte der Kinder zu hören, die sie den Kindergärtnerinnen zuriefen.

Eunsu nahm die Nachfrage nicht übel. Immerhin war sie nur einmal in der Elternsprechstunde gewesen. Wie sollte die Kindergärtnerin sie da kennen?

Ihr Sohn ist sehr brav, fuhr die Frau fort. Er gehört zu den Kleinsten, die keine Schwierigkeiten machen. Im vergangenen Monat war ich ja bei Ihnen zu Hause. Leider konnte ich nur mit der Oma sprechen, da Sie gerade auf dem Land waren. Bei diesen Worten strich sie Seungil über das Haar.

Eunsu blieb zur Bestätigung nur ein verlegenes Lächeln. Die Kindergärtnerin verabschiedete sich und verschwand hinter der Tür.

Noch immer hielt sich Seungil mit gesenktem Kopf an ihrem Rock fest. Darf ich dich auf den Rücken nehmen? fragte die Mutter schließlich und griff dabei nach der Hand des Sohnes, ohne ihm das Gesicht zuzuwenden. Er sollte nicht merken, daß sie weinte. Der Junge schüttelte mit Blick auf den Kindergarten nur energisch den Kopf. Erst als das Gebäude fast nicht mehr zu sehen war, ließ er sich von der Mutter wie ein Baby tragen.

Wo warst du, Mutti? fragte er endlich, während er seine Arme um sie legte und sein Gesicht an ihren Rücken drückte. Oma hat gesagt, daß du ganz weit weggegangen bist. Weiter als zum Haus der Oma in Galhyundong. Doch jetzt bist du doch richtig wieder da, oder?

Eunsu mußte sich beim Gehen immer wieder umwenden, damit das Kind sehen konnte, daß es kein Traum war. Doch die Worte des Kindes und die Wärme des kleinen Körpers nahmen ihr fast den Atem.

Hast du viel geweint, weil die Mutti nicht bei dir war? Bestimmt warst du oft erkältet?

Seungil verneinte. Die Antwort verblüffte sie fast. Denn der Junge erzählte, daß der Vater jeden Morgen mit ihm Sport trieb. Das hält gesund. Vati hat sogar für uns beide Gewichte gekauft. Natürlich ist meines viel leichter und kleiner.

Nun war der Bann gebrochen. Bald wußte sie, daß ihr Sohn einen kleinen Hund bekommen hatte, der in einer Kiste in der Diele schlief und in der Nacht noch viel jaulte. Oma mag das nicht. Sie versteht nicht, daß er zu mir kommen möchte. Wenn ich ihn heimlich unter meine Decke lasse, ist er sofort still. Er ist ja noch ein Hundebaby, stimmts?

Eunsu hörte ihrem Jungen zu, während sie ziellos auf der Straße ein Bein vor das andere setzte. Sie wußte nicht, wohin sie gehen sollte. Dabei war ihr klar, daß sie ihren Sohn eigentlich nach Hause bringen müßte. Aber wenn Eunsu an das abweisende Gesicht ihrer Schwiegermutter dachte, verlor sie jeden Mut. Die Mutter ihres Mannes hatte sie nicht nur kalt abgewiesen, als sie vor dem Tor stand. Vielmehr war von ihr ein Gefühl des Triumphes und der Überlegenheit ausgegangen, das Eunsu Angst machte.

Es war ein recht warmer Tag. Sie spürte, wie ihr der Schweiß über den Rücken lief. Seungil wollte nicht mehr getragen werden.

Mutti, wohin gehen wir denn? fragte ihr Sohn, der jetzt neben ihr lief. Es war dem Kind nicht entgangen, daß die Mutter mit ihm statt des gewohnten Weges die entgegengesetzte Richtung eingeschlagen hatte.

Bestimmt hast du Hunger. Soll ich etwas zum Essen kaufen? lenkte Eunsu ab.

Seungil schüttelte den Kopf. Ich habe im Kindergarten gegessen.

Dann können wir ja zusammen spielen, schlug die Mutter vor.

Der Kleine griff nach ihrer Hand und rückte ganz dicht heran, als ob er sich nochmals vergewissern wollte. Du gehst aber nie mehr fort, ja Mutti?

Eunsu drückte das Kind fest an sich. Ich bin doch hier, sagte sie beschwichtigend. Erst jetzt lächelte Seungil erlöst und kuschelte sein Gesicht in den Rock der Mutter.

Eunsu beschloß, ein Taxi in die Innenstadt zu nehmen. Auf jeden Fall mußte sie einen Scheck ihres Mannes einlösen und überlegen, wie es weitergehen sollte. Um Zeit zu gewinnen, lud sie ihren Sohn in ein chinesisches Restaurant ein. Sie war so von dem Wunsch beseelt, ihrem Jungen etwas Gutes zu tun, daß sie ihn regelrecht zum Essen drängte. Schließlich wünschte sich Seungil chinesische Nudeln. Mehr wollte er nicht. Auf die Nachfragen der Mutter antwortete er nur mit verdrießlichem Kopfschütteln. Sie sah ihn nur an und wischte gelegentlich seinen Mund ab.

Hast du Oma angerufen? Sie wartet nämlich jeden Tag an der Bushaltestelle auf mich, fragte Seungil plötzlich.

Mach dir keine Sorgen um Oma. Sie braucht sich nicht um dich zu kümmern, weil du bei mir bist, beruhigte Eunsu ihr Kind.

Sie beobachtete, wie die Sonnenstrahlen durch das Fenster auf Seungils Gesicht fielen und ihm einen rosigen Schimmer gaben. Geblendet vom Licht begann er bald zu blinzeln, und Eunsu zog fürsorglich die Vorhänge zu. Da saß ihr Junge. Das ungewaschene Haar fiel ihm in die Stirn und bedeckte auch die Ohren. Die weitgeöffneten Augen blickten matt und und die halblange Hose ließ die kleinen Beine voller Schrammen frei. Eine warme Welle durchflutete ihr Herz. Die Sehnsucht nach ihrem Kind wurde ihr voll bewußt. Wie hatte sie sich gewünscht, daß Seungil in ihren Armen einschlief. Ich werde mein Kind nie mehr loslassen. Ich muß es vor allen Leuten schützen, schoß es Eunsu durch den Kopf. Hatte sie nicht von seiner Geburt an gehofft, daß er ein fester Anker in ihrem Leben sein sollte? Das konnte man ihn nicht so einfach wegnehmen. Die Verzweiflung war ihr anzusehen. Nur mit Mühe konnte sie ihre Gefühle im Zaum halten. Immer wieder krampfte sie unter dem Tisch ihre Hände ineinander, um sich zu beruhigen. Hinzu kam der Gedanke an die Schwiegermutter, der sie letztlich in ihrem Beschluß, das Kind bei sich zu behalten, bestärkte.

Vom Restaurant fuhr Eunsu mit Seungil direkt zum Bahnhof.

Der Junge, der noch nie in seinem Leben mit einem Zug gefahren war, hüpfte vor Freude. Bisher kannte er all das nur aus Bilderbüchern. Der Warteraum war überfüllt. Eunsu suchte auf der Anzeigetafel einen Zielort, der nicht so weit von Seoul entfernt lag. Sie hatte sich vorgenommen, auf jeden Fall vor Einbruch der Nacht zurück zu sein. Schließlich entschied sie sich für die Hafenstadt M. Hier hatte Eunsu ihre Kindheit verlebt. Seit über zwanzig Jahren war sie nicht mehr dort gewesen, obwohl der Zug nur eine Stunde und dreißig Minuten dorthin brauchte. Seltsamerweise hatte sie auch bei ihren Ausbrüchen nie in dieser Stadt Station gemacht. Es schien eine unsichtbare Wand zu geben, die sie fürchtete. Oder wollte sie einfach nur der Sentimentalität entgehen, die beim Besuch an einem Ort der Vergangenheit aufkommt?

Nach dreißig Minuten lief der Zug nach M. ein. Er hielt nur kurz zum Einsteigen.

Die Mutter zog dem Kind die Schuhe aus. Dann durfte der Junge auf seinem Platz stehen und jubelte vor Freude. Sie saßen entgegen der Fahrtrichtung. Eunsu fühlte sich wie in einem Film, der rückwärts gespult in die Vergangenheit führte.

Insudong, ein Viertel an einem Hang in Hafennähe, existierte in ihrem Bewußtsein fast nur als ein anderes Wort für Kindheit. Sie erinnerte sich eigentlich nur schwach an die ineinander verschachtelten Holzhäuser japanischer Bauart.

Vom Hafen wehte wie so oft ein messerscharfer kalter Wind.

Als Kinder waren sie über die viele hundert Holzstufen und Treppchen zur Schule gegangen. Von oben hatten sie einen guten Blick auf die zerbombten Häuser und die ausländischen Schiffe gehabt, die buntbeflaggt im Hafen lagen. Am Morgen schien die Stadt verträumt und träge. Doch in den Abendstunden hatten die beleuchteten Schiffe und promenierenden Ausländer am Kai eine ganz andere Stimmung aufkommen lassen.

Nur wenn ein Unwetter über der Stadt lag, waren sie über den Markt zur Schule gelaufen, da der Sturm so unheimlich durch die Stromleitungen am Hang blies, daß die Kinder ein Geheul der Geister dahinter vermuteten.

Aber letztlich lag über ihrer Kindheit ein dichter dunkler Schleier, den sie nicht lüften konnte.

Eunsu erkannte den Ort kaum wieder. In den Straßen suchte sie vergebens nach Spuren der Vergangenheit. Die Architektur erinnerte zum Verwechseln an andere moderne Kleinstädte in der Umgebung von Seoul. Mit einem Taxi durchstreifte sie ihr altes Viertel. Doch in den Gassen waren die Holzhäuser verschwunden. Eine Apotheke, ein Billardclub, ein Supermarkt und eine Polizeiwache und andere neuzeitliche Einrichtungen hatten ihren Platz eingenommen. Alles wirkte so irreal, daß sie beschloß, selbst nach ihrem ehemaligen Haus zu suchen. Eunsu nahm Seungil fest an die Hand und begann die Gäßchen abzulaufen. Doch nirgends konnte sie das zweistöckige Gebäude entdecken, in dem der Vater im Erdgeschoß seine Zahnarztpraxis betrieben hatte. Ab und an waren Behandlungsgeräusche oder der trockene Husten des Vaters zu ihr in den ersten Stock gedrungen, während sie ihre Hausaufgaben erledigte. Eigentlich war ihr dieser Mann, der sie als Tochter aufgenommen hatte, nie sehr nahe gewesen.

Wo sind wir? Seungil schien sich sichtlich zu langweilen.

Hier hat die Mutti gewohnt, als sie so klein war wie du, begann Eunsu zu erklären, während sie der Junge prüfend musterte.

Warst du auch einmal fünf Jahre alt? wollte er nun wissen.

So alt mußte sie gewesen sein, als sie von ihrer jetzigen Mutter aufgenommen wurde. Sie erinnerte sich an die steile Holztreppe, die zum Erdgeschoß führte. Sie hatte ängstlich oben gestanden und geschrien.

Endlich fand Eunsu einen Anhaltspunkt für ihre Bilder aus der Vergangenheit. Die Treppe zum Park existierte noch. Jedoch kam sie ihr viel kleiner vor. Nun konnte sie vermuten, wo das Haus mit der Zahnarztpraxis gestanden haben mußte. Inzwischen war auf dem Grundstück ein kleines Dienstleistungsgeschäft errichtet worden. Ein junger Mann im Unterhemd bügelte mit Dampf gerade verschiedene Kleidungsstükke. Lederjacken und andere Sachen hingen aufgereiht vor der Tür. Es roch stark nach chemischen Reinigungssubstanzen, die sie für den Moment an die Betäubungsmittel in der Praxis des Vaters erinnerten. Aber niemand konnte das Rad der Zeit zurückdrehen. Nie mehr würde sie das kleine Mädchen von damals sein. Hatte es überhaupt einen Sinn, daß sie sich auf die Suche nach der Vergangenheit machte?

Langsam ging Eunsu weiter. Noch einmal stieg sie wie in früheren Zeiten die Treppen zum Park hinauf. Die Sonne schien frühsommerlich warm. Die Sandkörnchen glitzerten wie Gold.

Am höchsten Punkt standen ein paar Bänke. Eunsu überkam ein seltsames Gefühl. Irgendwie schien ihr die Umgebung vertraut. Hatte sie nicht immer von diesem Ort geträumt? Doch warum wußte sie beim Erwachen nichts mehr davon?

Eine Furcht saß ihr im Nacken, die den Sonnenschein erkalten ließ und tief in die Vergangenheit hinabzureichen schien. Wo war nur der Schlüssel zu dieser gesunkenen Erinnerung?

Sie konnte die Bilder einfach nicht zusammensetzen. Wo lag dieser sonnendurchflutete Hof mit den schwarzen Gummischuhen? Was war auf der anderen Seite des Hofes passiert, die in ihrem Gedächtnis unauffindbar blieb?

Mutti, das Meer ist ja so groß. Es hat überhaupt kein Ende. Nur da draußen schwimmt eine kleine Erde. Ihr Sohn, der ungeduldig an ihrem Arm zog, holte sie mit seiner Begeisterung in die Wirklichkeit zurück. Seungil sah zum ersten Mal in seinem Leben das Meer und eine Insel.

Eunsu erklärte ihm, daß die Welt aus Wasser und Land besteht. Da die Erde eine Kugel ist, kann man also mit einem Schiff rundherum fahren, erzählte sie dem staunenden Jungen.

Trotz der Sonne wirkte das Meer trüb und dunkel.

Als ihr die Cousine verraten hatte, daß sie adoptiert worden war, hatte sie sich ganz weit weg gewünscht und sehnsuchtsvoll auf die Schiffe im Hafen gestarrt. Damals wußte sie selbst noch nicht, daß die Erde rund ist und immer ein Weg zum Ausgangspunkt zurückführt. Vielleicht waren ihr deshalb die fremden Städte und Länder so verheißungsvoll erschienen.

Inzwischen ließ die vergangene Zeit diese Erinnerungen fast wie eine Fata Morgana erscheinen.

Im Gebüsch zirpten die Grillen, als wollten sie den Sonnenuntergang herbeizaubern.

Seungil lehnte mit schläfrigen Augen an seiner Mutter, während er durch einen Trinkhalm Limonade saugte.

Längst hätte Eunsu den Zug nach Seoul nehmen müssen. Doch immer wieder verschob sie die Abfahrt. Dabei wußte sie genau, daß ihr Mann und die Schwiegermutter ungeduldig auf die Rückkehr des Kindes warten würden. Um sich zu beruhigen, murmelte sie immer wieder vor sich hin, daß sie als Mutter ein Recht habe, mit ihrem Jungen zusammen zu sein. Von Entführung könnte in so einem Fall doch niemand sprechen. Zudem hatte die Schwiegermutter bestimmt schon von der Kindergärtnerin erfahren, daß Seungil von seiner Mutter abgeholt worden war.

Eine unbestimmte Ahnung band sie einfach an diesen Ort. Es waren nicht einmal konkrete Erinnerungen oder die Hoffnung, Bekannte zu treffen. Sie suchte nicht nach der Nadel im Heuhaufen. Es blieb lediglich eine Vermutung, die von ihrer Phantasie beflügelt wurde. Doch wie oft wurde man von so etwas enttäuscht?

Die Sonne war inzwischen untergegangen. Seungil begann zu quengeln. Er fühlte sich unwohl bei der Mutter, die mit ihm unaufhörlich durch die fremden dunklen Straßen wanderte, und sehnte sich nach Hause zurück.

Doch Eunsu schien von der Vergangenheit besessen zu sein. Am liebsten hätte sie die Leute gefragt. Mußten sich die Menschen nicht an das kleine Mädchen und jenen heißen Tag vor dreißig Jahren erinnern? Was war damals im Hof hinter dem teergestrichenen Zaun geschehen? Wo stand jenes Haus wirklich? Warum nur konnte sie keine Ruhe finden? Weshalb trieb der Wind sie erbarmungslos umher?

Erstmals kam ihr ihre Verlorenheit voll zu Bewußtsein. War sie nicht nur noch die Hülle einer Frau, die von Gram zerfressen einer hoffnungslosen Zukunft entgegensteuerte? Warum fand sie keine Ruhe und Geborgenheit? Was für eine geheimnisvolle Seele trieb sie von Ort zu Ort? Irgendeine unsichtbare Hand schien über sie zu herrschen. Sogar ihren

Schatten verwehte der Wind. Sie war die Gefangene des Windes. Wo nur hatte dieser Wind seine Augen versteckt, denen sie nicht entrinnen konnte?

Erst am späten Nachmittag des nächsten Tages kehrte Eunsu mit ihrem Sohn nach Seoul zurück. Übernachtet hatte sie in einem Gasthof in der Nähe des Hafens. Noch auf dem Bahnhof überlegte sie, ob sie das Kind nach Hause bringen sollte. Schließlich nahm sie ein Taxi zum Haus ihrer Mutter. Seungil war von der Reise erschöpft. Seine Sachen trugen deutliche Spuren von Schweiß und Staub. Sie mußte das Kind waschen und umziehen. Während das Auto nach Galhyundong abbog, wachte Seungil auf. Er erkannte sofort, daß sie zur Oma fuhren, obwohl er nur einmal im Monat Eunsus Mutter besuchte. Eilig unterband sie jedoch die weiteren Fragen des Kleinen. Er sollte möglichst von den Problemen verschont bleiben. So durfte er auch nicht erfahren, unter welch ärmlichen Bedingungen sie bei ihrer Mutter lebte.

Als das Taxi hielt, kam ihre Mutter eilig aus dem Haus. Sie hielt das Geschirrtuch in der Hand. Wahrscheinlich war sie gerade beim Tischdecken gewesen. Bist du von allen guten Geistern verlassen? Wo warst du mit dem Kind? Deine Familie ist in heller Aufregung. Nun komm schon, dein Mann ist hier. Die Mutter konnte ihre Aufregung kaum zügeln. Doch Eunsu war überrascht, daß Sejung dort sein sollte. Zögernd blieb sie am Tor stehen. Erst als ihre Mutter das Enkelkind auf den Arm nahm, folgte sie ihr ins Haus.

Eunsu ist mit dem Jungen gekommen, wie ich gesagt habe, wandte sie sich mit lauter Stimme an ihren Schwiegersohn. In ihren Worten schwang Scham und Groll mit.

Ihr Mann, der in der halbdunklen Diele gesessen hatte, erhob sich. Eunsu konnte sein Gesicht nicht deutlich erkennen. Doch sie fühlte in diesem Moment eine große Spannung in sich aufsteigen. Die Mutter redete auf Sejung ein, um die Situation zu entkrampfen. Schließlich schaltete sie, ohne das Ehepaar aus den Augen zu lassen, das Licht ein. Ein vernichtender Blick traf Eunsu. Was soll das? Willst du es auf eine

Kindesentführung ankommen lassen? Ihr Mann schien zum Äußersten entschlossen. Weißt du überhaupt, was du sagst? konterte sie nicht ohne Stolz. Sie wollte die Demütigung vergessen machen, die sie in der Bank empfunden hatte. Sie mußte sich endlich gegen ihn behaupten, eben weil weder sie noch der Junge sein Privateigentum waren.

Aha, ein Tauziehen willst du um das Kind inszenieren, schlug er zurück.

Seungil gehört weder dir noch mir. Er hat sein eigenes Leben, entgegnete sie kühl.

Eunsu setzte den Kleinen, der sich geängstigt durch den Streit an die Mutter geklammert hatte, in die Diele und ging ins Wohnzimmer. Ihr Mann sollte ihr notdürftig eingerichtetes Zimmer auf keinen Fall sehen. Zu viel wäre dann von ihrer Verlassenheit und ihrem aufgewühlten Inneren nach außen gedrungen.

In der Küche schien ihre Mutter inzwischen das Abendessen vorzubereiten. Es roch nach frischgekochter Suppe. Um die Situation zu entspannen, steckte sie immer wieder den Kopf durch die Tür und redete auf ihren Schwiegersohn ein. Mach es dir doch mit dem Kind bequem. So lange war die Familie schon nicht mehr zusammen. Ein altes Sprichwort sagt zu Recht, daß das Leben Höhen und Tiefen hat. Aber das Schlechte muß man vergessen können, setzte sie schließlich hinzu. Dabei war ihr klar, daß ihr Schwiegersohn sie nur wegen der besonderen Situation aufgesucht hatte. Trotzdem benahm sie sich, als wenn das Paar gerade von der Hochzeitsreise eingetroffen wäre.

Doch ihr Schwiegersohn blieb unhöflich stumm. Nach wie vor stand er in der Diele. Als die Mutter den gedeckten Tisch hereintrug, trat er demonstrativ auf den Hof hinaus.

Ach, willst du wirklich schon gehen? Wie du siehst, können wir essen. Ich werde deine Mutter anrufen, damit sie nicht wartet. Das Gesicht der alten Frau war totenblaß geworden. Ungeschickt versuchte sie, den Mann ihrer Tochter zurückzuhalten. Aber er ließ sich nicht beirren. Unbeeindruckt wiederholte er, daß er jetzt gehen werde, und wies Seungil an, die Schuhe anzuziehen.

Verstört und dem Weinen nahe blickte der Kleine nach seiner Mutter. Wie eine Puppe folgte er mechanisch den Anweisungen des Vaters.

Hast du denn überhaupt kein Mitleid oder wenigstens Achtung vor dem Alter? Eunsus Mutter konnte den Unmut in ihrer Stimme kaum verbergen.

Sejung schwieg verbissen, während er die heruntergetretenen Schuhe seines Sohnes in Ordnung brachte. Eunsu schien zur Salzsäule erstarrt. Regungslos verfolgte sie das Geschehen. Das Blut pochte in ihren Adern, als wenn sie zerspringen müßte. Sie wurde das Gefühl nicht los, daß die kleinste Berührung ihren Körper in Asche zerfallen lassen würde. Vater und Sohn verschwanden durch das Tor. Eunsu hörte noch eine Weile das Rufen und Schluchzen ihres Kindes.

Die Suppe wird kalt.

Die Mutter, die in einer Ecke der Diele wie erstarrt gesessen und in die Dunkelheit geschaut hatte, schien aus einem Alptraum zu erwachen. Noch immer war das Tor offen.

Unberührt stand in der Mitte der Diele der für vier Personen gedeckte Tisch. Die Suppe dampfte schon längst nicht mehr. Eine Fliege schwirrte um die Lampe. Aber Mutter und Tochter achteten nicht darauf.

Ich werde die Suppe wärmen, sagte die alte Frau schließlich.

Eunsu trug den Topf in die Küche, ohne daß ihre Mutter davon Notiz nahm.

Sie bat die Tochter lediglich, den Tonkrug mit dem selbstgemachten Wein mitzubringen.

Bestimmt hatte sie ihren Schwiegersohn damit bewirten wollen. Sie wußte, daß ihre Mutter jedes Jahr Obstwein ansetzte und ihr Mann den Hausgemachten gern trank.

Die zwei Frauen setzten sich endlich. Die Mutter leerte ihr Glas auf einen Zug. So hatte schon einmal ihr Gespräch über die Vergangenheit begonnen. Nur waren sie jetzt sechs Jahre älter.

Der Wein betäubte und wärmte die einsamen Seelen. Die Gesichter der Frauen waren schon bald vom Alkohol erhitzt. Das Abendessen ließen sie unberührt. Noch immer stand das Tor offen.

Ich kann meinen Kummer nur ertränken, begann die Mutter zu reden. Was soll ich machen mit einer verrückten Tochter, die ihre Familie im Stich läßt. Wo warst du überhaupt? Wie soll das weitergehen?

Ich weiß es nicht. Eunsu sah bei diesen Worten ihrer Mutter ins Gesicht. Mir ist nur klar, daß es so nicht bleiben kann. Übrigens glaube ich, daß du mir endlich die ganze Wahrheit erzählen solltest. Gestern war ich in M. Ich habe die Stadt nicht wiedererkannt. Aber trotzdem hat mich etwas dort festgehalten, was ich nicht erklären kann. Es steigt in mir auf und fesselt meine Seele. Es fragt mich immer wieder nach meiner Herkunft. Aber ich kann diesen geheimnisvollen Knoten nicht lösen, so sehr es mich auch quält.

Die alte Frau stellte das Weinglas auf den Tisch und starrte Eunsu an.

Dann hast du also bis heute darunter leiden müssen. Der Mensch kann wohl seinem Karma nicht entfliehen.

Langsam fügte sich ein Mosaikstein zum anderen.

Es war die Geschichte von zwei kleinen Mädchen mit kurzgeschnittenem Haar. Sie mußten zum Zeitpunkt des Geschehens gerade in einem Hof gespielt haben. Die Herbstsonne schien heiß und über dem Dorf lag eine träge Stille. Aber der friedliche Schein trog. Viele Häuser waren menschenleer. In den Gärten und auf den Ziegeldächern wucherte das Unkraut. Die zugenagelten Fenster und Tore wirkten am Abend düster und unheimlich. Ab und an zerrissen Schüsse die nächtliche Stille. Die Mutter hatte den Kindern verboten, das Anwesen zu verlassen. Es war Krieg, und es gab weder Recht noch Gesetz. Der Vater, der sich auf dem Boden versteckt hielt, kam nur nachts in die Wohnung. Dann flüsterte er mit der Mutter. Immer wieder fielen die Worte ‘Diebe und Mörder'. Inzwischen waren schon viele Orte verwüstet, und es fehlte an den notwendigsten Nahrungsmitteln. Das machte die Menschen zu Tieren. Sie stahlen und nahmen die fremde Habe mit äußerster Brutalität. Die Mutter, die unter der Küche in einem Erdloch Reis und Weizen versteckt hielt, hatte sichtlich Angst. An jenem Tag hatten die beiden Kinder zum Mittag nur eine Handvoll gebratene Bohnen gegessen, da der Vorrat gut eingeteilt werden mußte. So quälte sie schon bald der Hunger. Deshalb begannen sie die großen Ameisen zu fangen, die einen so verführerisch süß-sauren Geschmack hatten, wenn man an ihnen leckte. Es schien sie nicht zu stören, daß sie allein spielen mußten. Vielleicht lag es daran, daß sie Zwillinge waren. Selbst die Eltern konnten die Mädchen kaum auseinanderhalten. Die eine schien das Spiegelbild der anderen zu sein.

Die Mädchen hatten schon eine Reihe von Ameisen in die schwarzen Gummischuhe gesammelt, als plötzlich Schritte zu hören waren. Ehe sie einen Laut von sich geben konnten, wurde das hölzerne Tor aufgebrochen und einige Männer traten in den Hof. Erschrocken lief das eine Kind ins Haus, während das andere in den Abtritt in der Ecke des Hofes flüchtete. Durch einen Spalt in der Brettertür konnte die Kleine genau beobachten, was passierte. Die Fremden waren mit ihren schmutzigen Schuhen in die Diele getreten. In den Händen trugen sie Spitzhacken und Brechstangen. Sie glaubte die Mutter an der Tür zu sehen. Dann waren nur noch Hilferufe zu hören. Mit blutigem Kopf kroch die Frau aus dem Haus, wo einer der Männer noch einmal die Spitzhacke auf sie niedersausen ließ. Das Mädchen war vor Angst wie gelähmt. Erst als die Eindringlinge mit Reissäcken und anderen Dingen den Hof verließen, wagte sie sich aus ihrem Versteck. Doch im Haus rührte sich nichts. Niemand antwortete auf ihre flehentlichen Rufe.

Wahrscheinlich einige Tage später war zur vormittäglichen Stunde ein leises Schluchzen an das Ohr der Frau gedrungen.

Es mußte vom Tor her kommen. Schließlich hatte sie durch das mit Brettern verbarrikadierte Fenster gespäht und das kleine Mädchen entdeckt, das mutterseelenallein auf der Straße saß. Auch in diesem Ort waren die meisten Menschen vor den Kämpfen und Unruhen geflohen. Doch sie hatte sich entschieden, zu Hause auf die Rückkehr ihres Mannes, der als Militärarzt diente, zu warten. Sie war allein. Warum sollte sie das Kind nicht aufnehmen? Nachdem sie die Kleine beruhigt hatte, gab sie ihr zu essen und wusch den Staub von ihrem Gesicht. Da wurde ihr schlagartig klar, daß sie das Mädchen kannte. Zwar hatte sie das Kind über ein Jahr lang nicht gesehen, aber es gab keinen Zweifel. Die Kleine war die Tochter eines befreundeten Ehepaares. Nach der Befreiung von der japanischen Fremdherrschaft hatte der Freund ihres Mannes mit seiner Frau knappe zwei Monate in ihrem Haus gewohnt. Das Ehepaar stammte aus dem Norden des Landes. Ihre Eltern lebten noch dort. Doch sie wollten sich im Süden eine Existenz aufbauen. Die Frau, die Kinderpflegerin gelernt hatte, war damals schwanger gewesen. Als der Mann eine Stellung als Lehrer an einer Mittelschule fand, waren sie fortgezogen. In der ersten Zeit hatten sie sich noch regelmäßig getroffen. Die Frau kam sogar zwei bis drei Mal im Monat mit den Zwillingsmädchen zu Besuch. Dann war der Krieg ausgebrochen, und sie hatten sich aus den Augen verloren.

Dennoch schien das Kind mit traumwandlerischer Sicherheit ganz allein den Weg zu ihrem Haus gefunden zu haben.

Was ist passiert? Wo sind deine Eltern und deine Schwester?

Das Mädchen blieb stumm. Es schüttelte nur immer wieder den Kopf und starrte sie regungslos an. Das Kind mußte durch einen Schock die Erinnerung verloren haben.

Die Frau konnte die Kleine nur trösten und ihr durch ihre Liebe ein wenig von der schrecklichen Angst nehmen. So salbte sie die kleinen wundgelaufenen Füße und verband die aufgeschlagenen Knie. Dabei versicherte sie dem Mädchen immer wieder, daß sie es bald zu ihrer Mutter zurückbringen werde.

Doch die Zeit verging. Immer wieder wurde die Gegend durch Straßenkämpfe erschüttert.

Erst nach dem Rückzug der feindlichen Armee* konnte sich die Frau mit dem Kind auf den Weg machen.

Das Mädchen war aber nicht bereit gewesen, das Elternhaus zu betreten. Immer wieder hatte es auf die im Hof liegenden Gummischuhe gestarrt. Als die Frau schließlich die verwesten, entstellten Leichen in der Küche, der Diele und auf der Treppe fand, konnte sie sich vor Entsetzen kaum fassen.

Die Tat wurde nie aufgeklärt.

Es blieb auch ein Geheimnis, wie die Kleine dem Massaker entkommen konnte.

Da sie keine leiblichen Kinder hatten, beschloß das Ehepaar, das Mädchen zu adoptieren.

Wir haben uns solche Sorgen gemacht und waren gleichzeitig froh, daß du dich nicht an das schreckliche Geschehen erinnern konntest. Für mich warst du wirklich mein Kind und nichts sollte dich jemals aus der Lebensbahn werfen.

Die Worte der Mutter, die sich erschöpft an die Wand gelehnt hatte, drangen erst nach und nach in ihrer ganzen Wucht zu Eunsu.

Es wurde Nacht. Nur die Fliege summte noch immer um die Lampe. Sonst herrschte Stille. Vor dem Tor waren schon längst die letzten Schritte verhallt. Allein der Wind schaukelte sanft die Bäume im Hof.

* Hier die koreanische Armee. Der Korea-Krieg (25.6.1950-27.7.1953) ist als zermürbender Stellungskrieg in die Geschichte eingegangen. Er kostete rund einer Million Menschen das Leben und zementierte die Teilung des Landes in der Folge des „Bruderkrieges“.

War da nicht jemand?
Eunsu trat hinaus und schloß das Tor auf.
Plötzlich schien das Gäßchen von Tageslicht durchflutet. Ein kleines, barfüßiges Mädchen kam auf sie zu. Wo hatte es bloß seine Schuhe gelassen?
Unbeirrt lief das Kind durch die zerschossenen, menschenleeren Straßen. Sein Gesicht zeigte keine Regung. Nur manchmal schaute die Kleine zurück, als wenn sie jemanden verzweifelt suchen würde. Aber der Faden der Erinnerung war zerschnitten. Nur nach vorn gab es einen Weg, dem sie instinktiv folgen mußte. Das Mädchen fror unter der gleißenden Sonne. Aber es schien sie nicht zu stören. Sie fragte nicht mehr nach dem Grund.
Allein das zweistöckige Haus im japanischen Stil wollte sie wiederfinden, das in ihrer Erinnerung lebte.
Ein weißer Schmetterling flog voran. Aber er ließ sich nicht fangen, so sehr das Kind auch die Hände nach ihm ausstreckte.

Eunsu trat ins Freie.

Seele meiner Kindheit, ich erwarte dich. Der Wind hat so oft mit dir gespielt. Komm und stille endlich meine grenzenlose Sehnsucht!

Nachwort

Stark und zerbrechlich

Gedanken zur Prosa der zeitgenössischen koreanischen Autorin Jung-Hee Oh

„Gewiß hatte jeder manchmal mit solchen Stimmungen zwischen Mut und Versagen, Freiheit und Unterdrückung, Glück und Unglück zu kämpfen."

Auf spezifische Weise durchzieht dieser Satz aus der Erzählung „Jenseits des Berges" wie ein Leitmotiv die Werke der Autorin Jung-Hee Oh. Vielleicht könnte diese Aussage sogar für die feinsinnige Persönlichkeit der Schriftstellerin selbst gelten. In ihren Arbeiten leuchtet ihr Ego in schillernder Weise auf und probiert doch zugleich „Geschichten an wie Kleider" (Max Frisch).

Aus diesem vielschichtigen Beziehungsgefüge knüpft sie letztlich ihre Spannungsbögen und bilanziert Lebensgeschichten, indem sie die Innenwelt ihrer Figuren sensibel und minutiös auslotet. Dabei interessieren sie oft Dinge jenseits des direkt Faßbaren.

Im Zentrum der Prosa von Jung-Hee Oh stehen meist Frauen der Mittelschicht mit ihren Familien. In dem vorliegenden Band, der erstmals im deutschsprachigen Raum die Autorin umfassend vorstellt, bilden die beiden längeren Erzählungen „Jenseits des Berges" (1988) und „Die Seele des Windes" (1982) die gedankliche Klammer.

Sie führen uns in das Südkorea der siebziger und achtziger Jahre. Das Land ist unter der Militärherrschaft in atemberaubender Schnelligkeit in die Moderne aufgebrochen. Die Umbrüche und gesellschaftlichen Veränderungen greifen tief in gewohnte Lebensformen und tradierte Wertvorstellungen ein. Diese Wandlungen spiegeln sich nicht zuletzt im Denken und Handeln der Menschen. Der buddhistisch geprägte Gedanke, daß das wahre Glück die Genügsamkeit sei, will im Alltag nicht mehr so recht funktionieren. Die zu Wohlstand gekommene Mittelschicht strebt nach Unabhängigkeit von überlieferten Normen und einem gutbürgerlichen Dasein jenseits der großen Politik. Jung-Hee Oh richtet bewußt den Blick auf die inneren Defizite ihrer Figuren. Unbarmherzig bebildert sie den Verlust an wirklichem Leben. Ihre Erzählungen konfrontieren uns aus koreanischer Sicht mit Bindungsunfähigkeit, Liebesverlust, Entfremdung und jenen verlorenen Hoffnungen und Sehnsüchten, wie wir sie auch aus der eigenen Literatur der letzten Jahrzehnte kennen. Wondan, Eunsu, Hyeja oder Minja – die Hauptfiguren der vier vorliegenden Prosastücke – dokumentieren mit ihrer Selbsterfahrung die Illusion bzw. Zerbrechlichkeit ihrer heilen (Um)Welt und jenes „Warten auf Leben".

Dennoch entziehen sich die Werke von Jung-Hee Oh einer Einordnung unter der Rubrik „Frauenliteratur". Die Schriftstellerin versucht vielmehr, in die gesellschaftlichen Beziehungsgefüge hineinzuhören und übergreifende Fragen zwischenmenschlicher Beziehungen zu artikulieren. So entwickelt sie in der Erzählung „Die Seele des Windes" die Handlung aus der Sicht der Frau und des betroffenen Ehemannes. Dadurch wird das Geschehen relativiert und die Frage nach der Verantwortung in einen größeren Kontext gestellt. Zugleich kann unspektakulär offenbart werden, daß Frust, Deformation, Anpassungszwang und Leere nicht nur Frauen, sondern längst den Menschen an sich betreffen. Sejung, Eunsus Mann, ist mit seinem „müden und erschöpften Gesicht" auf andere Art zum „Ebenbild" seiner Frau geworden. In „Jenseits des Berges" erweist sich Piljun als Karrierist und menschlicher Schwächling, der die gemeinsamen (westlichen) Ideale – die sich u.a. an der Person von Virginia Woolf festmachen – verrät. Seungje offenbart sich als der Durchschnittsmensch. Er ist kein ehrgeiziger Aufsteiger, aber auch kein Buhmann. Der ungeliebte Vater von Wondan entbehrt dagegen als „Versager“ und „Glücksritter“ nicht einer gewissen menschlichen Tragik. Während Yumyong in der kleinen Geschichte „Nachtregen“ (1981) als Tagträumer dargestellt wird, dem seine Ehefrau an Tatkraft überlegen ist, erscheint der „Mann im weißen Hemd“ als Opfer der Liebe zu einem zwielichtigen Mädchen. Nur in der „Übertretung“ (1983) kommt der Ehemann nicht zu Wort. Aber er wird als Mitschuldiger an der ausweglosen Situation von Hyeja charakterisiert, dem die öffentliche Meinung mehr wert ist als sein persönliches Glück.

Die weiblichen Helden wirken stark und zerbrechlich zugleich.

Hyeja ist besonders körperlich und seelisch gezeichnet. Doch auch sie will den Teufelskreis durchbrechen. Das scheinbar behütete Dasein, eingebettet in die schöne Puppenwelt, hat sich für sie letztlich als schreckliche Illusion erwiesen. Sie erkennt zumindest intellektuell die materielle Unabhängigkeit als Schlüssel zur Emanzipation, wenn ihr auch die Schwere des Weges in der von Vorurteilen geprägten Gesellschaft vor Augen steht. Gleichzeitig wird aber deutlich, daß die patriarchalische Gesellschaft keineswegs nur Nachteile für die Frauen bringen muß. Vielmehr erlaubt sie diese bequeme Rückzugsmöglichkeit aus der Last täglicher Verantwortung, die zum Beispiel von den gutverheirateten Freundinnen Hyejas geschätzt wird.

Minja verkörpert den Gegentyp zu diesen Frauen. Sie arbeitet als Apothekerin. Aber ihre Ehe ist unerfüllt. Tristesse umgibt sie. Wie in einen Terrarium fehlt ihr der Raum zur Entfaltung.

Auch Eunsu lernen wir auf der Suche nach der eigenen Identität kennen. Die Ausbrüche werden aber vorwiegend zu Einbrüchen, die ihre Selbstzweifel bestätigen und die junge Frau noch stärker in die Isolation drängen.

Wondan hingegen erscheint nach außen hin gutsituiert. Jedoch hat sie die gesicherte Existenz mit dem Verlust eines

Teils ihrer Glücksvorstellungen und ihrer Unabhängigkeit erkauft.

Bemerkenswert ist in diesem Kontext die Darstellung der Mutter-Figuren in den Erzählungen „Jenseits des Berges“ und „Die Seele des Windes“. Diese Frauen, die ein schweres Leben hinter sich haben, treten augenscheinlich selbstbewußt und bestimmt auf. Als Mittelpunkt der Familie tragen sie Verantwortung. Schon die Mütter von Wondan und Eunsu scheuten in Extremsituationen keinerlei Mühe, um Mann und Kinder auch in schlechten Zeiten durchzubringen. Diese aus den Verhältnissen erwachsende Stärke und Lebenstüchtigkeit der einfachen Koreanerin haben Autoren wie Sae-Deok Ham oder schreibende Frauen wie Sook-He Chun beeindruckend dargestellt. In dem Sinne relativieren diese Arbeiten die engen feministischen Positionen einer Schriftstellerin wie Wan-Suh Park, deren Bücher „Das Familienregister“ und „Die träumende Brutmaschine“ in den letzten Jahren in Deutschland veröffentlicht wurden.

Jung-Hee Oh gilt als „außergewöhnliche Stimme“ in der zumeist vom Realismus geprägten zeitgenössischen koreanischen Literatur. Es fällt schwer, sie in den Kreis bekannter und wohl bemerkenswerter Gegenwartsautorinnen wie Kyung-Ni Park, Mahl-Sook Han, Sok-Kyung Kang, Gui-Ja Yang oder Hye-Soon Kim konkret einzuordnen. Die psychologisierende Prosa von Jung-Hee Oh wird von einer leisen aufrechten Traurigkeit getragen, die dem Han-Gefühl* nahesteht. Dennoch liest sie sich zum Teil spannend wie ein Krimi. Ihre Texte leben von einem Geflecht aus Gedanken, Gefühlen und Anspielungen, das über das Erzählte hinausreicht. Die Schriftstellerin begibt sich mit dem Wort auf die Suche nach dem Sinn des menschlichen Seins.

Es ist ein Anschreiben gegen Oberflächen, wie es die Künstlerin Ouhi Cha, die der gleichen Generation angehört,

* Bezeichnung für die Mentalität, die „Volksseele“ der Koreaner

auf originäre Art mit ihren Bildern versucht. Wie ein Netzwerk streben und strömen ihre packenden Linien in unterschiedlicher Strichstärke über den gegebenen Raum hinaus. Der Betrachter wird regelrecht eingesogen in dieses Labyrinth des Nachdenkens.

„Das Gegenüber strömt durch das Auge hinein, wird durch das Bewußtsein, durch die Erfahrung und die Seele gefiltert, und nimmt eine neue Form an“, schrieb die Malerin Cha einmal über ihr Schaffensprinzip.

Im gewissem Maße gilt das auch für die Arbeiten der Autorin Oh. Bild und Text stehen so als Versuch einer komplexen Lesart in diesem Band nebeneinander. Vielleicht kann dieses Miteinander neue (Ein)Sichten befördern oder einen vorurteilslosen Blickwechsel anregen.

Schwarz birgt nach ostasiatischer Auffassung alle Farben in sich.

Die Texte von Jung-Hee Oh leben von den „dunklen Punkten“ in der Vita bzw. dem Umfeld der handelnden Personen, die von der Vergangenheit in die Gegenwart ausstrahlen. So entstehen Schattierungen zwischen hell und dunkel, die eine Meinung des Lesers herausfordern.

Da ist die Spieler-Leidenschaft des Vaters in der Erzählung „Jenseits des Berges“, die die Familie ins Unglück treibt. Der haltlos aufgewachsene Sohn begeht Selbstmord am Grab der Mutter. Aber der Alte hat auch sich selbst verspielt. Dem Tode entkommen, bleibt er unfähig zu echten Bindungen. Seine Posen illustrieren auf eigene Weise die Tragik eines verlorenen Lebens in der Folge des Korea-Krieges (1950-1953).

Die prosperierende Nachkriegsgesellschaft ließ keinen Raum für die individuelle Aufarbeitung dieser Wunden. In der „Seele des Windes“ wird das besonders deutlich. Eunsu ist auf der Suche nach ihren Wurzeln. Traumatisch leidet sie an jenem bestialischen Geschehen, das ihr in den Kriegstagen die Familie nahm.

Hyeja tötete aus Notwehr und wird mit der Grausamkeit ihrer „polierten“ Umwelt bestraft. Der Apothekerin Minja nimmt der Rufmord, am Tode des Mädchens Keumi schuldig zu sein, die Lebenskraft.

Die den Erzählungen eingeschriebenen Motive bieten vielfältige poetische Denkimpulse an. Auch den Naturgewalten Regen, Schnee und Wind kommt eine symbolische Bedeutung zu. Eunsu lebt mit dem Wind ihre inneren Anspannungen aus. Der Sturm offenbart ihr Getriebensein wie die Unbehaustheit ihrer Seele in einer von Entfremdung gezeichneten Welt. Wondan sucht ihre Identität in der Bergeinsamkeit des buddhistischen Tempels. Für Minja ist der Regen Ausdruck der Unerquicklichkeit ihres Daseins. Hyeja lernen wir im Schnee kennen. Doch die Reinheit der weißen Pracht wird schon am Abend zu schmutzigem Matsch. Die junge Frau steht vor den Trümmern ihrer bisherigen Existenz. Die Klarheit kommt mit dem Wind, der sie den Weg entlang der Mauer ihrer Träume in die harte Realität wagen läßt.

In den beiden kurzen Texten fehlt der freie Naturraum, mit dem die Heldinnen ansonsten in Korrespondenz treten. Hyeja und Minja leben eingebaut in Häusern. Ihre Ängste finden nicht „ins Offene".

Die längeren Erzählungen nehmen dagegen das Berg-Motiv unterschiedlich stark auf. Für Eunsu wird der Traum von der Gipfelbesteigung zum Alptraum und zum persönlichen Absturz. In „Jenseits des Berges" setzt Jung-Hee Oh die Motivik direkt als „roten Faden" der Handlung ein. Der ferne Gipfel ist Ziel der Hoffnungen und Träume. Unerreichbar und doch stets sichtbar wird er zur imaginären Herausforderung für Vater und Tochter, ihren „Lebensberg" anzunehmen und die „Gratwanderung" miteinander zu versuchen.

Die Prosa von Jung-Hee Oh spiegelt letztlich existenzielle Probleme der Gegenwart.

Unaufdringlich und berührend vermittelt sie uns Innensichten, die über die fremde Kultur zur Eigenen hinführen können. Dabei schöpft die Autorin aus der ostasiatischen Tradition und dem gelebten Alltag in einer modernen Millionenstadt. „Es ist nicht die Zeit der großen Revolutionen und Leidenschaften", stellt Sejung, der Ehemann von Eunsu, nüchtern fest.

Doch die bohrende Frage bleibt uns: „Gab es da etwas im Wind jenseits der Dunkelheit?"

Sofia/Seoul, im April 1998 *Sylvia Bräsel* *Miy-He Kim*